我的父亲沈醉

沈美娟 著

中国文史出版社

图书在版编目（CIP）数据

我的父亲沈醉 / 沈美娟著 . -- 北京：中国文史出版社，2024.5
ISBN 978-7-5205-4660-7

Ⅰ．①我… Ⅱ．①沈… Ⅲ．①回忆录—中国—当代 Ⅳ．① I251

中国国家版本馆 CIP 数据核字 (2024) 第 084914 号

责任编辑：徐玉霞

出版发行：中国文史出版社

社　　址：北京市海淀区西八里庄路 69 号院　邮编：100142

电　　话：010-81136606　81136602　81136603（发行部）

传　　真：010-81136655

印　　装：北京新华印刷有限公司

经　　销：全国新华书店

开　　本：787mm×1092mm　1/16

印　　张：19.25

字　　数：246 千字

版　　次：2024 年 8 月第 1 版

印　　次：2024 年 8 月第 1 次印刷

定　　价：68.00 元

前　言

人人都说家父沈醉的一生充满了传奇色彩，这倒是一点都不假。1932年初，他怀着满腔爱国热忱，从湖南长沙只身前往上海，一心想投身到抗日战争的行列，不料却误入国民党特务机构——军统局。当时，他刚满18岁，是一个初中都未毕业的毛头小子，但在此后的十年内，他凭着自己的胆大心细，精明能干，深得特务头子戴笠的宠信，从人际关系错综复杂、黄埔学生如云、曾有过十万之众的军统局脱颖而出，28岁便晋升为军统局八大处长之一的少将总务处长。抗战胜利后，由于戴笠突然坠机身亡，他又巧妙地周旋于军统局的三巨头郑介民、毛人凤、唐纵之间，同时得到三人的信任，成为军统局改组后，唯一继续留任的总务处长。此后，他虽然在三巨头的争权夺利的斗争中，成功地帮助毛人凤挤走了郑介民，夺得了军统局局长的宝座，但却落得个"狡兔死，走狗烹"的下场。当他识破了毛人凤的把戏之后，便急流勇退，主动请调偏远的云南，暂时避过了毛人凤的魔爪。1949年云南解放前夕，毛人凤心怀叵测地命他死守云南。1949年12月，云南解放前夕，原国民党云南省主席卢汉率部起义，家父在卢汉的枪口威逼下，签字随卢汉起义，成为起义将领。不料由于卢汉先生的一念之差，他被当成国民党战犯，关进了战犯改造所，长达十年之久。在这十年中，他由抗拒、反省、认罪、忏悔到自我改造、脱胎换骨、改恶从善。1961 年 12 月终于被特赦，成为新中国的公民。

特赦后，他在周恩来总理的谆谆教导下，以实事求是的态度，著书立说，用自己的亲身经历作为反面教材，教导后人，撰写了不少文史资料。"文化大革命"中，他坚持实事求是的原则，决不冤枉一个好人，多次受到恐吓、威胁，最后被"四人帮"再次关进监狱，长达五年之久。1972 年，在周恩来总理的关怀下，他得以平反出狱，恢复工作。1981 年，历尽坎坷的他得到政府批准，到香港探亲访友。在这东西方的十字路口，他毅然谢绝了亲友挽留的好意，只住了一个月就回到北京。同年，他被特邀为全国政协委员，直到 1996 年 3 月 18 日逝世，他一直都在积极热情地为祖国的统一大业而奔走……

他的一生确实是曲折离奇，非一般人可比。人们往往看到的，津津乐道的也就是他一生中的传奇色彩。但是我作为他在大陆的唯一的至亲骨肉，所看到的，则往往是笼罩并影响着他一生的悲剧色彩。由于他的少年得志，由于他看似乐观、开朗的性格，也由于他的风趣、健谈，无形中掩盖了始终未能摆脱的自卑感，也掩盖了他因婚姻、家庭不幸而带给他的难以言状的悲哀和痛苦。而我在他中华人民共和国成立前后日记的字里行间中，在他平时对我讲的只言片语中，早就感受到了他那无法摆脱的自卑感及无法与外人道的孤独和痛苦。

他自卑感的产生，在不同的时期有着不同的原因。中华人民共和国成立前，他的自卑感来自两个方面：学历和他本身的职业。由于他连初中都未毕业，没有一个正式的学历文凭，在集聚着大学生、留学生及黄埔生、警校毕业生和各式各样特训班的军统局，他常常会在日记中这样写道："……老板（指戴笠）什么时候才会想到我这个什么学历都没有的人啊？……"或者写道："……老板什么时候才会想到让我到高级军官特训班去学习几年啊！"……总之，你不难从当时的日记中看到，他一直对自己学历低的事情耿耿于怀；在军统局他虽然平步青云，但他很清楚这个职业是"最黑暗最惨无人道的，也是永远洗不清自己的"。

家父的成功之处在于，他的自卑感带给他的不是消沉、气馁，而是一种自律、一种奋发向上的动力。他在1941年1月7日这样写道："……我知道这类工作是永远洗不清自己的，我决定在可能的范围内，拟成一部分关于工作上应遵守的法则，更进一步地希望能训练一班干部，去把中国几千年来最黑暗最惨无人道的工作去改良一下。最重要的还是在充实自己的学识和能力。"这段话就充分说明了他对自己所从事的职业的看法及他那种积极向上的态度。

在战犯改造所里，虽然都是战犯，但家父总是自认为比其他的人矮一头。因为其他人大都是领兵打仗的，不像他们搞特务工作的，与共产党人有着直接的个人恩怨，同时，他在云南被迫起义时，提供了逃到昆明的几个军统局少将周养浩、徐远举等人的地址，原打算是让他们跟自己一同起义。可是，卢汉抓到他们后，统统把他们关进了监狱，甚至连同家父本人都被当成战俘关了进去。在周养浩等人面前，他在很长一段时间内，都有一种愧疚和自卑感。因此，他对所有的人都客气、恭谦，干活时，他总是抢着去干脏活、累活……

当然，以上这些自卑感并非构成他悲剧色彩的主要因素，我认为他主要的悲剧性来自两个方面：一是政治生涯，一是个人婚姻、家庭。在社会发生翻天覆地变化的大时代中，政治人物大起大落的悲剧命运是必然的，而且也并非他一个人的，而是他所隶属的那个政权、那个阶级的成千上万人的悲剧，而婚姻、家庭的悲剧则完完全全是属于他个人的，是对他的后半生影响最大、打击最大，令他最痛苦的。这痛苦一直伴随着他，直到生命的最后一刻。

值得庆幸的是，由于共产党的宽大政策和统战政策以及他本人开朗、豁达的性格，使他的晚年生活较为愉快、较为多姿多彩。特别是 1981 年他被特邀为全国政协委员及《我这三十年》一书风行全国之后，他的生命就如同注入了新鲜血液一样。他的自卑感渐渐引退，自尊、自强的意识越来越强烈。为了不辜负祖国和人民的厚爱，他一方面竭力地为祖国的统一大业而奔走呼号；另一方面积极地撰写回忆录，先后为后人留下了 200 多万字的宝贵的历史文献。

1996 年 3 月 18 日，家父因患结肠癌在北京肿瘤医院去世后，就有朋友建议我写一本《我的父亲——沈醉》的书，可是那时我的脑子里完全是一片空白，只有父亲临终前后的种种情景。但我清楚，这本书迟早得由我来完成。因为父亲曾在他的日记及遗嘱中都写道："我的传记得让我的小女儿来写。"这是父亲对我的偏爱，也是父亲对我的信任。不过，我曾经帮父亲整理、撰写的《魔窟生涯》和《我这三十年》，这两本回忆录几乎就是他的自传，我还能写什么呢？如果重复他自述的内容，又有什么意义呢？但是，当我从悲痛中走出来，认真地阅读了父亲留给我的几十本日记，重温了我和他一起生活的岁月后，我觉得能写的东西太多了。父亲的回忆录反映的大多数是他的生活经历，而我要写的主要是父亲内心世界那深层次的、许多鲜为人知的心灵历程。只有这样写，才不会辜负父亲的期望；也只有这样写，才对得起广大的读者和我自己。至于我的写作能力是否能如愿地达到这一目的，那就只有留给广大读者去评说了。

目　录

我的父亲**沈醉**

父亲和我（代序）

我的父亲**沈醉**

父亲去世已经多年了。无论我在内心深处如何痛苦地呼唤，无论我走遍天涯海角，再也不可能见到他的音容笑貌，再也不可能听到他朗朗的笑声，再也不可能像前两次那样，父亲奇迹般地"死"而复生，突然出现在我的面前了。这一次，他是真的走了。他走得那样匆忙，走得那样安详，又走得那样的无牵无挂。也许他真的累了。在他那漫长而又短暂的82个春秋里，他经历了那么多的大起大落、大悲大喜，经历了那么多的惊涛骇浪、电闪雷鸣，又承受了那么多有形无形的荣辱褒贬、悲欢离合。他是真的累了，一句话也没说，就头也不回地撒手而去，把我这个与他相依为命几十年、遍尝人生苦果的女儿，推进了不知所措的痛苦深渊。

在我半个世纪的人生旅途上，父亲"死"过三次。他的每一次"死"都无形中把我的生活和命运重新做一番"安排"。不过，他这一次的死，对我的生活影响最小，但心灵上的震撼和创伤却是最大。

父亲的第一次"死"是在我四五岁的时候。当时母亲带着我们姐弟六人旅居香港，听说父亲在云南参加了云南省主席卢汉领导的和平起义。母亲估计父亲很快就会到香港接我们一家返回大陆。孰料左等右等，竟音讯全无。情急之下，母亲决定让年仅24岁的舅舅带两个孩子先回大陆，寻找我父亲。找到后，她再带着其他的四个孩子回来。最初，母亲准备让舅舅先带比我大一两岁的三姐和四姐回来。可是命运弄人，正在这节骨眼上，三姐患急性肠炎住进了医院；四姐和我们一起外出买泡泡糖时，被汽车撞断了胳膊，也进了医院。剩下的四个孩子中，母亲最爱聪明伶俐的二姐和年仅一两岁的弟弟，随舅舅回大陆寻找父亲的"任务"就落在了我和有些弱智的大姐头上。那时我四五岁，大姐也才十一二岁。我只记得有天夜里，母亲从睡梦中把我抱起来，亲吻了一下，随即我们便登上了北上的火车。我们那时都太小，只觉得一切都很新奇，特别是火车过隧道时，一会儿车窗外一片漆黑，一会儿光明如昼，很有趣，根本想不到等待我们的将是什么样的命运。

我们回大陆不久，就传来了父亲被"镇压"的消息，据说父亲的灵位也摆进了台湾的忠烈祠。母亲自然不敢再回大陆，而大陆也开始了"镇反"运动，带我们回来的舅舅在运动中被杀，弱智的大姐在无人照顾且饥寒交迫的情况下，病饿而死。年仅四五岁的我顿时成了无父无母、举目无亲的孤儿。若不是善良的伯外公、伯外婆收养了我，供我读书，或许我早已落到了大姐的下场。幸亏我那时实在太小，孩子的天真、懵懂帮我度过了那十几年缺衣少食，且无父爱母爱的童年。加上对父亲毫无印象，所以父亲的"死"对我心灵上造成的阴影并不严重。

1961年初冬之际，我的一位表舅突然兴致勃勃地来到伯外公家里，指着一张《人民日报》上的特赦战犯名单说："您看，五妹子的爹还活着。这名字、这官衔不是沈三哥是谁？"

伯外公眯着老花眼瞅了半晌，对在一旁糊火柴盒的我说："你爸还活着，你以后就不用跟着我们受罪了。"

伯外公原是日本留学生，中华人民共和国成立前家父曾介绍他在湖南铁路警务段当过一个时期的文书，加上中华人民共和国成立后，我那被镇压的舅舅从香港回来就带着我们住进了他家，所以他被打成坏分子，一直没有工作。我小时候，伯外公和伯外婆去建筑工地捶石子，帮人家洗衣服来糊口度日。后来，伯外婆去烟厂当工人，表舅舅也从卫生学校毕业，参加了工作，伯外公才留在家里，带着我糊火柴盒，挣钱补贴家用。我每天放学回家就跟伯外公一起糊火柴盒。伯外公为了让我不打瞌睡，常常边干活边给我讲故事，《三国演义》《水浒传》《红楼梦》里的故事，全是伯外公当年讲给我听的，我后来对文学的爱好，也是得益于伯外公的言传身教。当时，我对伯外公的感情远远超过了毫无印象的父亲，甚至对"沈醉"这个名字都感到十分的陌生。所以，我对父亲的"死"而复活并未表现出应有的激动。

　　不久，父亲从母亲寄给他的信中得知了我的下落，即写信跟我和伯外公联系，并要我暑假去北京相见。父亲当时正在北京红星公社旧宫大队劳动，为了见我一面，他自己节衣缩食，从每月 60 元的工资里攒出一些钱，寄到湖南，给我当赴京的旅费，同时寄去一件用他自己睡裤改制成的小短袖衬衣，让我穿着他亲手做的这件蓝白相间的小衬衣去北京，作为我们父女接头的标记。

　　那年我刚刚 15 岁，正在上初中。首都北京的吸引力远远超过了毫无印象的父亲。在北京站下车时，我努力地想象着父亲的模样。在我的想象中，父亲应该是一个高高大大、白白净净的中年人，所以，我在人群中寻觅着想象中的父亲。当旅客都走得差不多时，突然一个身材高瘦，皮肤黝黑，穿着塑料凉鞋、西式短裤和白布短袖衬衫，像个乡巴佬儿似的中年男子喊着我的小名，从月台的另一头向我跑来。我一下子愣住了，心想："这个黑不溜秋的老头，难道就是我的父亲？""孩子，我是爸爸！"父亲跑过来紧紧地抓住我的手，激动地看着我，黑色眼镜框后面的那双炯炯有神的眼睛里，盈满了泪水。

　　理智告诉我，他确实是我的父亲，我应该叫他一声"爸爸"。但是"爸爸"这个词对我而言实在是太陌生了。我怯怯地望着他，嘴唇嚅动了半晌，才轻轻叫了一声"爸爸"。

　　我看见父亲的眼泪夺眶而出，激动地望着我说不出一句话来。出了车站，父亲把我领进了附近的崇内旅馆。那次，我在北京只待了七天。这七天里，父亲尽量让我吃好、玩好，他陪我去游览故宫、北海、天坛等名胜古迹，带我去吃我从未见过的西餐、北京烤鸭和其他北京风味的食品，甚至冒着酷暑赶回旧宫大队给我买来刚摘下的西红柿和西瓜……在这短短的七天里，我深深感受到了父爱的温馨，对父亲也有了一份感情。不过，我在七天后返回湖南时，仍然是兴高采烈的，因为我对伯外公及湖南的思念，远远胜过与父亲的离别之情。多少年之后，我才从父亲当时的日记中得知，他为了能见上我一面，为了能让我在北京吃好、玩好，一连几个月都在节衣缩食，并起早贪黑地撰写文史资料，为的是节省下粮票，多挣些稿酬，让我到北京来食、用。他同时也一连七个星期天没有休息，好存下假期来陪我。其舐犊之情真是发自肺腑。惭愧的是，我当时根本不能体谅父亲的一片苦心。

1962 年，父亲被分配到全国政协文史资料研究委员会当专员。我也正好初中毕业。在周恩来总理的特批下，我由长沙迁到北京，凭着长沙七中的高中录取通知书进入北京女六中上高中。在高中的三年中，父亲真是又当爹又当娘，从我的饮食起居直到学习、娱乐，无一不是他亲手照料。节假日里，他不是带我去北海荡桨，就是到昆明湖游泳，或者骑车远涉去逛十三陵、八达岭，去欣赏香山的红叶，去比赛爬鬼见愁……那段日子，是我一生中最幸福、最愉快的时光。我觉得父亲简直是无所不知，无所不能。他不但炒一手好菜，而且会缝制衣裳，他亲手给我缝制的小棉背心，针脚又细又密，而且穿在身上特别贴身合适；他不但划船划得好，而且游泳技艺特高，他常常可以双手抱膝一动不动地漂浮在水面上，让我抓住他的两个大脚趾练习游泳。那段日子，我真正体会到了父爱的温馨，也给久经铁窗之苦的父亲以极大的慰藉与欢乐。家父曾在日记中这样写道：

　　昨夜睡了都在梦中高兴得笑了起来。白天逗孩子的事在梦中也一样出现。日子熬出头了，新生活开始了。我怎会不高兴呢？……
　　……孩子是费尽心思在安慰我，事事依我。我对她这一片孝心深深感动。今后长时间父女相依为命地活下去，我不得不为她的健康和兴趣着想，让她能愉快地生活在我身边。我真想不到，我晚年只有这个小女儿能给我这么大的安慰……
　　……孩子马上要考大学了，我为她准备明天的午餐，想买点面包。孩子还像小狗狗一样哼哼唧唧地不同意，问了几句要吃什么，她才说要月饼，引起我大笑一场。多有趣的动作呵！做父亲的看到这些情景，心头特别感到有趣……

遗憾的是，好景不长。在我即将高中毕业之际，《红岩》小说风靡全国，我从同学和老师嘴里得知，小说中"严醉"的原型就是我父亲。当时我无论如何也不能相信，《红岩》中那个罪行累累的军统特务头子"严醉"，会与我身边这个慈祥可亲的父亲是同一个人。然而，现实却是残酷的。因为父亲的关系，我不能加入共青团，因为父亲的关系，没有一所大学敢录取我。为此，我偷偷地哭了好几次，父亲更是难过得寝食不安。特别是他多方奔走，得知我未能考上大学完全是因为他的历史原因时，他更是痛苦万分。他不能理解：既然党的政策是有成分论，又不唯成分论，重在政治表现，我这个三岁就离开他，四五岁就离开母亲，在穷亲戚家长大的女儿又何罪之有？为什么政府和人民已原谅了他以往的罪过，却不能原谅他这个自幼孤苦伶仃、寄人篱下的孤女？为此，他甚至想到去死，以解脱我的"罪孽"。

当时，我的思想既传统，又正统。我憎恨父亲过去的罪恶，认为"父债女还"是天经地义的事。我决心努力工作学习，好好听党的话，以自身的努力来偿还父亲中华人民共和国成立前对党和人民犯下的罪行，以求得党和人民对我的谅解。同时，我又深爱着我现在的父亲，一想到我将来离开他后，他孤身一人生活会更加寂寞孤单，会更加思念我那早已改嫁的母亲时，我便忍不住催促他赶快给我找个后妈。父亲最初说什么也不愿再次结婚，还在幻想着我母亲有一天能回到他的身边。于是，我连撒娇带要赖地求他说："爸，你就赶快给我找个妈吧。我长这么大，还没尝到过有妈的滋味呢。"

父亲被我缠得没有办法，答应考虑再婚的事。正巧有人同时给父亲介绍了两个女人。一位是理发员，30岁出头，有一个几岁的小男孩；另一位是一个街道医院的护士，40岁，没结过婚。父亲征求我的意见，我便毫不犹豫地说："还是娶那个没有结过婚的护士吧！"我的这一句话促成了父亲和继母的婚事。不过，父亲结婚之后，我才发现，事情远不如我以前想象的那么简单。继母一进门，父亲便成了她的"专利"，连以往每天晚饭后，坐在父亲身边，听他讲故事的乐趣都成为一种奢望。继母与我格格不入，形同路人，加上我当时既不能上大学，又没给我分配工作，整天在家面对继母那张不苟言笑的面容时，我的痛苦是可想而知的。

父亲结婚三个月后，正赶上宁夏建设兵团到北京招收支边青年。我听了一两次街道办事处组织的关于"听毛主席的话，到贫下中农中接受再教育"及"农村是一个广阔的天地，知识青年在那里大有作为"的报告后，便决心到农村去，到边疆去。一方面我认为到最艰苦的地方去，建设农村，建设边疆，既是响应党和毛主席的号召，又是摆脱出身的影响！投身革命，是锻炼自己的机会；另一方面也是避开家庭中那种尴尬局面的好办法，毕竟将来我早晚会离开父亲，是继母跟他过一辈子，我又何必夹在中间，让父亲左右为难呢？于是我背着父亲，偷出户口本，报名去宁夏建设兵团。当我得到批准后，才兴高采烈地把这个消息告诉父亲。

走的那一天，北京火车站红旗飞舞，锣鼓喧天。北京市委组织了许多人到车站为我们送行。我们一千多支边青年身着没有领章、帽徽的黄军装，胸佩大红花，列队走进月台。月台上，送行的亲人们围着自己的孩子依依惜别，许多父母和支边青年都哭得像泪人似的。父亲和继母也赶来了，为了表现自己的坚强，我强装笑脸地望着热泪盈眶的父亲说："爸，别哭，别让人家笑话。"父亲的泪水还是夺眶而出，紧紧抓住我的手，哽咽地叮嘱我注意身体，常给他来信……

催促我们上车的铃声急骤地响了起来。知青们纷纷告别亲人登上火车，我也随着人群往车厢走去。就在我即将登上火车的那一瞬间，紧跟我身后的父亲下意识地拽住了我的胳膊，但马上又放开了。就在这一拽一放之间，我的心震颤了。我意识到父亲那舍不得我离开，却又无法阻止我的悲痛心情。但我还是咬紧牙关，头也不回地登上火车，强着欢颜地伏在车窗上，冲着老泪纵横的父亲连连挥手。火车开动时，父亲还跟着火车，步履蹒跚地跑了几步。当父亲的身影渐渐变小、渐渐消失后，我再也忍不住让泪水倾泻出来，心里暗暗地哭喊道："别了爸爸，别了北京！"那时的印象，至今仍刻印在我的脑海里。

父亲的第二次"死"是在我到兵团后的第三年。那时"文化大革命"正如火如荼地席卷全国。我与几个知青一起回北京探亲。父亲那些日子正为全国各地来上访的造反派写证明材料，忙得不亦乐乎。我和父亲都认为能在毛主席发动的那场史无前例的"文化大革命"中出点力，做些有益的事情是无上光荣的。父女见面格外高兴，谁也没想到我在北京盘桓了半月，就在准备第三天返回宁夏的那个夜晚，我突然被继母慌慌张张地从睡梦中摇醒，我走进外屋，就听见一个着便服的陌生男人正在对父亲宣读拘捕令。

父亲看上去很沉着、镇定。他在拘捕令上签了字，又从抽屉里拿出两份写好的上访证明材料交给继母，冲我们说："你们放心，我没事。"说完就跟着来人走了。

继母哭着追了出去，而我仍然呆呆地站在原地发愣，半晌我才猛然想起这场面曾经确实发生过，那是我四五岁时，也是在睡梦中被人摇醒，眼睁睁地看着几个人把带我们回来的舅舅，从伯外公家押走，不久就听说舅舅死了……

我把被子往头上一蒙，昏天黑地地哭了个死去活来，哭累了就昏昏睡去，一醒来又禁不住放声痛哭。

天亮之后，我还是挣扎起来，骑车去父亲工作的全国政协，去当地派出所、街道办事处，甚至闯到位于长安街的公安部去打听父亲被关押的地方，希望在我返回宁夏建设兵团之前，能再见父亲一面。可是我奔波了整整一天，也未能打听到父亲的下落。

第三天，我只好带着一肚子的疑问和恐惧离开北京，返回了宁夏。

回乡后，我也不敢对组织隐瞒，当连队指导员听到我父亲被拘捕的消息后，对我的态度马上变了，三天两头地召开群众大会，让我交代父亲的罪行。事实上，父亲在中华人民共和国成立前的罪行我一无所知，我又从何交代呢？站在全连的批判大会上，我只能一遍又一遍地谈自己对家庭的认识，表示要与父亲划清界限，努力改造自己。即使这样，连队领导还是不肯放过我。我的一举一动都受人监视。一年过去了，父亲消息全无；两年过去了，父亲依然如石沉大海；第三年，第四年，我和继母都完全绝望了。我们都认为父亲早已死了，否则不可能一点消息没有。

就在父亲音讯全无的第四年，也就是1971年，我26岁的时候，再也顶不住了，万念俱灰地把自己嫁给了当地一个忠厚老实的工人，做好了老死西北边陲那偏僻农村的打算……

可就在我结婚一年之后，我的长子刚刚出世之时，在月子里，我就接到了父亲从秦城监狱辗转寄来的一封信，说他没事了，只是在监狱里被"监护"了五年，现在就要被释放，重新回到全国政协工作了。我看着父亲的信，禁不住热泪盈眶……

1979年春，父亲的问题得到了彻底的平反，并恢复了起义领将的名义。我一家四口也因落实政策而迁回了北京。此时，我已由一个19岁的少女变成了有两个孩子的33岁的少妇。随着国内政治形势的好转，我那形如死灰的心又渐渐活了过来。为了追回在西北边陲浪费的14年青春年华，我一边努力工作，一边刻苦学习，考上了北京广播电视大学中文专业，并起早贪黑地利用工作、学习之余，帮助父亲撰写回忆录，或自己撰写纪实文学。过了不惑之年，我才闯出一条自己的路，荣幸地成为中国作家协会会员。

父亲对我的成长和进步深感欣慰，同时也为我提供了不少的写作素材。正当我们父女认为厄运已去，苦难不再时，命运之神又一次把我们推向了痛苦的边缘。

1994年春，医生发现父亲患了结肠癌。这对我们而言真是如同晴天霹雳。我无论如何也不能相信这一事实。然而，事实就是事实。医生从父亲的腹部取出了拳头大的一个肿瘤，并对我们宣布说，父亲的癌症已经是第三期了，手术后，最多再活一年。这话我不敢告诉继母，更不敢告诉父亲本人，只能偷偷地在电话里告诉海外的姐姐们，让她们尽量都赶回来看看父亲。而我自己除了暗暗地担忧外，也只能是悉心照料，尽量多陪陪他老人家了。一年之后，父亲的身体出人意料地恢复得很快，不仅红光满面，而且精神极佳，不但能常常外出钓鱼，而且凡是全国政协组织政协委员去外地视察或避暑等活动，他都兴高采烈地积极参加。我和继母都认为，父亲已经战胜了癌细胞，不会有事了。一个气功师来看过父亲后也说："以沈老的身体状况来看，活100岁是没有问题的。"我喜欢听这句话，也愿意相信这句话。

1995年底，我和丈夫去香港探望我母亲，原准备在香港待三个月，春节前再赶回北京。孰料我们刚到香港一两个月，继母就慌慌张张地打电话告诉我说，父亲的癌症已经扩散了，而且是全面性地扩散，催我赶快返京。我顿时急得蒙了头，几个晚上都无法入睡。当时我们正在请人装修母亲转租给我们的住房，花了几万块钱，工程才进行了一半，但为了赶回京照顾父亲，我即准备放弃装修去订飞机票。正在这时，父亲突然来了个电话，叮嘱我把房子装修好后再回京，并说他的身体很好，只是继母在瞎紧张。电话里，父亲的声音洪亮，底气很足，确实也不像有病的样子。我这才稍稍放心一点，推迟了10天才返回北京。此时，父亲刚刚住进肿瘤医院，气色依然很好，红光满面的。但医生却告诉我说，父亲的癌症确实已经扩散到肺上、肝上和胰腺上，最多能活三个多月。当时我说什么也不相信医生的话，我愚蠢地认为父亲绝不会死，他绝不可能被那小小的癌细胞打倒。我一面照顾他，一面找寻治癌的偏方、秘方。不久，我听说北京一家中医院有种叫"黄氏医圈"的特效治癌药。我立即跑去花了几千元把药买回来，让父亲服用。父亲服用后效果还真不错，精神明显见好，而且食量也增加了。父亲高兴得像对老朋友似的跟我一击掌，笑道："我看这药不错，定能治好我的病。"

我也紧握父亲的手说："我也有信心，相信你的病一定能治好。我的老爸可不是轻易会被打倒的，对吧！"一句话，说得我和父亲都笑了。

可是几天之后，医生发现父亲大便潜血，决定停止服用一切药物，甚至连饭都不让吃，每天靠打点滴输送营养和止血药，说是怕引起大出血。我们自然也不敢再让他服用"黄氏医圈"的特效药了。几天后，父亲的潜血不但没止住，而且潜血量越来越大，还不停地打嗝，连夜里都无法入睡。一位中医大夫开了几服中药才稍稍止住了打嗝。这几天我和家中的保姆轮换着守护着父亲。3月17日晚上，我实在有些顶不住了，勉强让继母的一个干女儿替我一夜。孰料，就在这天夜里，父亲大量便血，且呕吐不止，心脏也开始出现问题，情况极为严重。那位干女儿要打电话找我，可父亲却说什么也不让她在半夜三更惊动我们，怕影响我们休息。第二天一早我接到电话，赶往医院时，见父亲面色苍白，正在艰难地喘息。我急忙扑到他床前，紧握他的手问："爸爸你怎么啦？怎么会这样？"

到了这时刻，父亲还在安慰我说："没事，是药物反应。"

此时，医生和护士都围在父亲床边忙这忙那，一位护士小姐要给父亲抽血去化验，可扎了两针都没扎进血管。我真的急了，毫不客气地冲她嚷道："你们能不能换个技术高点的来。"大夫立即叫来了另一位护士，并要家属去北大医院借一个凝血管来。此时我真不愿离开父亲，但家属中除了70多岁的继母和我外，其他人都不在身边。我只好紧握一下父亲的手说："爸！我去下就回来。"说完就匆匆走了。

我的父亲沈醉

万万没想到，我前脚一走，父亲就昏迷过去了。等我取了凝血管回来时，五六个医生正围着父亲在抢救，做人工呼吸。全国政协和统战部的领导都赶来了，正在聆听病房主治大夫的汇报。我意识到父亲已经不行了，顿时感到浑身发冷。半个小时后，父亲的心脏完全停止了跳动。看着父亲睡着似的安详面容，我真恨不能扑过去狠命地摇醒他，问问他为什么要走得这么急？为什么不给我一点预感？为什么头天晚上不让干女儿叫我？为什么偏偏在我没有陪伴他的那一天夜里出事？为什么临终前没有给我留下一句话？……

纵然我心中有一百个"为什么"，一千个"为什么"，但我也只能在心里哭喊。我不忍心再去惊动他。他躺在那里是那样的平静，那样的安详。他慈祥的面容上甚至还带着微微的笑意，仿佛他跋涉了83个春秋之后，终于心安理得地获得了安息的权利一样。

父亲走了！这一次他是真的走了。他走得那么坦荡，走得那么磊落。他不仅给我及亲朋好友留下了无尽的思念和敬意，而且给许多读过他著作的人们留下了极为美好的印象。

在处理父亲后事的整个过程中，我欣慰地看到：许许多多的读者中，佩服他、谅解他的人还真不少。当时，最令我感动的是北京肿瘤医院太平间的一位30多岁的年轻师傅。

当父亲的遗体被送到那阴冷潮湿、位于地下室的太平间后，我一想丧礼之前父亲得独自一人躺在那里时，就心如刀绞般的难受，迟迟不肯离去，一再拜托值班的两位师傅好好照顾我的父亲。那两位师傅最初都公事公办地说："放心吧！到这里来的人我们都会好好照顾的。"

晚上我带着其他亲友再去太平间看父亲的遗体时，其中一位年轻的师傅已经知道我父亲的身份，他非常诚恳地说："大姐，你放心吧，我打小就看过沈老写的书，打心眼里敬佩他。我会把他当自己的长辈那样侍候的。"

他这简简单单的一句话，感动得我直想跪在地上给他叩三个响头。

同时，在为家父举行丧礼那天的情景也令我终生难忘。当时中央有文件强调要"丧事从简"，但家父生前的亲朋好友还是让父亲最后"风光"了一下。他们主动出人出车，组织了个多达20辆车的灵车队。八宝山灵车队队长亲自跟随灵车去肿瘤医院的太平间接灵，并按我们亲友的要求，灵车队逆行好几里才转到长安街西行，前往八宝山悼念会场。前来悼念的多达上千人，其中除全国政协和统战部的领导之外，还有德高望重且年逾90的革命老前辈孙毅将军，有全国政协副主席程思远，有驰名海内外的文学家、剧作家吴祖光先生及著名的文学家兼画家管桦等人。中央首长李瑞环、王兆国等也献了花圈……

看到这种情景，从美国赶回来奔丧的二姐激动得热泪盈眶，她说："想不到有这么多人来悼念父亲，有这么多人能理解父亲。"可我心里清楚，如果家父病逝的消息能在追悼会之前"见报"的话，前来悼念的人会多出好几倍。父亲能得到这么多平民百姓的敬佩；能得到党和国家领导人的肯定，父亲的骨灰能准许永久性地安放在八宝山革命公墓的骨灰墙上，这确实是一件值得欣慰的事……

父亲临终前虽然没有留下一句话，但他早在十几年前，就写下了两份遗嘱。一份交给了全国政协人事局，一份交给了我的继母杜雪洁。

前者这样写道："……我生前蒙党和人民的深恩厚德，时感愧无以报。故愿在我死后将遗体捐献，供解剖研究，以便今后发现有类似情况病人，能得到有效治疗。亦系我报答人民恩德于万一。"遗嘱中还强调"任何亲属、亲友均不得以任何理由为借口，反对或阻拦本人生前决定捐献遗体之愿望"。

这份遗嘱实出我们所料，父亲的病故已令我们悲痛万分，现在他却要在死后再挨上几刀，这叫我们亲属感情上如何能接受呢？但是我们又不忍违背他老人家的遗愿，我只好又亲自赶到肿瘤医院，声音颤抖地一再恳求负责解剖的医生，在搬运和解剖过程中，尽量轻点，小心点，别碰"痛"了他老人家。

接待我的医生也非常诚恳地说："放心吧！我们也一向都很敬佩沈老。我们会非常小心的。"

听了医生的话，我才用颤抖的手，在"遗体捐献书"上写下了"同意"二字，成全了父亲"最后奉献"的遗愿。

父亲的另一份遗嘱是交给继母的。在这份遗嘱中，他明确地表示，他的所有家财全部归我继母所有，但他生前的日记、书籍、资料则全部交给我，以便我日后为他撰写传记或搞创作时采用……

父亲留给我的，无疑是一份最为珍贵的财产，够我受用一辈子的。可是，父亲去世后，我一直无法从悲痛中摆脱出来，心像被掏空了似的，脑子里也是白茫茫的一片，除了1998年，应北京九州图书出版社之约，将父亲生前所有著作归纳、编辑成200多万字的《沈醉回忆作品全集》出版之外，我几乎写不出一个字来。

父亲已经去世六年后，我才渐渐地从对父亲极度思念的痛苦中摆脱出来，开始冷静而客观地回顾父亲的一生，把他传奇的悲喜剧的一生做一个较为全面的总结。一方面，为完成父亲的遗愿，补充父亲生前在他的回忆作品中，因种种顾虑而没有写出的经历；另一方面，也以此来寄托我的哀思。但愿我这本书能得到广大读者的认同。

第一章　儿时的秘密

一个人的基本人格类型，代表童年时期所有影响人格特质形成因素，互动后的总结果，当然先天因素也是包含在内的。

——唐·理查德·里索

家父写过不少书，对自己的一生几乎无所不说，在许多读者眼里，他毫无隐私可言。但是，人们却从未听他讲过自己的父亲，自己的家世。早些年，他甚至对我也不愿提起他的父亲及家世。是羞于说出，还是刺激太深？出于好奇，我曾多次追问过他，他却总是避重就轻地敷衍我几句。1991年，由群众出版社发行的中华人民共和国成立前的《沈醉日记》中有这样一句话："……我之所以自奋而挣到今天，第一是归功于民国十七年（那时不过14岁）在汉阳徐家时，因某事之刺而使我下决心发奋以图强……"看到这段话后，我又一个劲地问他，到底那时发生了什么事，他这才一点点地告诉我。他一直羞于说出口的事情，实际上却是他终生难忘的事情。

懦弱无能的祖父

他的祖父，也就是我的太祖父叫沈德仁，原籍乃江苏扬州人氏，年轻时家道贫寒，靠挑盐、卖盐为生。当时盐税很高，交通不便，他每次要走几十里路才能走到生产盐的盐田，一担盐在盐田买需要一元钱，零售出去后可得六元。可是盐税就得上缴四元，自己仅能挣一元钱。干了两三年后，他觉得这样辛辛苦苦挣来的血汗钱，绝大部分都被官府拿走了，很不甘心，于是想方设法躲过官府的耳目，偷偷地从水路把盐运到湖南湘潭出售。

湖南地处内陆，非产盐区，官盐更是贵得离谱。太祖父背着官府以低于官盐的价格出售，颇受老百姓欢迎。几年下来，他挣了不少钱，即向官府购买盐票，垄断了湘潭地区的盐商业，并在湘潭定居下来，娶了当地一位湘绣作坊的千金为妻。婚后，他更是如鱼得水，生意越做越大，除经营盐市外，又开了个名为"仁庆裕"的钱庄，买了不少田地，还在面临浏阳河的十四总盖了一所有几百间房子的大宅院。因此被当地人称为"沈百万"。这所宅院总称为沈家大屋。院内又分为三个小院落，分别取名为琴剑山庄、琴鹤山庄、琴梅山庄。

太祖母是个非常能干的女人。她生了四儿三女，家里大小事情她都一手抓，而且还管理湘绣作坊。由于太祖父母都没什么文化，有了钱也不懂得好好培养儿女。所以，除了他们的三儿子——我的三伯祖父比较爱读书，好钻研外，其他的儿女在私塾里混几年也就算了，个个差不多都是只会吃喝玩乐，嫖赌逍遥，无一技之长。

我的祖父排行老四叫沈俊卿，一辈子没做过一天事情，年轻时当少爷，中年后当老爷。太祖父母去世之前，他从未受过什么挫折和磨难。在他一生中，最难忘的一件事就是看到过一条尺多长的小水蛇。

那年发大水，浏阳河泛滥，河水一直漫延到了沈家大屋门外的台阶下。他闲来无事，准备让人划船过来，送他到友人家去打牌。就在独自站在台阶上等船之际，他无意间发现水中有一条小水蛇就在石阶下，正往他脚边游来。他吓得顿足大叫："不得了啦！不得了啦，蛇！好大一条蛇……"

他的惊叫声把家里的人都引了出来。父亲当时才七八岁，见其父被一条小水蛇吓得面色苍白，双腿颤抖得挪不动步，便满不在乎地用根树枝把小水蛇一挑，甩得远远的，逞强地笑道："这有什么好怕的？"

祖父这时才镇定下来，连连拍着自己的胸脯说："吓死啦，吓死啦！"事后，他还逢人便讲，见人就说："你知不知道，发大水的时候，这么大一条蛇爬到我的脚边上，真吓死我啦……"那条尺来长的小水蛇竟被他比画成三四尺长。

父亲对祖父胆小、懦弱很不以为然。也许是出于儿童的逆反心理，他却偏偏喜欢去干冒险的事情。为了训练自己，免得像祖父那样胆小，他甚至求人给他找来人血馒头吃。据说，吃了人血馒头的人胆子大。随着年龄的增长，家道的中落，父亲对祖父胆小、懦弱无能的反感，更是与日俱增。

我的祖父一向不事生产，不过问家事。太祖父母去世后，家中的钱财、店铺几乎全部掌握在他的三哥手中，他名下只分得有几十间房屋的"琴剑山庄"和几十亩田地，全家完全靠地租生活。此时，祖母已生四子一女，祖父依然不懂得改弦易辙，好好地把这几十亩田地管理起来，反而放心大胆地把自己名下的田庄交给他三哥去代管，自己仍然过着优哉游哉的老太爷生活。

祖父的三哥，也就是我父亲的三伯父，他是个表面上和善且极有风度的乡绅。他不但常给穷人施米施粥，而且还专门办了个义厝，出资帮穷人把客死云南、贵州的亲友尸骸运回湖南安葬，所以他在当地博得个"沈善人"的美名。但实际上，他却是个吃人不吐骨头的笑面虎。

那年月，抽鸦片烟的人很多，开鸦片馆也不违法。"沈善人"在长沙开了个被当地人称为"土狗行"的鸦片馆，专门出售鸦片，而且给这种谋财害命的毒品起了个极好听的名称，叫"福寿膏"。湖南本地不产鸦片，他便效仿乃父贩私盐的办法，派人到云南、贵州一带去低价收购。可是，由云、贵到湖南交通不便，沿途的崇山峻岭常有土匪出没。为了防止被土匪打劫，他便在湘潭办了个义厝，名义上为乡里运回客死云、贵的亲友尸骸，实则是用棺木装运烟土。到湘潭后，再连夜取出烟土。

父亲年幼时，胆大顽皮，曾多次在义厝院门的门缝里偷看，常常见"沈善人"半夜三更领人打开新运到的棺木，从中取出一块块黑黑的烟土。他当时不知那黑黑的东西为何物，就跑回问我祖母。祖母一听就惊慌失措地捂住他的嘴，连连说："罪过，罪过。"并一再叮嘱他，不要说出去。家父当时不明白母亲为什么那样惊恐，为什么说"罪过，罪过"。随着年龄的增长、阅历的增加，他才知道"沈善人"此举是多么卑鄙歹毒，而一向善良正直的母亲在那种大家庭里根本没有地位，明知"沈善人"干的是缺德事，却也是敢怒不敢言。此事虽与家父毫无关系，但家父却一直深以为耻，讳忌甚深。

　　"沈善人"不但贩鸦片牟取暴利，坑害乡里，甚至连他自己的亲兄弟——我的祖父也不放过。他常常把大把大把的现金借给我祖父及我那两个比家父年长十来岁的大伯、二伯去挥霍，处心积虑地想侵吞我祖父的田地和房产。懦弱无能的祖父和两位年少无知的伯父只知吃喝玩乐，甚至感激"沈善人"的慷慨大方，误以为是"手足情深"，竟丝毫不知这是一个蓄谋已久的阴谋。

　　就这样一来二去，没几年工夫，祖父一家债台高筑。"沈善人"立即翻脸，逼迫祖父把他名下的田地、房屋交出抵债。祖父被逼无奈只得把自己名下的田地及琴剑山庄转让给"沈善人"，自己一家只留下几间住房。

　　此次家变，虽说一家人没有流落街头，但生活来源却完全断绝。一向锦衣佳肴的祖父一家不得不典当首饰、衣物度日，常常家无隔夜粮，不得不以红薯充饥。年近半百、过惯了浪荡生活的祖父不得不跑到长沙去找事情；两个年过 20 岁的伯父也各奔东西，外出投亲靠友找事情做。祖母带着年仅 11 岁的父亲和 10 岁的叔叔在湘潭过不下去了，只好卖掉自住的几间房子，搬到长沙，借居在长沙娘家被称为"宜园"的小院里。

　　祖父过惯了大少爷生活，从未做过一天事，此时在长沙也找不到事情做，只得靠变卖房产的钱度日。幸亏，此时父亲的姐姐、我的姑妈沈景辉已从湖南湘雅医学院毕业，并与后来在北伐军叶挺团当团教导员的余乐醒结了婚，完全不用家里津贴，有时还寄些钱给祖母，接济他们。

　　这次家道中落时，家父虽然年幼，但受的刺激、感受到的屈辱却是刻骨铭心。这也就是父亲始终不愿提及家世及祖父的原因，这是他一直埋藏在心灵深处的秘密。

顽童的觉醒

　　家父年幼时非常顽皮。他五六岁就开始上私塾。与他同年的孩子见了先生都吓得战战兢兢，而他却从不畏惧，甚至常常捉弄先生。

最初教他的先生是一位五六十岁的迂腐的老夫子。他总是身着长袍马褂。辛亥革命后，他依然顽固地留着根花白细长的辫子。在课堂上吟读诗书时，总是拖腔拉调，摇头晃脑。他脑后那根细长如马鞭似的长辫即随着他的脑袋摇来摆去。父亲觉得先生的模样非常滑稽可笑，一下课就在教室里怪模怪样地模仿先生。

有一次，他正得意扬扬地模仿先生时，被先生无意中发现了，于是用竹片狠狠地打了他的手掌。家父挨了打很不服气，想方设法要整治一下先生。他与叔叔商量后，决定在先生的椅子上反放两枚图钉。因为先生每次在课堂踱来踱去地吟完诗书后，总爱一屁股坐在讲台前的太师椅上，看着学生朗读。这天早上，小哥俩早早地赶到私塾，把事先准备好的图钉反放在太师椅上，静等着看先生的洋相。结果不言而喻，老先生一屁股坐下去，顿时像触电般地惊叫着跳了起来，满堂的学生被先生的狼狈相逗得哄堂大笑。

老先生气得胡须颤抖地把打学生用的竹片拍得山响，扬言不查出肇事者，便挨个打学生的手板。父亲虽为自己的恶作剧而得意扬扬，但见连累了大家，就站起来承认是自己干的，颇有点"好汉做事好汉当"的味道。

先生当场用竹片把家父的手掌打了50下，打得他手掌肿得老高，但他只是号哭，却不肯求饶、认错。老先生气急败坏地跑到沈家大屋向祖父母投诉。祖父一向不过问家事，听了老先生的话后，只是气哼哼地瞪了父亲一眼，骂了句："不长进的东西！"便甩手外出，跟朋友饮酒打牌去了。管教儿子的事，自然落在了祖母肩上。

我的祖母罗群出生在长沙的一个书香门第。她自幼饱读诗书，通情达理，且为人精明而善良。可叹的是中国传统的三从四德、逆来顺受的旧礼教在她身上也根深蒂固。结婚后，在沈家大屋那种封建的大家族中，公公婆婆掌管一切，根本没有她的地位和发言权，加上她在生我父亲时，月子里落下了个寒腿病，有条腿走起路来一跛一拐，很不得劲。这样更加失宠于公婆和丈夫。她也只有忍气吞声，除了念念佛经、读读诗书外，几乎把全部的心血都放在几个儿女身上。父亲曾告诉我说，他的古诗词根底大都是祖母教的，而且祖母长年吃斋念佛，以善为本。父亲小时候有几次在自家窗口看见有人正在偷他家场院上晾晒的粮食，便不由自主地冲祖母喊道："妈妈快来看，有人偷我家的粮食。"

每当此时，祖母就会慌慌忙忙、跛跛拐拐地拖着有病的小脚跑过去，把父亲拉离窗口，并捂着他的嘴，小声说："莫作声，莫作声，莫吓着人家。"随后又对迷惑不解的父亲说："叔逸呀，以后千万莫这样。你要晓得，人家如果不是穷得没饭吃，怎么会去偷呢？你晓不晓得，饥寒交迫的人是最可怜的呵……"这番话给父亲留下了极为深刻的印象。后来他发迹之后，祖母总是让佣人每顿饭都煮满满的一大锅，为的是好散发给街边的乞丐。父亲在重庆任总务处长时，每天开饭后，我家后门外总是围着一大群乞丐，等着家里佣人给他们分发饭菜。父亲对此也从无微词，所以祖母晚年总是愿意跟我父母住在一起。

不过，父亲年幼时实在是太顽皮，虽然祖母对父亲和叔叔这两个最小的儿子期望很高，怕他们长大后也像乃父乃兄一样游手好闲，不求长进，所以对他们小哥俩管教较严。但是父亲天性聪明、淘气，常常在外面惹是生非，令祖母伤心。祖母气极了就罚他下跪，作为惩罚，然后再让他到事主面前去赔礼道歉。

由于父亲与叔叔年龄相仿，兴趣相近，两人总是形影不离，所以在外面调皮捣蛋的事常常两人都有份。每当此时，祖母就让他俩各自点上一炷香，分别在卧室两边，背对背地面壁而跪，反省思过。什么时候自己面前的香烧完了，才可以站起来。每逢罚跪时，父亲总是把小香炉放在自己面前的板凳上，他一跪下，就冲着香烟袅袅的香炷轻轻地吹气，他面前的那炷香总是燃得比叔叔的快一倍。最初，叔叔不明就里，还以为父亲的那炷香原来就比他的短，所以，每次让罚跪时，他总要把两炷香比来比去，最终他也未发现父亲的秘密。

那一次捉弄老师的事发生后，祖母仍免不了教训他们一顿，之后又让他们跪一炷香。父亲因为手掌被打得疼痛难忍，也顾不得吹香了，却是噙着眼泪暗暗琢磨着如何再向先生报"仇"，而又不被先生发现。一炷香跪下来，他的鬼点子也想出来了。香一燃完，他便强压住兴奋，苦着脸去向祖母道歉，并拉着叔叔一同去先生家赔礼。可是一出家门，他就兴奋地拉着叔叔说："走！我们到田里去抓几只癞蛤蟆送给先生。"

叔叔没父亲鬼点子多，胆子也没父亲大，但对父亲的话却言听计从。他不解地问："为什么要送癞蛤蟆给先生？"

父亲神秘地诡笑道："现在不告诉你，今晚让你看场好戏就是了。"

到先生家时，先生一家老小正在厨房里吃晚饭。父亲趁机溜进先生的卧室，把抓到的几只癞蛤蟆塞进了先生床下的夜壶里……

小孩毕竟是小孩，父亲回家吃过晚饭后，又忍不住拉着叔叔，并邀了几个小朋友一起到先生家的墙外去看"好戏"。

先生卧室的后窗正对着屋外的一块菜地。几个小孩摸黑溜到先生卧室那用毛边纸糊的木格窗下，用小舌头在毛边纸上舔了几个小洞，往里窥视。

此时，先生已脱去长袍马褂，仅着一身白粗布衣裤坐在床边悠然自得地抽水烟袋。几个小孩敛声屏气地趴在窗外等着看事态发展。先生抽足了烟，咳嗽几声，清了清嗓子，便从床下拿出夜壶小便，准备解手后，上床休息。他哪知一泡热尿下去，夜壶里的癞蛤蟆便"噼里啪啦"地一顿乱跳，吓得先生惊叫着把夜壶往地上一扔，连连倒退。夜壶碎了，尿水流了一地，癞蛤蟆满屋乱蹦……

窗外的几个小孩都禁不住放声大笑。先生一听就知道是父亲搞的鬼，气得冲到窗前破口大骂。父亲和几个孩子吓得撒腿就跑。叔叔岁数最小，慌忙中被田埂绊倒，连哭带喊地叫："三哥，三哥。"父亲转身跑过去，像扛麻袋似的把叔叔往肩上一扛，撒腿就跑……

现在旅居加拿大、年逾80的叔叔依然记得他和家父儿时的这场"历险记"及10岁的乃兄把他扛在肩上奔跑的情景。

打那以后，家父的调皮捣蛋出了名，周围四乡的私塾都不肯收他这个学生，祖母只好托人把他送到长沙的公立小学读书。

第二年，祖父的家财耗尽举家迁往长沙，突然的家道中落一下子使家父成熟了许多。14岁那年，他利用暑假随父亲去汉阳，准备去祖父在汉阳的一位做生意的表兄那里当学徒。祖父那位姓徐的表兄见家父虽然只有14岁，却个子长得很高，人又聪明伶俐，便一个劲地夸奖他。祖父知道这位表兄只有一个女儿，没有儿子，又见他如此喜欢父亲，就开玩笑似的说："既然你喜欢叔逸，不如把他过继给你当儿子。"

孰料其表兄连连摆手，哈哈笑道："算啦算啦！我可承受不起，我没有老太爷那么多家财让你们沈家子孙来败。"

一句话说得祖父面红耳赤。父亲虽只有14岁却也听明白了他的意思，羞愤得无地自容，甩手冲出徐家，含着泪水暗暗发誓，决不像乃父那样庸庸碌碌，让人瞧不起。这是他有生以来第一次受到的刺激和羞辱。不过，这句话也激发了他奋发图强、自强不息的决心，成为他内心深处，凡事认真负责、逞强好胜的原动力。

打那以后，他靠着姐夫余乐醒的资助，继续上学，一年后就考上了长沙辅仁中学，成绩一直不错。倘若在太平盛世，凭着家父的聪明和毅力，他很可能成为学有所长的知识分子，在知识界干出一番成就。然而命运弄人，正当他即将初中毕业时，日本人入侵东三省，紧接着又在上海点燃了战火，爆发了"一·二八"事件。父亲和所有热血青年一样，再也无法静坐书斋，而是投身到了全国性的反抗日本侵略的学生运动之中。由于当时国民政府的不抵抗政策，学生的爱国运动不仅未得到政府的支持，反而遭到了压制。学生们在游行中与前来驱赶的军警发生了冲突，打斗起来。结果是父亲和几个带头游行并与警察打斗的学生统统被开除学籍，赶出校门。

失学之后，父亲决心去上海投奔他一向敬佩的姐夫余乐醒。殊不知，余乐醒此时已被任命为复兴社特务处上海特区区长。

年仅 18 岁的父亲抱着美好的愿望去上海投奔余乐醒，就这样混混沌沌地走上了一条充满血腥、充满罪恶的人生旅程。

第二章　决定命运的关键人物

凡是人，都是一部分依照自己的思想，一部分依照别人的思想来生活和行动的。他们在多大程度上依照自己的思想生活，在多大程度上依照别人的思想生活，这就构成了人与人之间的主要区别。

——列夫·托尔斯泰

纵观父亲的一生，我所感受和体验到的是：沈醉之所以成为沈醉，在很大程度上是与他的姐夫余乐醒，军统特务头子戴笠、毛人凤，他的母亲罗群以及我们敬爱的周恩来总理的引导分不开的。他们均在不同时期、不同事情上对父亲产生着举足轻重的影响，而父亲也是在很大程度上依照着他们的指导，生活、行动，从而也就构成了父亲曲折坎坷而又丰富多彩的传奇一生。

关键人物之一
人生起点的"引路人"余乐醒

余乐醒是家父的姐夫，也是他人生起点的"引路人"。他出生在湖南醴陵的一个穷苦农民家庭，天资聪慧，勤奋好学，青年时对革命充满了热情。20世纪20年代初，共产党募捐资助进步学生去法国勤工俭学时，他幸运地跟周恩来等热血青年一起前往法国攻读化学和机械专业，并成为学生中最早的一批中共党员。大革命时期，他学成回国，在黄埔军校任教官，结识了刚从湖南湘雅医学院毕业后、前往黄埔军校任军医的姑母，也就是家父的姐姐沈景辉。

我姑母年轻时长得极为俊美。她秀发如云，鼻挺唇甜，仪态万方。特别是她那鹅蛋脸上镶嵌的那对又大又黑的眸子，就如同两泓深幽的秋水，是军校最引人注目的一位少女。军校里追求她的人很多，但她却与余乐醒一见钟情。

余乐醒不仅博学多才而且英俊潇洒，身材修长挺拔，所以两人很快就由恋爱而结婚。不久，余乐醒调到北伐军叶挺领导的独立团出征北伐，我姑母也随军行动，当军医。1926年国民革命军和独立团打败军阀吴佩孚，浩浩荡荡开进长沙城时，父亲才12岁。他对骑在马上威风凛凛的姐夫敬佩得五体投地，一心想像姐夫一样持枪跃马去干革命。余乐醒非常喜欢父亲这个比他小十几岁的妻弟，不仅答应他，等他长大了带他出去干革命，而且带他去见了当时人们心目中的北伐英雄——叶挺。这件事给父亲留下了深刻的印象。所以，父亲 1932 年因闹学运而被开除学籍后，立即想到要去找姐夫，跟姐夫去干革命。如果余乐醒当时仍是一名共产党员的话，父亲的人生长河，就可能会是另一番情景。

不幸的是此时的余乐醒已非彼时的余乐醒了。他在 1927 年"四一二"白色恐怖，国共分裂之前，曾被中共派往苏联留学，专门学习情报、间谍，等他学成回国时，中国正处在白色恐怖之中，共产党人纷纷转入地下，共产党中央组织也由上海转移到了江西瑞金。他从此与党组织失去了联系。最初被人介绍到西安杨虎城开办的军工厂当工程师，由于工作上的原因，他得罪了杨虎城，只得离开西安，返回上海。正当他流落上海，生活无着，前途渺茫之际，遇上了原黄埔军校六期的学员戴笠，正奉蒋介石之命组建国民党复兴社特务处（即军统的前身）。经人介绍，戴笠亲自出马去上海邀请余乐醒担任特务处上海特区区长之职。

余乐醒本人对这一职务并不感兴趣。他虽然是学情报、间谍的，这一职务对他而言可谓是"专业对口"。但是，论资历，他在黄埔军校任教官时，戴笠才是刚考进黄埔的入伍生；论学识，他留学过法国、苏联，通精化学、机械、情报，而戴笠却只不过是连初中都没念完的人；论政治立场，他曾是中共的最早党员，而戴笠却是蒋介石的忠实走卒。如今让他成为戴笠的下属，他心又何甘？但是，此时的他迫于生计，同时也对共产党失去了信心，于是只好硬着头皮接受了这一职务。

家父去上海找到他，并要他介绍自己参加革命工作时，余乐醒也不是没有顾虑。他一面要家父好好考虑，并建议他继续去求学。但家父却认准了非要跟着他干"革命"不可。他又何尝不知道，家父口口声声所说的"革命"，和他自己眼下所干的"革命"完全是两回事。但他又无法把自己以前革命的性质和眼下"革命"的性质向他解释，只好勉强答应父亲在他手下当个小小的交通联络员，帮他跑跑腿，送送信。他自己做梦也没想到，此举不仅把父亲引入了罪恶而污秽的泥塘之中，而且十年后家父竟一跃而成了他的顶头上司。

家父入军统后不久，就得到了戴笠的宠信，步步高升，28岁就跻身为军统局本部八大处长之一。而余乐醒却是一直走下坡路。戴笠在创办军统之初，正是用人之际，对他恭敬有加，但随着地位的高升，权力的扩大，他对余乐醒这位各方面都远远高于自己的下属越来越有了戒心，总担心被他取而代之。特别是抗战初期，戴笠要在湖南临澧办个特训班，自任名义上的特训班主任，要余乐醒任副主任。从招募学员、创建校舍、招聘教官到主授情报等一系列工作，完全由余乐醒一手操办，把特训班搞得有声有色，加上他学识渊博，又沿用了在共产党内的那套联系群众、平易近人的作风，所以学员们都非常敬佩他、亲近他，反而对戴笠这个掌管军统的主任非常陌生，且敬而远之。为此，戴笠非常恼火。他一直视学员为他自己事业进一步飞黄腾达的基石，不容许任何人取代他在学员心目中的地位。他认为余乐醒是在有意地拉拢学员，发展自己的势力，即撤销了余乐醒副主任之职。

不久，汪精卫叛逃到越南，蒋介石命戴笠派人前往越南暗杀汪精卫。于是戴笠就把这项既危险又艰巨的任务交给了余乐醒，让他率领行动人员潜入由法国人统治的越南河内市，尽可能利用毒药使汪精卫毙命。

余乐醒是研制化学毒品的专家。到河内后，他发现汪精卫身边的人都对他忠心耿耿，根本不可能收买他们，利用他们去给汪精卫下毒。后来他打听到，汪精卫所居住的高朗街一带住户大都向附近一家面包房订制面包。汪家也常在此订购。于是准备把毒药注射到面包里，买通负责送货上门的面包房伙计，将有毒的面包送去。他们事先买回了几只面包进行试验，结果发现此道仍行不通。因为毒药注射进面包后，便结成了颇似黄豆状的硬块。于是，他又准备设法让人把装有毒液的瓶子放进汪精卫的浴室。因这种毒液稍一受热便会散发出来，使人窒息而死。

正当余乐醒等人想方设法准备找人将毒液送进汪家浴室之际，戴笠却急不可待地发去密电，命他们立即采取暗杀行动，以免汪精卫逃离河内，潜往日本。于是，余乐醒只好让负责暗杀行动的副组长陈恭澍派人密切监视汪家，伺机枪杀汪逆。

不几天，监视人员就发现汪家大小正在打点行装，准备远行。他便顾不得许多，即与陈恭澍商量决定，一旦汪精卫乘车外出，便尾随他们，离开河内市区之后，即对汪家进行阻击，射杀汪精卫。因为市区内巡警众多，戒备森严，而且当局规定任何人都不得携带或使用武器，一旦发现即将判刑坐监。为了安全起见，他们决定在市区外采取行动。

计划刚订好的第二天早上，汪家全班人马果然分乘两辆黑色的大轿车，迅速地向西贡方向的达莫桥驶去。

陈恭澍连忙带着六个行动人员，乘坐一辆福特牌小汽车尾随追赶。那日骄阳当头，陈恭澍等行动人员坐在车内根本看不清汪精卫坐在哪辆车里，同时又担心汪家车内有雇用的越南警察同行，即准备驶近些看清楚后再动手。可他们万万没想到，当汽车驶过达莫桥，已经看清楚汪氏乘坐的轿车时，汪氏的人也发现了他们，并立即迅速地掉转车头，向来的方面飞驰。等陈恭澍等行动人员掉转车头时，汪氏的两辆车已驶出了200多米。陈恭澍等人只好加足马力急追。可是快到达莫桥时，过桥的汽车越来越多，陈氏的福特车夹在过桥车辆之中，被远远地甩在后边。他们曾想弃车奔过去袭击汪精卫，又恐光天化日之下难以逃离现场，思来想去还是觉得过桥后再行动为妥。也许汪精卫当时命不该绝，汪氏的黑轿车过桥后，陈恭澍的福特车却被桥头的红灯拦在桥头，从而错过了刺汪的良机。

余乐醒和陈恭澍都知道，若不迅速处决汪氏，戴笠定会追究他们的责任。于是决定铤而走险，半夜里翻墙进汪家，行刺汪氏。当天晚上，夜深人静之后，陈恭澍亲自开车带人扑向汪宅。结果由于行动人员过于紧张，没枪杀了汪氏，却把他的秘书曾仲鸣给打死了，而且枪声一响，附近巡逻的警车立即赶到了汪家，先后拘捕了三个未能脱身的行动人员。

事发之后，河内当局担心重庆方面再派人来暗杀汪氏，便派了许多军警日夜守护汪宅。日本政府亦立即召开五相会议，派人到河内营救汪氏。一个月后，汪氏即在越、日双方的配合、掩护下，逃离河内到了上海沦陷区，继而前往日本。

刺汪行动失败后，戴笠便理直气壮地把余乐醒打入了"冷宫"，发配他到军统局在遵义的一个小小炼油厂去负责。然而，此时的家父却与余乐醒的情况恰恰相反。他由特训班行动教官调往常德警备司令部任稽查处处长，继又调重庆警察局任侦缉大队队长、重庆卫戍总司令部稽查处督察长、军统局总务处少将处长等职，几乎是在一年之内连升三级，一跃而成了余乐醒的顶头上司。当时父亲才 28 岁，而余乐醒已经是年过 40 了。

家父和他姐夫的这种关系大调换，使彼此都很尴尬，特别是父亲。他一直敬重他姐夫，视他为自己的恩人，自己进入军统的"引路人"。在他与戴笠的矛盾冲突中，家父既不愿得罪戴笠，又不愿怠慢姐夫，只想谨慎地保持中立。然而，戴笠却决不允许他持中立态度。

有一次，遵义炼油厂有人向戴笠打小报告，说余乐醒伙同厂里的总务组长等人挪用公款做买卖。戴笠便乘机令家父前往炼油厂去调查。这无疑是戴笠对他的一种试探，看看家父对他的忠实程度。家父意识到这一点后，惊得出了一身冷汗。他知道，在对待余乐醒的问题上，自己若有稍许偏差，不但不能替姐夫解围，而且自己也将永远失宠于戴笠。他当着戴笠的面只好硬着头皮应承下来，但内心却极为苦闷。他清楚若自己亲自去调查，彼此尴尬不说，若情况属实，姐夫就将有坐监或杀头的危险。这不等于是自己把他送进监狱，送上断头台吗？若真如此，自己又于心何忍，又如何向母亲和姐姐交代？家父思来想去，最后还是派了一名部下先去遵义调查，以避免与姐夫见面时的尴尬局面。

幸亏真相很快查清，余乐醒所谓用公款做买卖的事，不过是那个想夺取余乐醒厂长位置的副厂长在夸大其词。余乐醒当时只不过是鉴于当时法币天天贬值，而炼油所需的原料又常常缺货，为了保值，他让人在原料缺货时将资金先买上其他商品，等原料来货时再把商品卖掉去买原料。这中间他充其量只挣点商品与原料的差价。

家父了解内情后，大大地松了口气。他认为问题并不严重，充其量给个撤职处分罢了。孰料戴笠并不这么认为，他硬抓住这点大做文章，派人把余乐醒押到重庆，关进监狱。原来，戴笠发现，余乐醒被打入"冷宫"，调到遵义后，原特训班的学员依然对他非常敬佩和亲热，不管余乐醒走到哪里，只要那里有特训班的学员，大家就会主动聚集一起盛情款待他。对此，戴笠是又妒又恨，所以找碴儿就把他关进牢房，想借此来打击他在学员中的威信。

余乐醒被关进监牢不久就心脏病复发。家父只好硬着头皮去向戴笠求情，保释姐夫入医院治疗。戴笠知道，若让余乐醒病死在狱中，势必引起学员和部属对自己的强烈不满，于是家父一求情，他便毫不犹豫地同意将余乐醒送进军统局办的"四一医院"治病，但只允许父亲每周去探望一次，而且不许余乐醒接触医生、护士以外的人。实际上等于把余乐醒软禁在了医院里。一直到1946年3月17日，戴笠坠机身亡之后，毛人凤才把他放了出来。余乐醒也从此脱离军统，自托关系在善后救济总署找了个上海汽车管理总处的处长职位。

1948年初，父亲受毛人凤排挤，从南京调到昆明，任保密局（军统局改名后名称）云南省站少将站长。随后我祖母也从上海的余乐醒家迁到了昆明。她老人家一到昆明，就悄悄地告诉父亲说："我住在你姐姐家时，天天晚上都看见一个年轻人去她家。你姐夫说是他的同事。可是我每天半夜都能听见你姐夫和那个年轻人在洗澡间发电报的声音。我把这事告诉你，是要你知道：如果你姐夫跟你走的不是一条路，你可千万要保护好他，出了差错，我可就找你算账。"

家父听了祖母的话后，心里又急又气。他知道姐夫十几年来一直受压，郁郁不得志，肯定对国民党极为不满，很可能又与共产党取得了联系，倘若情况属实，必定招来杀身之祸。

祖母见他半晌也不答话，便厉声说："你要是敢出卖你姐夫，我就跟你拼命。"

家父情急地对祖母说："我保证不会讲出去。不过，这种事要是让外人发现了，我想护他也护不了呵！有机会，我得好好劝劝他。"

祖母叹口气说："你姐夫如果真走了那条路，那也是被逼出来的。你想想，他那么有学问的人，在国民党里得到了什么？现在他既然自己找了出路，就让他去吧，人各有志嘛！"

家父当时嘴里不说什么，心里却对他姐夫很不满，怨他不该背叛国民党，和自己分道扬镳。

不久，辽沈战役胜利结束，国民党几十万人马被歼。国民党的上层人物都惶惶不可终日，纷纷把家眷迁往香港或台湾。此时余乐醒也把妻子儿女以及家产均送往了台湾，但他自己却仍留在上海不肯走。毛人凤对此深感怀疑。有天他把家父叫到他的办公室，一本正经地问："你姐夫怎么还不走？现在共产党正在搞'归队运动'，对过去脱党的人都欢迎回去。你看你姐夫是不是也在搞'归队'呀？"

家父大吃一惊，但仍镇定地说："我想他不会再'归队'的。他在军统这么多年，为军统培训了那么多人才，一向忠心耿耿，怎么会叛变投敌呢？"

毛人凤冷冷地回答："今天形势变了，要提高警惕，你去了解一下，我们要主动，要先发制人。我相信你在团体和姐夫之间，在忠于谁的问题上，应该有所选择。"

家父只得点头称是，第二天一大早，就赶往上海愚园路余乐醒家。佣人告诉父亲说，他姐夫正在餐厅吃早点。父亲径直闯入餐厅时，余乐醒正专注地在电炉上烘烤法式小面包，他的突然闯入，使余乐醒面色骤变，连手上的面包也掉在了炉子上。父亲见状，忙笑着帮他捡起面包，抱歉似的说："我昨晚才到上海，急于想向你请教一个重要问题，所以没来得及打招呼。"

余乐醒这才平静下来问："吃早点没有？"

他故作轻松地说："还没呢，想请姐夫一起去吃广东早点。"

"不必了，这里有面包，咱们边吃边谈。"说着，他随手拖过一把椅子，并递给家父一杯热牛奶。

他喝着牛奶，便先谈起此次毛人凤把他从昆明招来的主要原因。

原来，辽沈战役失败后，李宗仁就把他的桂系部队从安徽一带一点点往南京方向转移，企图对蒋介石进行"逼宫"，让蒋介石辞去总统之职，让位给他。蒋介石对他恨之入骨，决定先发制人，即令毛人凤派人去暗杀李宗仁，以除后患。于是毛人凤急电家父，让他赴南京组织暗杀李宗仁的行动。但不久徐蚌会战也失败了，反蒋声浪日益高涨。蒋介石为了缓和局面，下令暂时停止暗杀李宗仁的行动，准备让李宗仁暂时代理一下总统之职。此时，毛人凤又决定让父亲暂不要返云南，而留在南京、上海等地，纠集一些有经验的老牌特务，组织一个"行动总队"，专门逮捕、暗杀反蒋的民主人士和国民党上层的动摇分子。

当家父刚说完自己曾奉命暗杀李宗仁时，余乐醒便长叹一声说："总

这样争权夺利，不顾民众死活，怎么得了？我看你也该考虑一下今后的去
向了。"

他说到此就打住话头，静观家父的反应。家父一时没反应过来，即把
毛人凤让他组织"行动总队"的事告诉他姐夫，并强调说，这个组织主要
任务是搜捕大中城市里，不满国民党的知名人士和国民党上层的动摇分子。
父亲说这话的目的是想探听姐夫的口气，并告诫他不要跟共产党走，免遭
杀身之祸。

余乐醒听后，久久望着他，半晌才反问道："你认为这样做就会使人
满意啦？就没人反对啦？"

家父顽固地说："那当然。对反对我们的人只有逮捕、杀掉。这样至
少使人不敢公开反对我们。"

余乐醒听后一言不发，只是不屑地冷冷一笑。父亲心里老大不高兴，
便略带威胁地说："这关系到'党国存亡'的关键问题，对反对我们的人，
心慈手软就是不忠于党国，在这种时候，如果不下最大的决心，直至大义
灭亲，是无法挽回失败的局面的。"

余乐醒仍是一言不发，只是放下手中的牛奶杯，点上支烟，慢慢地抽
了起来。父亲知道他是个聪明人，话说到这个地步，他应该明白了，便也
不再说什么，低下头吃早点，也好让他思考一下。

他吃完早点后，余乐醒顺手递给他餐巾说："你要知道国民党不得人
心才遭到老百姓和自己人的反对。你那样为毛人凤拼命卖力，把他捧上了
局长位置，而他对你又怎样？连南京都不让你待，把你挤到云南去了。现
在用得着你啦，又想起你，让你去替他们卖命。"

家父听出他是在离间自己与毛人凤，便不满地想："个人矛盾怎么能
影响到党国利益呢？"于是，他故意顶撞说："我过去为戴先生不也一样
拼命卖力？否则戴先生怎么会那样爱护我？我相信毛人凤迟早也会像戴先

生一样对我。"

余乐醒苦笑地摇摇头说："不，戴笠和毛人凤不一样。戴先生爱护你，提拔你，是因为你对他构不成威胁，你不可能跟他去争高低，所以他对你放心。毛人凤不同，你和他资历、才干都不相上下，而且你的学生和搞外勤的经验都比他多，还野心勃勃地要跟他争权夺利。他能容你吗？现在他表面上重用你，实际上很可能是借刀杀人。你想想，这次如果暗杀李宗仁得逞，桂系兴师问罪时，蒋介石为平息桂系之愤，会把谁扔出去当替罪羊？那还不是你嘛。依我看，你也别组织什么行动总队了，先回云南安安静静地过日子，静观待变。现在你杀的人再多，再卖力气，也难挽回整个失败的局面了。"

他这一席话正说到了父亲的痛处。他浑身燥热，半晌说不出一句话来。余乐醒见状，又长叹一声，颇为懊悔地说："十多年前，你来上海时，我们实在是应该坚持让你继续去读书深造，凭你的聪明才智，一定能学出点成就来。可是，我却把你带进了军统。十几年来，我眼睁睁地看着你一步步走上了这条可怕的道路。你或许不后悔，但我却终生悔恨。我不但对不起你那仁慈的母亲，也对不起你呵！"

家父原想说服余乐醒，没想到竟让他说得自己哑口无言，紧接着又听见余乐醒说："是否成立行动总队的事，你可得认真考虑呵！"他言语之间流露出兄长般的关切之情。

家父见状，顿时想起了他的种种好处：姐夫不但孝敬自己的母亲，而且对自己恩重如山。若不是他当年介绍自己入军统，自己一个初中未毕业的青年怎么会有今天？当年自己在临训班任行动教官时，曾与当时的女学员粟燕萍热恋，被人告发。因戴笠规定抗战期间工作人员不准谈恋爱，特别是不许与特训班那些日后要派往沦陷区去做工作太太的女学员谈恋爱，否则不但要把两人调开，而且要给予纪律处分。余乐醒在戴笠追查此事时，谎称自己与粟燕萍是儿时父母给定的娃娃亲。戴笠这才没有追究，自己也如愿地与粟燕萍结成了伉俪。

更让他难忘的是，半年多以前，毛人凤曾排挤自己时，他特意把自己叫到上海，一再劝说自己不要冲动。可那时由于自己年轻气盛，曾恨恨地对他说："我帮他挤走了郑介民，他反过来这样对我，我真想杀了他，我长这么大还没吃过这种哑巴亏。"他立即捂住自己的嘴巴说："你快别说这种话，让人听见会招来杀身之祸。你现在可不能这样干，在保密局里我们的亲戚有40多个，你若出了事，大家都会跟着遭殃。你先忍忍吧。等有机会，设法离开这个部门。在这个部门干下去是不会有什么前途的……"

想起这些往事，家父忍不住深情而又担忧地对余乐醒说："姐夫，你也一定要谨慎小心呵，毛人凤已经对你产生了怀疑……"

余乐醒感激地点点头，拍着他的肩说："放心吧，这事我早知道了，让他们来搜查吧，看有什么值得怀疑的地方。"

临别时，余乐醒一直把他送到门外，彼此都依依不舍地紧握住对方的手，仿佛还有好多话要说。家父万万没料到，这次相见竟成永别。

上海解放前夕，毛人凤发现余乐醒确与共产党地下组织发生了联系，即派人前去逮捕他。幸亏其中有一个特务曾是他的学生，那学生听说此事后，立即打电话通知了他，在搜捕人员到达他家之前，他已经转移了。此后，家父再没有听到过他的消息。直到1981年底，家父被邀请为全国政协委员之后，突然接到一位陈家泽先生于1981年12月17日寄来的一封信。此人当时化名"忠云"，曾是中共地下党的党员，他和余乐醒在上海解放前一年，为共产党做了不少工作。1949年夏天，余乐醒曾要求党组织派人去云南与家父秘密联系，争取他弃暗投明。当时家父的胞弟沈季龄——我的叔叔亦在上海。他希望得到乃兄的消息后，再一道行动，投向人民。遗憾的是叔叔等了数月仍不见中共组织答复，只好失望地离沪赴港。就在此时，中共华东统战部部长陈同生会同解放军二野参谋长李达派人到上海，与余乐醒一道共同商量策反家父之事，决定派一名叫张轲的地下党员前往昆明与他接头。可见余乐醒最后仍惦着拉家父一把，以免他成为蒋家王朝的陪葬品。

遗憾的是，张轲到达昆明之时，正值家父奉蒋介石、毛人凤之命，配合云南省警备司令部进行大搜捕活动。昆明市区警备森严，三步一岗、五步一哨，抓人的警车、三轮摩托不时地在大街小巷呼啸而过。警察、宪兵挨个搜查旅店，发现可疑的人就抓。张轲见状也不敢在昆明停留，更不敢去找家父，又返回了上海。余乐醒听完张轲的汇报后，懊悔得直跺脚说："唉！是我给他领错了路，是我毁了他。"

中华人民共和国成立后，余乐醒被派到上海某机械厂任工程师。据说，抗美援朝中，他负责的产品有偷工减料的行为。"五反"运动中，他因"现行"问题和历史问题，被投进了监狱。不久，因心脏病复发而病死狱中。

关键人物之二
主宰其命运的戴笠

沈醉之所以成为"沈醉"，除余乐醒这个"引路人"外，真正主宰沈醉命运并把他塑造成军统要员的关键人物就要数军统头子戴笠了。

1932 年，家父到上海加入军统之时，正是复兴社特务处成立之初。戴笠当时虽受蒋介石器重被委为特务处处长，但他并没什么名气，也没什么实力，加上他的部属大都比他资历深、学识高，对他都不甚服气，因此他几乎没有几个亲信。为了发展他的事业，他不得不极力地树立自己的威信，培养自己的亲信。

家父第一次奉余乐醒之命，到杭州警官学校去给戴笠送信时刚刚 18 岁，才出学校门不久，单纯幼稚并带几分孩子气。所以，戴笠一眼就看中了他，认为他是一个可塑之材。他一改往日对待部下的严肃面孔，待家父格外和蔼亲热。他除了邀请家父和他一道共进午餐之外，还破例送家父 100 元钱，让他在杭州好好玩几天，并说，他的儿子戴藏宜跟家父同岁，在上海上大学，邀家父在他儿子放寒假时，一起到南京去玩。

半年之后，戴笠就委任家父为上海特区法租界情报组组长，继而又让他兼任行动组组长。组长之职虽微不足道，但让一个年仅十八九岁、初中尚未毕业的青年，去领导情报组那十几个三四十岁、出身黄埔军校或土匪、帮会的组员，不能不说是一种大胆的尝试，同时也足见其意欲培植亲信的心情是何等的急切。

为了把家父塑造培植成一个完完全全效忠自己、效忠蒋介石，并且能文能武、能打能杀的特务全才，戴笠可谓是煞费苦心了。他从不放过任何磨炼家父胆量、才干及行动技能的机会，也从不放过任何向他灌输忠蒋反共思想的机会。

他们第一次见面，戴笠就强调说："……我们这个组织是当前最先进的革命团体，它进可作革命的先锋，退则保卫革命的安全。这是项很神圣的工作……"

对家父工作能力的培养方面，他更是言传身教。家父最初对当情报组长之职缺乏信心时，他便勉励家父说："多动动脑筋嘛！要想组员信服你，首先你自己要学会一套搞情报的方法，对组员要奖惩分明，恩威并用……"

1933 年底，戴笠要去福建厦门策反蔡廷锴等人创立的"福建中华共和国人民政府"时，他还特意把家父带上，让他去"开开眼界，学习学习"，并且告诫家父说："对部下要根据每个人不同情况，采用不同的方法，对那些不服从命令，软硬不吃的，就要抓住他的小辫子，狠狠地整治一下，杀一儆百。这样他们就不会再不听话了。"

不久，家父手下的组员胡继业把情报出卖给日本人的事败露之后，戴笠又当机立断地命家父去将其暗杀。家父当时年仅 19 岁，连枪都没摸过，而且当时法租界有专设的行动组，但戴笠偏偏要让家父去执行，足见其是想方设法在磨炼家父的胆量。任务完成后，他立即让家父兼任行动组组长。后来又让他兼任淞沪警备司令部侦察大队行动组组长。以淞沪警备司令少校的公开身份，掩护其法租界情报组长兼行动组长的秘密身份。

当时家父年轻好胜，血气方刚，对自己的公开身份比秘密身份感兴趣得多。因为从表面上看，警备司令部的职责是维护社会治安，保护国民的生命财产，专门追捕、缉拿偷扒抢掠的刑事罪犯，这比在法租界偷偷摸摸地监视、绑架反蒋的社会知名人士或反蒋分子要光明磊落得多。所以，他到警备司令部后，干得特别起劲，主动破获了好几桩抢劫、偷盗的巨案，被当时的小报称为"神探"。他原以为这样做就是对戴笠的最好报答，一定能得到戴笠的欢心。当戴笠从南京到上海时，家父便兴致勃勃地把自己破案成果一一向戴笠汇报。却不料，戴笠不但没有表扬他，反而责备他说："你别把精力都用在这些事情上哟！别忘了清共除奸才是我们真正的责任。你到任何时候都别忘了：我们'团体'的使命是保卫国家政权，既要做革命的先锋，又要保卫委座的安全，真正能和我们争夺国家政权的是共产党和那些反对委员长的异己分子。你抓再多的土匪、流氓又有什么用……"

至此，家父才真正明白，他所在团体的真正使命不是什么"为国除奸，为民除害"，而是要确保蒋家王朝的统治，打击和消灭一切危及蒋氏政权的共产党人及反蒋人士。为了报答戴笠的"知遇之恩"，家父尽心竭力地去完成戴笠下达的各项任务，并苦心研究出了一套在光天化日之下的租界闹市区，神不知、鬼不觉地拘捕、绑架、暗杀反蒋人士的手法。有时甚至不惜冒着生命危险，主动地去做一些连戴笠都感到棘手的事情。

例如"塘沽协定"后，宋庆龄等人组织了民权保障同盟，公开反对、斥责蒋介石的独裁专制，蒋介石非常恼火，命戴笠设法阻止和破坏宋庆龄等人的反蒋活动。戴笠先是命人将杨杏佛暗杀在宋宅不远的地方，企图威胁、恫吓宋庆龄。可是杨杏佛的死不但未能阻止她的反蒋活动，反而激起了更大的民愤，宋庆龄也更活跃地奔走呼吁，进行反蒋活动。戴笠对宋庆龄这样声望的社会知名人士也不敢采取过激的行动，但又不能不想方设法地去阻止她的反蒋活动。

宋庆龄女士当时住在法租界，家父的主要任务是派人监视她的活动及一些与她交往的人。当家父得知戴笠的"难处"后，便想方设法对宋庆龄进行威胁、迫害。他先是让人寄去子弹进行恐吓，并用"美男计"去收买她的贴身女仆李素娥。这些阴谋破产后，他又甘冒死伤或当替罪羊的危险，建议由他自己开车去撞毁宋庆龄乘坐的汽车，造成"意外车祸"的假象，使她伤残，从而无法进行反蒋活动。幸亏，当时戴笠担心宋庆龄若出了事，宋子文和宋美龄下令进行追究，他自己脱不了身，这才放弃了这一阴谋。

从这件事也足以看出家父对戴笠是何等的忠心耿耿。正如他在1937年12月31日的日记中曾这样写道："……盖以雨公（指戴笠）待我之厚，数年来均未得一报答之机缘，况际此国难日深，匹夫之责皆未能尽，于心何安？……"

家父念念不忘报答戴笠，而戴笠也就越加宠信家父。1941年至1942年的短短一年时间内，就让家父连升三级。由重庆市警察局侦缉大队队长到重庆警备司令部稽查处督察长、副处长，继而升为军统局少将总务处处长。当时家父刚28岁。按家父的年龄、学识、资历及社会关系，他都不可能晋升得如此之快。特别是在军统局那种黄埔生众多、江浙人众多的地方，若不是戴笠对家父的格外宠信和提拔，家父充其量也只会是跟着余乐醒一同沉浮的无名小卒罢了。表面上看，戴笠确实是有恩于家父，但实际上却是使家父在反共反人民的罪恶深渊里越陷越深，最后落得个妻离子散、家破人亡的可悲结局。

关键人物之三

良知的导师——沈母罗群

家父的母亲、我的祖母罗群是一个善良正直、知书达理的人。她平日除了吃斋念佛、读读诗书之外，最大一件事就是接济穷人，做善事。我母亲常说："老太太（指我祖母）在重庆时，天天都要佣人煮满满一大锅饭菜，好去施舍给路边的叫花子。一到开饭的时候，我们家后门就会等一大群要饭的。我和你爸从来都不说什么，由她老人家去搞。她老人家常常对我说：'燕萍，你要记住，饥寒交迫的人是最可怜的。能接济他们，就要接济他们。'"足见我祖母是个颇具同情心的老人。

不仅如此，祖母对家父也管教很严，期望很高。家父18岁离开长沙老家去上海投奔余乐醒时，她老人家曾一再叮嘱说："你一定要记住：一个人可以不做官，但要做人。"她希望自己的爱子做一个堂堂正正光明磊落的人。家父当了军统局总务处长后，祖母又告诫家父说："人在官场好行善。"希望他怜悯弱小贫困之人，多做善事。

有一次，家父托人从香港给我二姐买了一件绿呢子短外衣。刚刚上小学的二姐，第一次兴高采烈地穿着新衣去上学。孰料，她出门不久，就光穿着内衣哭着跑了回来，说是一个赶马车的人剥走了她的新外衣。

家父当时正好在家里，他一听到二姐的哭诉声，顿时火冒三丈，立即拎着手枪，大声吼道："好哇！跑到我头上动土来了。勤务兵跟我追！"喊着就带着几个勤务兵要往外跑。

祖母听到他的吼声，立即从客厅旁的小卧室里拄着拐杖边走边喊："叔逸！你给我回来！"

家父早已跑到了客厅门外，但听到祖母的喊声，还是停住了脚步说："妈！你没听到吗？有人抢了熊熊的外衣。"

祖母着急地用拐杖跺着地板说:"你给我回来,不许去追!一件小孩外衣也值得你们这么风风火火地去追?你们这一去不把人家打个好歹,也会毁了人家的马车。不许去!人家要不是穷得没办法了,哪会去剥一个小孩的衣服?你们要是伤了人、毁了车,叫人家一家人怎么过……"

祖母的谆谆教导一直铭刻在家父的脑海里,但是家父所从事的职业又离不开鸡鸣狗盗、绑架杀人等见不得天日的勾当,完全与祖母的教导背道而驰。这就常常使家父陷入了良知与现实的矛盾痛苦之中。我在家父中华人民共和国成立前的日记中,常常能感受到他内心世界的这种矛盾和痛苦。

1940年的日记中,曾有两段这样的话:"中国以往之侦探人员在一般人眼中都认为是穷凶极恶、卑污极点之人,但国家又都不能缺少侦探。""本日为各队试毒药,余一生专教人杀人,而自己实在不愿多杀人。真是太矛盾了。"

1941年6月13日,家父在重庆任稽查处副处长时,带人去拘捕东北抗联的刘处长。正当他们下了汽车,沿着山道去刘家的途中,刘处长正巧从家中出来,沿着山道往山下走。家父等人毫不费力地就将他拘捕,押上了汽车。当晚家父在日记中这样写道:"……途中彼此默默无言,余对之感慨顿生。彼(指刘处长)此刻一定五内如焚,盖其妻儿均不知其父竟一去不返。此人间惨事,每出自余之手,能不使人恨之入骨吗?"

可见当时家父心里是何等的矛盾。正如家父在1942年3月21日和22日的日记中所写的那样:"在陈的一句不经意的话中,竟使人淌下泪来。十年来一直被人诅咒,我自己是异常知趣而不希望有人同情于我,但我总求人们不要过分对我曲解,我毕竟还是一个26岁的年轻人呵!"

"从今日起,在人前我只能满脸笑容,谁会同情于一个杀人者乎……"

"良知"告诉家父,他所从事的职业是"最黑暗而惨无人道的工作"。可是他已经陷得太深,而无法自拔了。这正是他矛盾痛苦的根源。在"良知"的驱使下，他曾在日记中这样写道："……我知道这一类工作是永远洗不清自己的。我决定在可能范围内拟成一部分关于工作上应遵守的法规，更进一步地希望能训练出一班干部，去把中国几千年来最黑暗而惨无人道的工作，去彻底改良一下。"

然而，愿望是愿望，现实毕竟是现实，在当时的社会条件下，家父的愿望是根本不可能实现的。譬如1949年春暗杀杨杰之事就是一个很好的例证。

1949年春，家父在云南昆明任保密局云南省站少将站长时，住在昆明三节桥靖园新村51号，与原国民党中央陆军大学校长杨杰毗邻，两家之间只斜对着隔个草坪。杨杰很喜欢小孩，每天他路过我家门前的草坪时，只要见到我家的孩子，总是会笑眯眯地停下来逗她们玩玩。孩子们都很喜欢这个杨伯伯，我祖母和父母对他也很敬重。这年8月，家父突然接到毛人凤的密电，命其将杨杰及云南省主席卢汉手下的几个人暗杀。杀杨杰的理由是因为他正大肆活动，拉拢国民党军队的高级将领反蒋。家父一方面认为此举会激怒卢汉，祸及我们全家；另一方面也认为多杀几个人也无法挽回国民党的败局，所以，迟迟不肯动手。

孰料，不几天毛人凤又来密电催促，并命家父在三天之内干掉杨杰，否则按团体纪律严惩。家父迫于无奈只好叫来几个搞暗杀的特务，到我家二楼小客厅密谈，准备让他们在当晚杨杰外出归来，路过我家门前的草坪时，用涂了毒药的子弹，将其杀死。

家父万万没想到，他布置完暗杀任务、刚刚打发走部下时，我祖母突然从小客厅通往阳台的门外闯了进来。原来，祖母正好坐在阳台上看书，把家父的话听得一清二楚。她怒气冲冲地把书往桌上一摔，用手指着家父，气得浑身颤抖地说："我多年一直教育你，一个人可以不做官，但要做人。你今天为了自己升官发财，竟然杀起人来。你还像个人吗？我问你：你把杨先生杀了，明天你儿女问起你来，你如何回答？若他们知道是你杀的，会对你这个随便杀死好人的父亲如何看待？我这个做母亲的又怎么见人？这些后果你都不想，只想自己做官。我不要你这个儿子，我马上到台湾你哥哥、姐姐那里去……"

家父是一个孝子，在家中从不愿违背母亲的意愿。以往他也从不把公事带到家中处理，所以，我祖母只知家父是个政府官员却不知他具体干什么工作。云南解放前夕，情况很特殊，因为卢汉要求蒋介石撤销中央政府派驻云南的一切机关，以保持云南地区的安宁。蒋介石当时已无力完全控制云南，但又想保住云南这最后的反共基地，只好做出了让步。在这种情势下，保密局云南站也不得不缩小机构，把已暴露身份的特务全部调走，撤销云南站。家父以云南保安署专员的名义留在昆明，并把云南站的机关缩小，搬到我家的楼下办公，家父的办公室则安在家中的二楼书房里。这样才让祖母发现了他的行径。

家父见祖母如此激动和绝望，心里也很难过，禁不住跪在母亲面前解释道，这是上面的命令，而不是自己的意愿。我祖母还是不肯原谅他，使劲地甩开家父的手说："好吧！你去执行你上面的命令，不要再认我这个母亲。"说着便泪流满面地往外走。

情急之下，家父一把拉住我祖母说："妈！我听您的，宁受处分也不杀杨杰了。您老人家息怒吧！"

于是家父又把那几个特务叫回来，说情况有变，任务暂不执行，并且打电报给毛人凤说，等他把家眷送离昆明之后再动手。

由于我祖母的阻拦，延误了时间，杨杰乘机逃往了香港。后来，毛人凤还是派了大特务叶翔之飞往香港，把杨杰暗杀了。

在杨杰逃港之前，家父在毛人凤的催促之下，不得不把我祖母和全家人送离昆明。临上飞机时，祖母老泪纵横地抓住飞机舷梯的铁栏杆，不肯上飞机，她老人家担心自己客死异乡，不能归葬故土。家父百般劝慰，说很快就会去香港接她回大陆，硬是把她抱上了飞机。家父也万万没想到，这次分离竟成永别。

1953年，我祖母病逝台湾。后来听台湾的亲友说，祖母临终前还嘱咐伯父不要把大门关上，说："老三（指我父亲）要回来的。"可见祖母是何等地思念家父。

多年来，家父也一直不能原谅自己当年强行把祖母送走，不能原谅自己当年没听从祖母的教诲。为了纪念祖母，他每当生日的那一天，总是坚持吃素，从不摆生日酒宴。他说，"生日"就是"母难日"，所以用吃素来表示对母亲的怀念。

家父80岁高龄时，还曾流着眼泪对一位挚友说："如果有一天能把母亲的骨灰接回大陆，我一定要去机场跪着迎接她老人家。"

关键人物之四
"以怨报德"的毛人凤

1946年3月17日，戴笠坠机身亡之后，家父的命运几乎完全操纵在了毛人凤手中。

毛人凤是一个工于心计、城府极深的人。由于他早年与戴笠在文溪书院是同学，后来戴笠在家乡贫困潦倒之际，他又资助了20元大洋，鼓动戴笠前往广州投考黄埔军校，戴笠才有了以后的发展。1936年，毛人凤只不过是浙江衢州衙门里的一个小小的文书，而戴笠则已执掌了国民党军统局。为了回报以往的恩德，戴笠特意函请毛人凤到军统局去给自己当秘书，不几年工夫又提拔他为少将代主任秘书。每当戴笠外出时，就把局本部的内部事务交给毛人凤，让他代为处理。

毛人凤深知，自己在军统的资历浅，外没当过站长，内没当过处长，完全是靠着戴笠的恩宠和自己的笔杆子，才能在军统站住脚。所以，他对戴笠忠心耿耿，对戴笠交下来的工作总是兢兢业业地完成，一副俯首称臣、甘效犬马之劳的样子。对局本部的其他人他也总是和和气气，笑容可掬，甚至遇到部下冲他发脾气、发牢骚时，他也装出毫不介意的神情。戴笠欣赏他对自己的忠诚，认为他没有野心，而家父等人则喜欢他的好脾气，不摆架子，加上他们都是戴笠宠爱的亲信，所以感情上也比较接近。

家父晋升为军统局少将总务处长之后，对毛人凤一直很尊重，凡事都为他鸣锣开道。

抗战期间，毛人凤的老婆——女特务向心影跟局本部多才多艺、英俊潇洒的文化宣传处处长邹某关系暧昧。有人向戴笠告发了。戴笠气急败坏地要严惩邹某。家父得知后，极力地劝阻道："戴先生，千万不能惩罚邹处长。"

戴笠不解地瞪着眼睛问："为什么？"

家父耐心地解释道："这件事原本知道的人并不多。如果你惩办了邹处长，事情必定闹得尽人皆知。往后，你叫毛先生的脸往哪里放？毛太太以后又如何做人？这种事情只要毛先生不追究，还是不管为好。"

家父的一句话既救了邹某的一条命，又顾全了毛氏夫妇的脸面。当时，这三个人都非常感激家父。

戴笠去世后，蒋介石让家父等军统局的八大正副处长跟毛人凤一起商讨，决定让谁来接替戴笠的位置。当时的候选人只有两个：一是资历颇深、从军统组织成立之初就给戴笠当副手的郑介民；一是戴笠在黄埔军校的同学唐纵，他在军统成立之初就是书记室书记了。不过此时，郑介民是军统局主任秘书兼国共和谈代表，常驻北平，他在军统局主任秘书的工作一直由毛人凤代理，而唐纵则是军统局代办兼参军处中将参军，为蒋介石主管全国的情报及警政、保安等机构的机密文件。

家父认为唐纵为人过于谨慎小心，凡事都要自己亲自去抓，若在他手下工作，日后很难发展；而郑介民则不同，他一向不爱抓具体事务，加之他身兼数职，既是北平国共和谈代表，又在参谋本部兼职，他在军统的工作等于完全交给了毛人凤。若选郑介民接替戴笠之职，也就等于让毛人凤来接管戴笠的职务一样，可以保持军统局原来的状况。

在关于人选的讨论会上，家父便抢先提出让郑介民接替戴笠的职位。毛人凤自然很欣赏家父的提议，对家父的良苦用心也很感激。不过毛人凤并不甘心只做个代理的角色。戴笠去世后，他的野心就恶性膨胀起来，一心想登上军统局局长的宝座，名副其实地执掌戴笠创下的这份"家业"，而家父则正是帮他日后登上局长宝座的得力干将，所以，目的未达到之前，他对家父表现得非常热情、信任。家父也误以为毛人凤跟戴笠一样，视自己为亲信。

1946 年 10 月，军统局改组为国防部保密局，郑介民为国防部第二厅厅长兼保密局局长，毛人凤任副局长，家父仍为保密局总务处处长。

一年后，蒋介石又发表郑介民为国防部次长，主管国防物资。野心勃勃的毛人凤以为郑介民当了次长，定会放弃保密局局长之职，自己这个副局长就可以名正言顺地登上局长的宝座了。孰料，郑介民不但不肯放弃保密局局长之职，反而又派了自己的亲信潘其武到保密局任主任秘书，具体领导局本部的八大正副处长。家父等八大处长对郑介民的这一安排极为反感。而他们的不满情绪却正好合乎了毛人凤的心意，他觉得，这正是利用处长们来挤走郑介民，夺取保密局第一把交椅的大好时机。

一天，毛人凤借谈工作之名，把家父邀到自己家中，试探家父的口风。而家父那时正被死亡特务遗属的抚恤金问题和郑介民老婆胡乱报账之事，搞得焦头烂额。所以他一到毛人凤家就牢骚满腹地说："我们目前的经费非常紧张。可郑太太还把她吃的珍珠粉、小孩买的玩具都拿来报公账，真是太不像话了。"

家父的这种不满情绪正是毛人凤所需要的，他们听后，夫妇俩都会心地一笑，却什么话也不说，等着家父继续讲下去。家父虽然精明过人，但对毛人凤却信任有加，毫不设防，仍然不管不顾地说下去："郑先生总喊精简机构，汰弱留强。上次他把抗战期间死难同志的遗眷和被淘汰失业的同志做了一次性处理。对他来讲倒是甩了个大包袱，可是麻烦却落在了我的头上。如今遗眷和失业的同志经常找我又吵又闹，要求补发生活费和抚恤金。可是目前局里又没这笔开支，叫我怎么办？只好先安排他们住在鸡鹅巷招待所……"

毛人凤故作同情地说："是呵！郑先生这件事是做得太过分了，也真够难为你的，这就全要仗着你老弟支撑喽！"

家父苦笑道："我也是巧妇难为无米之炊呵！"

毛人凤为了进一步激起家父对郑介民的不满，便故作亲切地拍着他的肩说："你是我们中间最年轻的，将来前途比我们都大呵！"说到此他把话头一转，神秘兮兮地说，"不过你也要多加注意呵！你的对头也不少呢，特别是卡在你头上的人。"

家父听了一愣，随即又笑道："卡在我头上的就是你喽！"

毛人凤依然不愠不火地说："要是我，我还会说这种话吗？"

家父立即意识到他在说谁，便脱口说："你是指郑介民？"

毛人凤嗔怪地说："你看你！何必要说出是谁呢？你注意就是嘛！"他既要激起家父对郑介民的不满，又不愿暴露自己的意图。

家父原本就对郑介民不满，听了毛人凤的话便下定决心要帮毛人凤挤走郑介民，让他登上保密局局长的宝座。家父这样做的目的主要是想打破军统局一直由黄埔生坐第一把交椅的惯例。只要毛人凤坐上了第一把交椅，日后自己就有可能晋升为副局长。于是，他一回到家，就连夜赶写了一份郑介民的黑材料，揭露了郑介民包庇北平站站长马汉三侵吞日伪财产，支持他老婆从重庆贩运鸦片到南京以及她抢占公房和汽车等恶行。

第二天，家父把这些材料交给毛人凤后，毛人凤高兴异常。不过，他深知蒋介石对郑介民的偏爱和信任，仅这些材料是不能达到推翻郑介民的目的，便让家父再多收集些材料。

家父思来想去，索性一不做，二不休，决定给郑介民再制造一些材料。他知道，郑介民即将50大寿，而前来要求补助的遗眷和失业人员又都集中在南京鸡鹅巷招待所，正好利用此机会大做文章。

首先，家父让自己原在临澧特训班的学生，当时的管理科科长邓毅夫暗中通知分布在各单位的临训班同学，大肆宣扬郑介民即将过50大寿的事，并暗示大小特务们准备厚礼，为郑介民祝寿。然后，他自己亲自出马，趁郑介民不在家之际，鼓动郑太太为郑介民大办寿筵。郑介民本人倒是一向谨慎小心。他知道自己50大寿，一定有不少人给他送礼。他最怕的是事情会传到蒋介石耳朵里，对自己造成不好的影响。所以他很早就告诉他老婆，不要给他办50大寿。偏偏郑介民有个致命的弱点——怕老婆，而他老婆又是个贪得无厌、不识大体的女人。家父就抓住郑介民的这一弱点，在他老婆身上下功夫，告诉她说："郑先生的50大寿是一定要办的。平时郑先生待部属那么好，大家都想趁郑先生的50大寿送些礼，尽尽心呢！"

家父的这一招果然见效。郑太太不顾丈夫的反对，大肆宣扬，大肆收礼，气得郑介民无可奈何，只好跑到上海去"避寿"。

邓毅夫得知郑介民去了上海，沮丧地跑去告诉家父。家父反而高兴地笑了起来："这不正好吗，他不在家，我们帮他大办一场。你马上派几个人帮郑太太把家好好布置一下，再多鼓动些单位送礼，礼品越多越贵重越好！"

邓毅夫是家父的得意门生，自然照办不误。

在家父的导演下，这场"祝寿"戏顺利地进行着。生日这一天家父怀揣微型照相机，一早就赶到郑家，假意关切地询问郑太太寿宴准备情况。郑太太高兴地把他领到客厅，指着一堆礼品说："你看，你看，礼品都送来啦！"

沙发上、桌案上堆满了各种礼品，其中最显眼的是黑红色印有大红"寿"字的烤漆方盘上放着的一个碗大的金寿桃。家父笑道："郑太太这下你可发财啦。"说完他故作沉思地接着说，"不过，这些礼物最好摆在寿堂上，一会儿客人来了，看见自己送的礼品，心里肯定高兴，也让大家都开开眼。说不定下次会送更多更贵重的礼物呢！"

郑太太当然希望往后会收到更多更好的礼物，便按家父的话，把礼品一一陈列在寿堂上。家父则装着欣赏礼品的样子，用微型相机把寿礼全部拍摄下来。

这天中午，祝寿的客人接踵而至。郑太太喜气洋洋地大摆酒宴，一时笑语风生，觥筹交错，好不热闹。家父早已暗中派人去鸡鹅巷招待所，通知遗眷们赶快到郑家去吃寿酒，祝寿。遗眷们即拖儿带女一窝蜂似的向郑家拥去。

当郑太太举着酒杯，满面春风地周旋在宾客之间时，一个副官急匆匆地走到她身边，告诉她这一消息。郑太太吓得连忙找家父前去阻止。家父假惺惺地安慰她一番后，便带着微型照相机走了出去。此时，遗眷们拖儿带女已快到达郑家门口。家父赶到时，不慌不忙地拍了几张照片，这才劝遗眷说："郑先生家太小坐不下这么多人。你们还是先返回招待所，我负责拨款给你们添菜加餐……"遗眷们这才不情愿地返回招待所去。

事后，家父将自己拍下的照片统统交给了毛人凤。老谋深算的毛人凤自己也不愿出面，而是让家父把照片和有关郑介民的材料交给蒋介石身边军务局局长俞济时，请他把照片和材料交到蒋介石手中。

事情果然不出毛人凤所料，蒋介石看到材料后，大为恼火，不但当面把郑介民大骂了一顿，而且决定撤销他保密局局长的职务，改由毛人凤担任。消息传来，毛人凤高兴万分，他梦寐以求的局长桂冠终于即将落到他的头上了。家父煞费苦心，鞍前马后地忙了几个月，终于把毛人凤抬上了局长宝座。他自己也非常得意，总以为自己有功于毛人凤，毛人凤一上台，自己也就能更上一层楼了。

然而，家父毕竟年轻，头脑简单。他万万没想到郑介民在正式离职之前会杀个回马枪，对他进行报复，以解他心头之恨。更没想到的是毛人凤只不过是拿他当枪使，大功告成之后，就准备"狡兔死，走狗烹"了。

当时，家父一得知郑介民被撤职的消息后，就放心大胆地去西安公干去了。郑介民借此机会派自己的亲信清查总务处的账目，想抓住家父的小辫，向家父开刀。可是查来查去都未能发现家父的任何问题，只查出邓毅夫从库房里拿了一箱进口锁头。按惯例，这只是小事一桩。但郑介民为了报复家父，竟以邓毅夫"监守自盗"为名，要求严惩邓毅夫，请蒋介石判处邓毅夫死刑；与此同时，他还借口说邓毅夫把贪污物品藏在了家父家中，并派人去住宅搜查。

家父任总务处长多年，却始终坚持一条原则：绝不拿公家的任何财物，以免落个"监守自盗"之名。郑介民的亲信自然未能从家中搜出任何赃物。但这件事本身就无异于给了家父当头一棒。

家父从西安赶回南京时，得知邓毅夫已被处死，自己家也被搜查过。他气得发疯，气冲冲地跑去找毛人凤，质问他为什么不出面阻止郑介民，为什么不救邓毅夫。毛人凤却假装沮丧地说："郑介民请求委员长批准的，我有什么办法？"随后他又装作很气愤的样子说，"郑介民的手真狠，为了一箱门锁就杀了邓毅夫。这可都是冲我们来的呵！"

家父在气头上便发牢骚地说："看来我真不能在这里干了。你把我调出去吧！"

毛人凤假意安慰家父说："你先别急，郑介民调动的问题很快就要解决了。你先等等吧！"

不到一个月，郑介民正式调出了保密局，毛人凤稳稳坐上了局长宝座。毛人凤不但没有感激家父，给他加官晋爵，反而又派了清查小组再次对总务处的账目进行清查；同时他还以"团结更多部下"为由，让家父解散了由他为首、由原临澧特训班学员组成的"滨湖同学会"，另组织了一个由毛人凤为首，以临训班、息烽特训班及兰州特训班学员组成的"统一同学会"。

至此，家父才意识到，毛人凤要"过河拆桥"了。因为挤走郑介民、唐纵之后，日后局本部有资格和能力取代他的人也只有家父一人，所以毛人凤开始要收拾对他自己构成威胁的人了。

家父意识到这点后，非常不安。他觉得自己若不尽快离开毛人凤，邓毅夫的下场，也许就是自己的下场。可是，家父在局本部干总务处长七八年，就这样轻易引退，又实有不甘。他决心再试探一下。于是他打了个电话给毛人凤，说是要向他汇报重庆中美合作所财物处理情况。接电话的是毛人凤的副官，他先是让家父等等，他去通报；可不一会儿副官却回话说："沈处长，毛局长在打牌，你有什么要紧事吗？"

家父一听，气不打一处来，说了声"没什么！"便"啪"地甩下了电话，心想：有什么了不起？要不是我，你能登上局长宝座？

第二天，家父又径直找到毛人凤办公室，除汇报工作外，还试探地说："我在局里当总务处长八年，现在日伪财产清查工作也基本完成，很想到外面干干，不知你同意不同意？"

毛人凤不仅没有挽留，反而极痛快地说："好呵！现在外面正需要像你这样既年轻，又有经验的骨干。你知道各地区共党都闹得厉害，现在许多地方干部都不得力，台湾、云南这两个地方都很重要，你可以在那里大显身手。"

毛人凤的一席话令家父大彻大悟。毛人凤不仅想把自己排挤出局本部，而且想把自己像充军一样打发到荒僻边远的台湾或云南。家父心中又气又恨，表面还是高兴地答应回去考虑一下。

回家后，家父同我母亲和祖母商量了一下，都认为台湾是茫茫大海中的一个孤岛，都不愿漂洋过海去到那远离内陆的荒蛮小岛去。于是选定了气候宜人、四季如春的云南省。不久，毛人凤就很痛快地任命家父为云南省站少将站长，举家迁往了云南省昆明市。

1949 年春，淮海、平津两大战役结束后，国民党的精锐部队几乎损失大半。随着南京的解放，蒋介石、毛人凤等随国民政府逃往台湾。但蒋介石并不甘失败，决心要保住西南半壁河山，特别是要保住云南这一地势险要、与缅甸接壤、便于与国外反动势力取得联系的地区，作为负隅顽抗的最后据点和反攻大陆的基地。

然而，这种设想只不过是蒋介石的一厢情愿。南京解放之后，国民党云南省主席卢汉为确保云南省的安宁和自己在云南的统治地位，即向蒋介石提出撤出中央政府派驻云南的一切机关。蒋介石为保住云南这个地盘，利用云南人治理云南，只好作出让步，表面上撤出中央机关驻云南办事处，把保密局云南站也撤销，但暗中仍留下家父及许多未暴露身份的特工人员。家父则以云南专区保安专员的身份公开活动，其主要任务是监视卢汉及云南地区民主人士。

当时云南省的民主运动风起云涌，到处可见到"反独裁、反内战、反饥饿"的大幅标语。为此，毛人凤于 1949 年 8 月初亲自从台湾打电报给家父，命他立即除掉与卢汉关系密切，并支持卢汉反蒋的原中央陆军大学校长杨杰，云南省民革负责人陈复光教授，省民政厅长安思溥及省保安司令参谋长谢崇文和保安旅旅长龙泽汇 5 人。

此时，家父已有些心灰意懒，对毛人凤的指令并不积极执行，总是以障碍重重为借口，尽量拖延时间。事实上却是家父深知自己若除掉卢汉的这几个亲信，卢汉绝不会放过自己。当时我们一家老小都住在云南，他不愿以妻儿老小的性命做赌注，为毛人凤卖命了。但毛人凤不久又打来急电，说杨杰正在大肆替民革拉拢国民党军队里的高级将领，蒋委员长对杨杰恨之入骨，令家父在三天之内务必除掉杨杰。

家父听说是蒋介石的命令后，也不敢怠慢。他觉得光杀掉杨杰一人，卢汉还不至于跟自己翻脸，于是决定暗杀杨杰。此事竟让我祖母发现并阻止了，给了杨杰逃离昆明的机会。

就在杨杰逃离昆明的同一天，云南省主席卢汉迫于蒋介石和李宗仁的双重压力，同意在昆明市来一次大搜捕。于是，毛人凤特派保密局西南特区区长徐远举从重庆带来一批特务，配合家父进行搜捕工作。

徐远举一下飞机就对家父说："你呀，怎么搞的？毛先生对你至今尚未杀掉杨杰，非常恼火。你要知道，这是老头子指定的人，你懂吗？"说着，他掏出一份黑名单，递给家父说："毛先生让我配合你抓这些人。"

家父一看，黑名单上第一个就是杨杰。他清楚在"国难当头"的用人之际，毛人凤这次并不打算处分自己，而是让自己"将功折罪"。

家父把徐远举领到家中，就把杨杰家的住宅指给他看。徐远举决定当天晚上就去杨家逮捕杨杰。可是，当家父等带人赶到杨宅时，杨杰早已人去楼空。他们只好按照黑名单去搜捕其他的人。9 月 9 日晚上就抓了 400 多人，除黑名单上的大人物外，还抓了许多大专院校的进步师生，把个昆明市搞得乌烟瘴气。

毛人凤听说杨杰逃跑了，非常生气，立即赶到昆明，要亲自处理"九九整肃"的人犯。他一下飞机就用一种居高临下的口吻对家父说："老沈呵！

这次你可有点让我失望呵！杨杰没被干掉，反而让他跑了。老头子很生气。'九九整肃'你也事先没做好准备。这样可不行呵！"

家父虽心中不服，但表面上还是点头称是。

这次毛人凤在昆明住了近一个月。他来的最终目的有两个：一是迫使卢汉杀一批"九九整肃"时抓的人犯，让卢汉手上沾上革命人士的鲜血，以堵住他投共的后路。二是指示家父坚守云南，不得擅自离开。毛人凤的后一条指示无异于要把家父钉死在云南，切断了他在情势危急时，逃往台湾的后路。对此，家父恨得咬牙切齿。家父觉得国民党百万大军都未能拦住人民解放军的进军，丢掉了大半个中国，自己一个区区的保密局云南站站长又如何能挽回这败局？这不明明是想置自己于死地吗？既然你毛人凤如此绝情，那也就休怪自己不讲客气了。

最初几天，毛人凤住在另一个特务家中，因为发电报等都不方便，就要搬到我们家去住。家父一听，心里格外高兴，心想这下他总算落在了自己手中，只要在他的饮水或饭菜中放一点点慢性毒药，不出两个月，他就会一命呜呼，彼此间的夙愿也就一了百了啦。不过，家父并未立即下手。他不知毛人凤何时返台，若下毒早了，怕毛人凤死在自己家里，会引起蒋介石的怀疑。所以打算在毛人凤离开昆明之前再下手，等他返回台湾一两个月后，毒性发作而身亡时，谁也不会怀疑到自己头上。

主意拿定之后，家父表面上对他的生活起居都关怀备至。而毛人凤并不感激，反而总是埋怨家父工作不力。加上此间毛人凤常常把一个唱京戏的女戏子带到我家，肆无忌惮地调情。这就更增加家父对他的怨恨。

转眼之间，毛人凤在昆明待了20多天，但云南工作毫无进展。当时，卢汉已暗中与中共取得了联系，态度变得越来越强硬。毛人凤每次去找他，让他在400多个人犯名单上签字处决，他总是借口罪证不足，拒绝签字。毛人凤把枪毙人数减少一半，卢汉还是不签，最后减到1/4，卢汉仍然拒绝，并把脸一沉说："你要是这样的话，我这个省主席也当不下去了。"

毛人凤怕事情闹僵，只好软了下来，故作谦恭地问："依主席的意见该如何处理？"

卢汉果断地说："让军法处派人与沈专员一起复查，审核后再定。"

毛人凤见在昆明这么久，一无所获，气急败坏。回到家中又把家父责备了一顿，怪他事先没把工作做好。正巧，当晚昆明突然停电，毛人凤正在批阅文件，灯一黑，他大吃一惊，一抬手碰翻了桌上的水杯。他气得大喊家父的副官。

家父闻声跑过去时，见自己的副官正举着蜡烛，手忙脚乱地在帮毛人凤擦桌子。而毛人凤见文件被打湿了，就拍着桌子对副官破口大骂，吓得副官脸都变了色，乞求地望着家父。

此副官叫严祁生，1938年日本人攻占上海时，他才是一个14岁的孤儿，家父当时收留了他，给自己当勤务员。他一直照顾家父的起居。严祁生为人忠厚老实，颇得家父偏爱，后提升他为副官。此时，家父见毛人凤如此粗暴地责骂他，非常恼火，回到自己卧室后，越想越生气，心想，打狗也得看主人呵！你竟敢在我家中，如此无礼地对待我的副官，这不明明不把我放在眼里吗？

想到这些，家父对毛人凤的宿怨又都涌上了心头：既然你不仁，就别怪我不义。家父立即从保险柜里取出两包毒药，准备第二天早上，同时在他的饮水和饭菜中拌上。

这是两种不同的毒药。一种是外国进口的，这种药无臭无味，只要在食物里放耳挖勺儿那么一点儿，连放三天，半月后就会导致心脏坏死而身亡；另一种是云南少数民族配制的土药，此药无味，但呈褐色，若把它拌在菜或咖啡里，根本看不出来。这种药吃后，半年才会发作，发作时浑身痉挛致死，无药可救。

第二天清晨，家父揣着两包毒药去毛人凤卧室，准备伺机下毒。他进门时，毛人凤刚起床，正穿着极为讲究的丝织睡衣，准备去阳台晨练。家父假意关切地问他昨夜睡得怎样？毛人凤似乎很感谢地说："很好！亏你考虑得周到。"

因为昨夜停电，家父让副官通宵守护在毛人凤卧室门外。一来怕毛人凤夜里有事找不到人，二来当时云南省站机关就设在楼下，其中也有许多人对毛人凤不满。家父怕有人趁停电摸上去干掉毛人凤，到那时自己要担当责任。当毛人凤对派副官守在门外的事表示感谢时，家父便认真地说："保护你的安全是责无旁贷的嘛！"

毛人凤听他这么一说，表情复杂地转过身来，拍着家父的肩头，既感激又愧疚地说："老沈呵！这些年你待我始终如一……"他下面的话没有说出来，但从他低垂下去的眼睑及面部表情不难看出，他自己也觉得对不起家父。

不知为什么，毛人凤这半句话和愧疚的表情竟使家父失去了下毒的勇气。事后，家父对自己的软弱也很恼火，暗暗下决心，还是要设法干掉他，才能解心头之恨。

正在家父准备再次采取行动时，传来了蒋介石、蒋经国父子要来昆明的消息，为迎接蒋氏父子，家父暂时打消了暗杀毛人凤的念头。好不容易安全地送走了蒋氏父子，家父发现毛人凤在短短的时间内，又与云南一个家父平素较喜爱的京剧花旦余素素搞在了一起，有时甚至公开地在家中跟余素素鬼混。这下又点燃了家父复仇的怒火。当家父再次强迫自己拿着毒药去找毛人凤时，无意中发现毛人凤的办公桌上有几封催毛人凤立即返台的电报。家父顿时矛盾万分。他知道，此时再不下手，就永远没有机会报仇了，而且这几天下毒，毛人凤返台一两个月后才会身亡，根本不可能怀疑到自己头上。此时真可谓是"千载难逢"的机会。但是，如果毛人凤一死，保密局必然又会有一场内乱，保密局的大权必然旁落，戴笠苦心创办的这个基业就等于毁在了自己手中。这又如何对得起九泉之下的戴笠呢？

家父为此一连几天心神不宁，最后还是决心在"党国"危难之际，抛弃前嫌，以"大局"为重，最后把那两包毒药扔进了抽水马桶。

可是，毛人凤在离开昆明，临上飞机之前又郑重地指示家父："你一定要坚守云南。即使卢汉发生突变，你也不能离开。要么拉起部属进山打游击，要么学习古人王佐断臂诈降，日后再伺机活动。"

家父一听，心里又凉了半截。看来毛人凤是下决心要置自己于死地了。自己若擅离云南，毛人凤必定会以团体纪律惩处自己；若死守云南，自己也只有死路一条，即使卢汉不干掉自己，共产党来了也会干掉自己。想到这些，家父深恨自己的优柔寡断，没有抓住良机，干掉毛人凤……

1949年12月9日，家父被迫参加卢汉领导的云南和平起义。消息传到台湾后，毛人凤非常恼火。因为他曾向蒋介石夸下海口说："军统的高级骨干都是忠于领袖的，决不会公开反叛。"他万万没想到，家父在卢汉起义之前未能阻挡起义；起义之后，又未以身殉职，反而参加了起义。于是，他委托前来昆明指挥第八军和第二十六军攻打昆明的陆军副总司令汤尧，在攻打下昆明之后，将家父押往台湾；同时派特务秘密潜往昆明，一旦昆明不能攻下时，即对家父进行暗杀。

1950年初，人民解放军正式进入昆明。家父被当作被俘战犯关进了监狱，断绝了与外界的联系。台湾方面以为家父被共产党镇压了，在台湾忠烈祠给家父立了个牌位。毛人凤不知是出于内疚，还是因为其他原因，决定优抚家父的遗眷。

当时家母已改嫁他人。于是大伯父沈玉龙即托人到香港，先后接走了我的三个姐姐和弟弟。我的姐弟到台后，毛人凤就分配给大伯一幢日式的花园平房，每月将家父原有的少将薪水发给大伯父，让大伯父抚养我的姐弟；同时他还专门派了一个家父原来在临训班的学生，专门负责关照他们，做他们的监护人，想借此来洗刷他自己内心的不安。

关键人物之五
卢汉的关键作用

若无卢汉家父不可能那么痛快果断地弃暗投明；若无卢汉，家父不可能被当成战犯关押十年。没有战犯改造所的十年铁窗生涯，没有党的战犯改造政策、统战政策，晚年的家父不可能成为受人尊重的全国政协委员，也不可能再见到周恩来总理，受到他的教诲，写出那么多文史资料和回忆录，受到广大读者的青睐。家父的晚年总的来说还是幸运的，其中卢汉先生的那步棋起了关键性的作用。所以，家父在他的回忆录中，写到卢汉先生时，一直是怀着崇敬的心情。

卢汉先生出身于云南彝族的奴隶主家庭，与原国民党云南省主席、后来的著名爱国民主人士龙云是表兄弟。他比龙云小 11 岁，都是毕业于云南陆军讲武堂。卢汉毕业后，一直跟随龙云打天下，是一名英勇彪悍的猛将。龙云跃居云南省主席，成为独霸一方的"云南王"之后，卢汉也一直是他的左右手，彼此亲密无间。1938 年抗战开始后，卢汉被任命为滇军第六十军军长。龙云出于爱国热忱，自筹军资装备部队，并派出云南，参加抗战。著名的台儿庄战役中，卢汉领导的滇军英勇奋战，对那次大捷作出了巨大的贡献。

蒋介石为日后能控制云南，便趁机拉拢卢汉，任他为国民党第三十集团军总司令，不久又晋升他为第一集团军总司令。抗战胜利后，蒋介石因龙云称霸云南，不肯听命于中央，便决心解决他，以卢汉代之。

首先，蒋介石任命卢汉为第一方面军总司令，调出云南，前往越南负责日军受降；然后令驻昆明的防守司令，兼第五集团军总司令杜聿明做好解决龙云的准备。

卢汉奉命离滇之际，龙云就觉得事情不妙，一再叮嘱卢汉说："一旦云南有变，你要马上率部返滇。"卢汉也一再表示听候龙云召唤。可是，卢汉一踏出国门，杜聿明即指挥部属将云南省政府所在地的五华山团团包围。龙云急电召卢汉班师回滇。但卢汉出于种种考虑，没有赶回去。龙云势单力薄，只与杜聿明部对峙两天，就被迫放弃了云南省主席职位，前往重庆担任有职无权的军事参议院院长。龙云一去职，蒋介石即任卢汉为云南省主席。从此龙云、卢汉兄弟反目，分道扬镳。

中华人民共和国成立前夕，龙云潜往香港，进行反蒋活动，卢汉也早已不再听从蒋介石指挥。蒋介石又产生了要撤换卢汉的想法。不过蒋介石的高参、人称"智多星"的西南军政长官张群，与卢汉私交甚笃，他总是极力地保举卢汉；加上时局动荡，为保云南的安定，蒋介石也一直未下决心解决卢汉。

1948年春，家父调到云南，其秘密身份是保密局云南省站站长，主要任务是了解云南省各方面的情况，监视卢汉等云南省首要人物的动态，及时向保密局和蒋介石汇报；而他的公开身份则是国防部驻云南地区的保安专员。此身份便于与驻云南的"中央军"联络，相互配合，统一对付云南的地方武装。

家父初到云南时，跟卢汉相处得还不错。因为当时卢汉与云南警备总司令何绍周矛盾很深，双方都想利用家父挤走对方。卢汉的理由是他与何绍周有矛盾，军政关系不协调，不能同心协力地彻底肃清地方上的"不法"武装；而何绍周则认为，卢汉与地方上的人民武装和平共处，甚至派自己的副官处长朱家才暗中送枪弹给中共滇黔桂边区纵队司令朱家璧。其实，何绍周是仗着他自己是何应钦的过房儿子，后台硬，一心想挤走卢汉，独掌云南军政大权。

最初，家父因与何绍周年龄相仿，又都爱打猎，打网球，私交自然更胜卢汉一筹。对卢、何二人的矛盾，家父更偏向何绍周一些。他在向保密局汇报云南情况时，也曾建议撤去卢汉省主席之职，以何代之。但是，张群、毛人凤等人都认为，卢汉接济朱家璧枪弹，只是一种策略，无非是以此来要挟"中央政府"，他绝不可能希望"边纵游击队"壮大起来，取代他自己在云南的统治。如果贸然撤换卢汉、让何绍周取代他的话，势必更加激起云南人民的不满，对安定云南没好处。蒋介石当时也同意张群的意见，决定暂时不撤换卢汉。

家父了解到"中央"的意图后，便尽可能地与卢汉搞好关系。1948年冬，卢、何二人的矛盾达到了互不相容的地步。卢汉甚至以辞去省主席之职相要挟，非要挤走何绍周不可。家父见局面已无法挽回，便暗中把"中央"支持卢汉的消息透露给朱家才，并建议卢汉去南京直接找蒋介石汇报他与何绍周的矛盾，要求撤换何绍周。

卢汉听后，决定亲自去南京。临走前，特意告知家父，并说他要带一些云南土特产品去上海、南京送给朋友，请家父关照一下保密局设在上海、南京等地的航空检查所，免得他们故意刁难。

家父也清楚，各地航空检查所的人从来不把省一级的地方官员放在眼里。所以，在卢汉携随从乘飞机前往上海之际，特意给上海航空检查所打了个电话，让他们对卢汉等人多加关照，不可怠慢……

卢汉那次上海、南京之行，真可谓是"满载而归"。蒋介石不但同意撤销云南省警备司令部，调走何绍周，而且把军政大权都交给卢汉。卢汉觉得家父帮了他的大忙，够朋友，一返昆明便宴请家父，并诚恳地希望家父日后与他精诚合作。彼此关系相处得很融洽。

1949年夏，云南省民主运动风起云涌，卢汉乘机要求"中央"机关统统撤离云南省，以确保云南的安宁。此时，人民解放军节节胜利，蒋介石已有些自顾不暇了，为保住云南这最后的一块反共基地，只好做出让步，同意撤走中央机关所有的驻云南机构，连毛人凤也明令通知家父，把保密局云南站已公开身份的特务、交警总队及大型电台撤走，但暗中要家父设法留下，加强保密局秘密组织的活动。

当家父把撤走云南站的消息告知卢汉时，卢汉很高兴，但他一再挽留家父。他很诚恳地抚着家父的肩头说："我负责保障你的安全，请你放心地留在昆明。"

实际上，家父早就不想留在昆明这个像火山口似的地方，但毛人凤曾密令他留下，卢汉又极力挽留，他便表示说："我不想让主席为难。主席什么时候让我走，我随时都可以走。"

卢汉还是紧握家父的手，用命令似的口吻让他留下。家父觉得卢汉重感情，讲义气，而且对自己不错，是个可交的朋友，但是，由于职责所在，家父对卢汉排斥"中央"，不肯听命于"中央"的做法，很不以为然。他认为卢汉是在搞地方割据，是个在云南称王称霸的军阀。尽管云南站撤销后，卢汉很关心家父，多次派朱家才去探望家父，对他表示关切。家父见其如此关心自己，也很感激，但是他对蒋介石的忠诚远远超过了对卢汉的感激。为防止卢汉投共，他除加紧对卢汉的监视外，还专门在卢公馆对面设了个瞭望所，日夜监视卢公馆的动静。甚至派两名特务伪装成中共地下党员，前去跟卢汉接头，试探卢汉的底细。

卢汉当时确有投共之意，待这两个冒牌货为上宾。家父一面暗笑，一面向保密局汇报，认为卢汉迟早会投共，要求尽快撤换卢汉。蒋介石得知后，也很着急，便于是年8月25日突然从广州飞往重庆，召卢汉去重庆见他。

卢汉担心蒋介石会像扣留张学良一样，把自己扣在重庆，便托词有病，不能前往，仅派了两名代表去见蒋。蒋介石却坚持要卢汉亲自去重庆。卢汉当时非常紧张，天天与他在军政界的亲信密谈到深夜。

蒋介石对卢汉不肯就范之事非常恼火。他一面派俞济时、蒋经国前往昆明"劝驾"，一面令驻在昆明郊外的第二十六军、第八军随时准备围攻五华山云南省政府。卢汉担心局面僵持下去，会殃及昆明百姓，便冒死前往重庆，晋见蒋介石。当时，重庆的许多人主张扣押卢汉，让云南人氏、第八军军长李弥接任；但以张群为首的一些人，极力保举卢汉。他们认为，在此动荡之际，只要卢汉肯听话，还是应该放他回去。特别是张群，更是力保卢汉。他认为卢汉在云南有很大的号召力，可以团结地方，以确保云南。最后，卢汉与蒋介石达成协议："中央"仍保留卢汉省主席职位，但卢汉必须答应"中央"派人去昆明进行一次大搜捕，以彻底查清昆明的地下党负责人。卢汉为了脱身，很爽快地答应了这一要求，并向蒋介石表示："一定效忠党国和总裁。"

9月9日卢汉平安返回昆明。毛人凤即派保密局西南特区区长徐远举率一批特务乘第二架飞机，跟踪而至，准备配合家父在昆明来一次大搜捕。这就是历史上所称的"九九整肃"。

此时，卢汉已暗中与真正的中共地下党取得了联系。他当天下午一回昆明，即暗中通知有关的反蒋人士连夜撤离昆明。所以，"九九整肃"虽抓了400多人，但没有一个是重要的共产党人和民主人士。

是年12月初，蒋介石为杜绝卢汉投共的后路，派毛人凤亲往昆明，督促卢汉签字批准处决被捕人犯。卢汉不仅一再拒绝签字，而且利用蒋介石与李宗仁的矛盾，在李宗仁任代总统来昆明期间，设法请李宗仁签字批准，释放了"九九整肃"的全部人犯。

事态发展到如此地步，蒋介石才意识到问题的严重性。他一面以重庆、成都相继"沦陷"为由，要把"中央机关"迁往昆明，逼卢汉把云南省政府迁往滇西；一面积极准备，在卢汉完全拒绝西迁后，撤换卢汉，以李弥代之。

但是张群还是深信卢汉不会投共，他坚持说："我了解永衡（卢汉的字），他是不会投共的。他早把钱财和家眷迁到了国外。他最多是丢弃云南往国外跑。"同时，他还表示要亲自去趟昆明，劝说卢汉西迁。

可是，张群这个自以为是的"智多星"，这次却算错了一着。此时卢汉早已做好了起义准备，随时都可能起义。只不过当时人民解放军距昆明尚远，还不到起义的时机。这情况家父了解得一清二楚，但蒋介石听了张群的话，仍在举棋不定。

1949 年 12 月 9 日，张群颇有信心地飞往昆明，满以为自己不但能阻止卢汉投共，而且能说服卢汉西迁。可他万万没想到，他的到来，不仅未能阻止卢汉投共，反而促使卢汉提前起义了。

这天下午，家父得知昆明机场已被卢汉的保安队控制，飞机只许进入，不许飞出时，就已感到情况不妙；紧接着家父又接到盖有张群私章的开会通知，更觉得其中有诈。但负责监视卢公馆的特务却汇报说，卢公馆一切正常，卢汉正准备在大客厅宴请驻云南的各国领事。与张群同机到达、欲从昆明转飞台湾的徐远举等保密局高级官员也认为，有张群在昆明，卢汉不会起义。

此时，远在成都的蒋介石因接不到张群抵达昆明后的消息，觉得卢汉已靠不住了，立即通过空军电台转发一份急电，令第八军和第二十六军军长李弥、余程万速返部队，率部向昆明进发。可是，驻昆明的空军副司令沈世延接到电报后，却没有意识到事态的严重性，他也曾打了几次电话找李弥等人，但都未找到。他觉得晚上 10 点钟自己和李弥等都会去卢公馆开会，届时再交给他们也不迟。反正，张群到达了昆明，必定会带来新的指示。

事实上却是，张群的到来，正好给了卢汉可乘之机，他利用驻昆明中央军政机关负责人对张群的崇敬心态，在张群到达昆明后，即将张群软禁了起来，并强行取走了张群的私章，以张群的名义召集会议。他料到所有接到通知的军政要员都会准时到达。他便来个"瓮中捉鳖"，强迫他们随自己一道起义。

　　晚上 9 时许，家父疑虑重重地驱车前往卢公馆。为了观察动静，他还特意围着卢公馆转了两圈，见一切正常，且卢汉正在大客厅里招待各国领事的宴会尚在举行，这才从卢公馆后门进去。当他开车进入后院时，无意中发现暗处有哨兵的身影，便想马上驱车退出。可此时，大门却迅速地关闭了。家父只好硬着头皮走进公馆。他一进门就瞅见张群正沮丧地坐在小客厅的沙发上，便立即向他走去。可家父刚到客厅门口，一位持枪的士兵就拦住了他的去路，客气地说："请到前面会议厅等候。"

　　家父惊愕地望着张群，而张群只是无奈地冲他双手一摊，耸耸肩，伸了伸舌头。家父情不自禁地扑向走廊旁的电话，想通知自己的部属。可是不容他抓起电话，那士兵又上前阻止。家父知道事态已无法挽回，只好听天由命了。

　　这天晚上，家父和李弥等 20 来个驻昆明的军政要员全部被软禁起来，并被押往了五华山省政府大楼。第二天一早，就分别被带到大楼会议厅，让他们在事先拟好的起义通电上签名。家父经过一夜的辗转反侧，权衡利弊之后，决心弃暗投明，跟随卢汉起义。所以，当卢汉的亲信杨文清要他在事先拟好的起义通电上签名时，家父便毫不犹豫地对杨文清说："签字可以。但这份通电不合乎我们惯用的行文方式，即使签了名，也起不了什么作用。不如让我亲自拟写一份。"杨文清即让人拿来纸、笔。家父亲笔书写了起义电文：

　　　　现云南全省在卢主席领导下，于本日宣布解放。本区所有军统内外勤及各公秘单位工作人员，趁此时机听命转变，不特可免除无益牺牲，并可保全个人生命及今后生活。本人已绝对服从卢主席命令，各工作同志应即一致遵照。自即日起停止一切活动，所有武器立即缴出，所有通讯器材不得破坏，遵照呈缴并自动出面办理登记手续，听候另派工作，切勿藏匿逃逸，故违自误，而放弃此唯一自新良机。

沈醉

12 月 10 日

家父此举无疑是明智的。这短短 200 来字的起义通电，令云南省 300 多个军统公秘单位的特务及其特务部队放下了武器，交出了所有的电台、文件、枪弹及通信器材，不知保全了多少人的生命财产，同时也使他自己跳出了国民党反动阵营，开始了新的人生旅程。

家父能如此果断地顺应历史潮流，背叛自己为之卖命效力了 18 年的蒋家王朝，卢汉是功不可没的。家父等人的起义通电发出后，卢汉曾任家父等人为云南省临时军事委员会委员，在人民解放军和平进入昆明之前，共同主持云南事务。

关键人物之六

新生后的指路人——周恩来总理

曾经有位记者写过一篇题为《沧海沉浮》的文章，文章开头有几句编者按：沧海一粟，浮生如梦。30 年的沧桑之后，沈醉这位在历史舞台上满是败笔的人物，又在新中国的宽和与滋润下用笔墨将自己的形象丰满起来……

作者的几句话概括得既准确又客观。不过还需要补充一点的是：家父之所以能在新中国竭尽全力、毫无保留地"用笔墨将自己的形象丰满起来"，这主要应该归功于周恩来总理的谆谆教诲和耐心指导。当年，每每听到杜聿明伯伯、溥仪、溥杰伯伯及家父等特赦人员讲起特赦后，周总理对他们的关心、爱护及教导时，我就异常感动，深感周总理不仅是家父特赦后的指路人，也是所有特赦战犯的指路人。

家父等人在被特赦之前，也曾考虑过特赦后的出路问题。当时，他们都认为自己将来的出路就是做个自食其力的体力劳动者，或当农民，或做手工。所以，他们在战犯改造所时，总是尽量地学习手工技术。杜聿明以往是率领装甲兵部队的，对机械维修很在行，他在狱中负责缝纫组工作时，就潜心研究缝纫机的维修技术，当他被调往农场种果木时，他又买了许多培植嫁接果木的书，没事就读，准备日后留在农村劳动时，能派上用场。家父则是认真地学习剪裁、缝纫和理发，打算多学几门手艺，作为出狱后的谋生手段……

在首批特赦人员被安排工作之前，他们做梦也没想到他们这些曾经拿枪杆子的人，特赦后将用笔杆子书写历史，书写自己的经历，来服务于社会和祖国。他们更未想到的是，这一切都是周总理亲自给他们安排的。

1959 年 12 月 14 日，周总理、陈毅、习仲勋副总理及中华人民共和国成立前夕率部起义的原国民党高级军政人员张治中、傅作义、邵力子、章士钊等人在北京中南海西花厅接见杜聿明、宋希濂等首批特赦人员时，周总理对他们说："我们党和政府是说话算数的，是有原则的。我们是根据民族的利益、人民的利益来释放你们的。"接着，周总理又跟他们谈了立场、观点、工作和生活以及前途四个问题，并希望他们先去农村劳动锻炼一年，继续加强劳动观念、集体观念，树立群众观念……

周总理的这番话如同一盏指路明灯，使他们特赦后，正迷茫、不知所措之际，看到了自己今后的努力方向及生活、工作的道路和前途。不过，当时对他们今后具体做什么工作，并未明说。直到 1961 年春节，中央统战部特意在人民大会堂设宴招待家父等第二批特赦人员和首批特赦人员时，统战部副部长徐冰才郑重宣布说："首批特赦人员在农村劳动一年的期限已满，政府决定安排他们在全国政协文史资料研究委员会任文史专员……"

政府的这种安排完全出人意料，杜聿明等人自然喜出望外，家父等第二批特赦人员也从他们身上看到了自己的将来，更是兴奋不已。不过，更让他们高兴的是，宴后，在场的国务院秘书长童小鹏宣布说，周总理将于大年初七上午，在中南海接见家父等特赦人员。听到这消息后，特赦人员都激动不已，家父更是又惊又喜，百感交集……

在所有特赦人员中，家父的心情最为复杂。因为其他人，在国民党时期大都是领兵打仗或做高级行政官员的，而家父却一直从事特务工作，由于职责所在，曾经亲自跟踪、监视、迫害过许多中共地下党人和民主人士，甚至对周总理也进行过跟踪、监视。例如，西安事变后，周恩来作为中共代表曾经前往南京与国民党要人谈判，路经上海时，在上海住了几天。当时，家父在上海任法租界情报组长兼行动组长，奉命监视周恩来在上海的行动。当时，周恩来下榻在上海苏州河旁的新亚酒店，他房间的窗户正好面向苏州河。家父不仅派特务扮成侍从，随时监视他的行动，而且在酒店的出入口及能看到住房的苏州河边都安插了不少便衣特务，日夜观察、跟踪。他们当时有条原则就是，凡是周恩来坐车出去探望的人，都不用抓。因为他公开去探望的不是国民党要人，就是著名的民主人士。特务们准备抓的是暗中与周恩来接触的人。他们认为这些人肯定是中共地下党员。可是，他们监视、跟踪了好几天，也没见有人暗中与周恩来接触。

抗战开始之后，周恩来作为中共代表，任政治部副部长，在重庆曾家岩设立了八路军办事处。国民党政府迫于社会舆论和国际影响，不敢对周恩来及在八路军办事处的工作人员进行迫害，但对暗中与八路军办事处来往的中共地下党人却决不肯放过。自八路军办事处成立，周恩来等人进驻之日起，戴笠就派了几百名特务装扮成各种身份的人，在曾家岩一带游荡，对办事处进行严密监视。为此，特务还在办事处大门的斜对面开了个茶馆，许多特务就扮成茶客在那里出出进进。当时，他们专门跟踪那些自己推门进去、出来时又没人送的。他们认为那些人肯定是中共地下党人。而那些由周恩来等人亲自送到门外的，一般都不跟踪……总之，周恩来在白区期间，特务们从未放松过对他的监视，总是企图通过周恩来，抓到中共地下党人……

家父一想到当年自己和特务对周总理的所作所为，就羞愧万分，真不知将如何去面对周总理。

1961年2月21日，也就是大年初七的上午，家父忐忑不安地随特赦人员来到中南海西花厅，等待周总理的接见。当周总理、陈毅副总理等一走进西花厅，家父又紧张又激动，竟不知如何是好！但周总理朗朗的笑声、和蔼可亲的话语，很快就使家父镇静了下来。当周总理向家父走来时，家父连忙迎了上去，愧疚地紧握周总理的双手，连连请罪说："总理，我是向您请罪来的。过去我在上海、重庆都派人监视、跟踪过您。我……"

周总理不等家父把话说完，便爽朗地笑起来，连连摇手说："别说啦，别说啦，过去的事就让它过去吧！"说完，他又风趣地指着家父笑道，"你们过去搞的那一套，从来没有对我起过作用。你们呀，只是在给我当义务随从呢！"

接着周总理告诉家父说，当年他住在上海新亚酒店时就知道周围都有特务在监视，连服务员也是由特务充当的。不过，他仍然每天都同自己的同志见面、交谈、交换文件。说到此，总理笑着问家父："当时你们一个也没有发现吧？"

家父坦白地承认说："是的，一个也没发现。"

酒宴开始后，周总理正好坐在家父身边，他又兴致勃勃地接着说："新亚酒店有你们的人，也有我们的同志。每天，我出去乘出租汽车、进餐馆付账、买东西付钱时，我都可以找到我们的人，把我要约见人的名单送出去。约好后，在电影院见面。我座位前后左右都是我要约见的人。电影一开演，里面黑洞洞的，你们的人找不到我。散场后，我约见的同志都分散走开……"

周总理说完后，便很严肃地对家父说："我们共产党只讲阶级仇恨，从不讲个人恩怨。希望你特赦后，要做一些对人民有益的事情。"

家父听后，颇有些紧张，他愧疚地对总理说："我今后只能保证绝不再做对不起人民的事，哪里还有条件去做对人民有益的事呢？"

周总理边吃饭，边笑道："你的条件很多，只看你做不做。"接着总理告诉他说，他正号召老年人把自己的亲身经历写出来，传之后代。全国政协文史资料研究委员会就是负责此项工作的。他让家父放下包袱，如实地把过去做过的一切都写出来。他说这不但给今后编写历史提供了可贵的资料，更能给年轻一代提供反面教材，让后人知道革命成功来之不易，就会增加对新社会、对共产党的热爱。这就是做了对人民有益的事情。周总理还对家父特别指出说："你在军统那么多年，在戴笠身边那么久，知道的事一定很多，要认真地写写……"

周总理的这番教导，宛若一盏指路明灯，一直引导着家父最后30多年的人生旅程。30多年来，家父始终牢记周总理的教导，笔耕不辍。他把撰写回忆录当成为人民、为祖国做好事的基本表现，当成自己在履行对周总理的承诺。

1963年底的一次酒宴上，周总理对家父撰写出版的第一篇文史资料《我所知道的戴笠》一文给予肯定和鼓励。当时，周总理走到家父身边，拍着家父的肩膀笑道："沈醉，你可害苦我啦！"

家父大吃一惊，忙说："总理，现在我怎么会害你呢？"

周总理哈哈大笑说："你写的《我所知道的戴笠》花了我一整晚的时间，一口气把它看完。因我过去知道不少戴笠的情况，但联系不起来。你的材料就讲清楚啦。我一看就放不下来，所以我说你害我少睡了觉。"

家父这才放心地笑道："以后我就写短点，就不会害得总理睡不好觉了。"

周总理表情严肃地说："以后还要写，不论长短都如实地写，不要有顾虑。"

在那次酒宴上，周总理和陈毅副总理还对杜聿明撰写的文史资料《淮海战役始末》一文赞不绝口，并希望所有特赦人员多写些历史资料，多为人民做有益的事情。

周总理的鼓励更加坚定了家父不断撰写回忆录的信心。30多年来，家父先后撰写了《我所知道的戴笠》《军统内幕》《我这三十年》《魔窟生涯》《战犯改造所见闻》《人鬼之间》等200多万字的回忆录。

家父的这些回忆录不仅给后人留下了一份宝贵的历史资料，而且也使他自己的形象日益丰满起来，日益得到广大读者的谅解和认同，得到社会的尊重。著名诗人臧克家看完家父的回忆录后，曾赠家父一首诗：检点生平痛不禁，情真意切撼人深。是今非昨肝肠见，折铁男儿自有心。

连素有"天下第一傲"之称的台湾作家李敖都叹服曰："闻义能徙，知善能改，历劫知变，洗心革面，沈醉醒矣！"

第三章　艰难痛苦的思想转变历程

人生的意义只在于：时间渐渐将隐藏着的东西揭示出来，指出人们走过的道路正确或不正确。生活就是日益清楚地认识以往的原则的谬误，从而去建立并遵循新的原则……

——列夫·托尔斯泰

我的父亲沈醉

几年前，有人约我写一部以家父生平为题材的电视连续剧，可是写成之后，他们却要求删去家父在战犯改造所的那段剧本。他们认为那段铁窗生涯太沉闷，不如中华人民共和国成立前的经历那样惊险离奇，也不如特赦后感情世界那般曲折缠绵。当时，我断然拒绝了他们的要求。我认为，要写家父就必须写他在战犯改造所的生涯，若没有那 11 年铁窗生涯，沈醉决不会是今天这样的沈醉，家父也绝不会是今天的家父。就如同天主教所说的那样：一个天主教徒死后，他的灵魂必须经过炼狱之火的冶炼，将灵魂里的污秽、罪恶全部烧炼干净，他的灵魂才能得到升华，才能进入天国。

家父 18 岁就进入军统。在中华人民共和国成立前整整 18 年的漫长岁月里，他对蒋家王朝的忠诚，对蒋介石、戴笠的敬仰可以说是根深蒂固的。云南解放前夕，他虽然在卢汉的枪口下，通电起义，背叛了蒋家王朝，但他这样做的主要原因并不是他真正从内心深处认识到国民党的罪恶，真心地想脱离蒋家王朝，而只是一种"识时务者"的做法。他清楚国民党气数已尽，无法挽回，同时也基于他对毛人凤的怨恨，不愿成为毛人凤功劳簿上的一个砝码。

然而，起义通电好说，口头上拥护共产党也好说，但要他真心诚意地承认自己是今非昨，真心诚意地拥护共产党，热爱新中国，却不是件容易的事情。倘若没有共产党对战犯的改造政策，没有 11 年的铁窗生涯，家父这些蒋家王朝的忠实干将，是绝不可能低头认罪，对共产党"俯首称臣"的。

我曾经认真地研究过父亲在狱中的日记，也详细地询问过父亲当年思想改造的种种情况，深深地体会到共产党的战犯改造政策是何等的英明、伟大。她就像炼狱的火一样，洁净人的灵魂，完全改变人的思想、情感。当然，置身于"炼狱"之中的人，也必定有一个艰难、痛苦的渐变过程，才能够升华，才能够得到新生。

破罐破摔　以死相拼

被当成战犯，关进监狱之初，可以说是家父一生中最痛苦、最绝望的日子。

家父原以为，参加了起义，就肯定能获得自由，获得工作，能很快与家人团聚。孰料，解放军和平进驻昆明之时，卢汉竟把他当成战犯移交了出去，仍然关进了监狱。而且在狱中，他又遇到了一连串令他尴尬、痛苦的事情。

第一件事是多年好友徐远举和周养浩的破口大骂及冷嘲热讽。

徐远举、周养浩是重庆解放前夕，奉命主持和执行大破坏、大屠杀的罪魁。他俩是在卢汉起义的当天下午与张群前后脚抵达昆明的，原计划在昆明转机，飞往台湾。他俩一下飞机就跟家父联络，让他给准备第二天飞台的机票。因为，当时解放军已分两路向成都包抄。而逃到成都的国民党高级军政人员太多，成都的飞机又很少，无法将所有滞留的高级要员运往台湾。于是蒋介石决定先把一批人抢运到昆明，然后再慢慢转运到台湾或海南岛。

当时，徐远举是与张群同机抵达昆明的。他深信，有张群在，卢汉绝不敢轻举妄动。所以，他不但鼓励家父去参加卢公馆的"鸿门宴"，而且自己也放心大胆地跑到他的好友——卢汉的副官处长朱子英家中去过夜；周养浩乘坐的飞机比徐远举晚了两个来小时，他一下飞机就发现机场的情势不对。因为张群到来，促使卢汉下了提前起义的决心。他命令保安团严格控制机场，凡是到达昆明的飞机，都不准加油、起飞。周养浩预感到处境危急，所以只在机场打了个电话给家父，让他尽快派人把机票给他送到机场，只要有飞机起飞，他可立即飞走。

家父在五华山签字起义之时，徐远举尚在朱子英家蒙头大睡；周养浩则在机场候机室战战兢兢地过了一夜，并脱下了军装，换上了蓝绸的丝绵长袍，混在众多的候机人群中，随时准备潜逃。

家父当时考虑到两个老友对昆明地形毫无了解，在卢汉保安团严密把守的情况下，根本无法逃出昆明，不如让他们和自己一道参加起义，所以，他毫无保留地供出了他们的去处。

然而，事与愿违，徐远举、周养浩被直接关进了昆明陆军监狱。所以，家父被关进监狱时，徐远举一见他就瞪着两只又圆又大的鹄子眼，大骂家父"卖友求荣"；而周养浩则冷言冷语地说："你出卖了我们，怎么也被关进来啦？怎么没赏给你一官半职当当？"

老友的误解、谩骂，对满腹委屈的家父而言，无疑是雪上加霜，其痛苦是可想而知的。他对自己的起义开始后悔、自责。他觉得此举不但未能自保，而且还连累了朋友、部下，深感自己对不起老友、对不起九泉之下的戴笠。

不久，家父在狱中遇见随国民党陆军副司令汤尧由台湾飞来昆明指挥第八军、第二十六军反攻的特务郑进勋。郑进勋告诉家父说，汤尧奉蒋介石之命飞来昆明之前，毛人凤特意委托汤尧，一旦攻下昆明，便立即用专机把家父押送台湾；若攻不下昆明，则派人将家父暗杀……

这消息无疑又给家父一个很大的刺激。毛人凤不满家父起义是意料之中的事，但毛人凤对他如此恨之入骨却是始料不及的。他担心毛人凤奈何不了自己，就会嫁祸于自己在香港的妻儿老母，因此，他更加后悔、自责。既然自己已处于既不能见谅于国民党，又不能见容于共产党的情况下，索性破罐破摔，对共产党采取抵抗行动，倘若被共产党处死，或许能见谅于国民党，以保妻儿老母的安全。从此，他开始寻找一切可以对抗共产党的机会。

当时，公安部门让他交代军统及戴笠的罪行，他便采取消极敷衍的办法，轻描淡写；对戴笠的罪行更是一带而过，不肯细说。不久，公安部门在狱中成立技术研究室，让他带几个搞报务的旧部收听、寻找西南地区各种潜伏电台。家父不但不帮着辨别，反而暗中收听"美国之音"，企盼能得到美军援助国民党反攻大陆的消息；同时，他还用算命、看相的手法，宣传迷信，蛊惑人心，让同犯们拒绝接受改造，等候国民党反攻大陆；为抒发内心的怨恨和不满，他还写了不少旧宫体诗，用来讽刺那些接受改造的犯人，同情、颂扬那些顽固不化、拒绝接受改造的人……

当然，家父以上的种种对抗行动都是暗中进行的，但是，这样做并不能平息他内心的痛苦和怨恨。有一次，他终于按捺不住自己，爆发了出来，公开跟审讯人员大吵大闹，并以绝食、装病的方法拒绝受审。那是家父被押往重庆白公馆之后，所发生的事情。

重庆白公馆原是四川军阀白驹的避暑山庄。抗战开始后，国民党迁都重庆，买下了这幢公馆，在公馆四周围墙上加上铁丝网，把它改建成了关押要犯的监狱。由于白公馆位于杨家山山腰，是一幢依山傍涧的二层木结构建筑，四周风景如画，正如公馆院墙大门两侧对联所写的那样"洛社风光闲处适，巴江云树望中收"，确实是景色宜人。所以，中美合作所成立之后，派驻重庆的美国人一眼就看中了这个地方。于是戴笠让家父另觅监狱，将白公馆腾出来，给美国特务作招待所。抗战胜利后，美国人撤离重庆，国民党又把它恢复成关押要犯的监狱。当年著名的革命先烈，叶挺、许云峰、江竹筠等都曾在这里关押过。

中华人民共和国成立前，家父到白公馆不是以客人的身份，就是以主子的身份；而此次到白公馆，却是戴手铐脚镣的犯人。他内心的苦涩是可想而知的。

家父被押往重庆之时，正是全国性地镇压反革命运动的高潮之际，当时有一些比家父等战犯罪恶少得多、级别低得多的国民党军政人员及地主、恶霸被镇压。公安部门配合当时的运动，让所有战犯再次交代、整理自己的罪行材料。家父和比他先到重庆的徐远举、周养浩等，都以为材料整理好之后，就会被枪毙。对死亡的恐惧笼罩着每一个在押战犯。

周养浩一直对在昆明被捕之事，耿耿于怀，此时更是对家父恨之入骨。一天夜里，他趁夜深人静之际，悄悄地起床，举起一个小板凳向躺在地铺上的家父头上砸去。幸亏家父当时并未睡着，他凭借着牢房门窗外射进的灯光，清楚地看到了周养浩的一举一动，并及时地用手抓住了他砸下来的板凳，没有受伤。但这件事又给了他一次很大的刺激，使他加剧了对共产党的不满。此时，派到重庆战犯所、对战犯进行审讯的人是一批刚从公安学校毕业的年轻人，他们既无经验，又对这些令人谈虎色变的战犯充满了好奇，特别是对家父、徐远举等军统特务更加心怀戒备。所以，他们审讯时，总认为家父等人有所隐瞒，同一个问题，他们会反反复复地问来问去。

有一次，家父在被提审时，被他们反复提出的问题激怒了。两年多以来，积压在他心中的抵触情绪一下子爆发了出来。他竟拍着桌子跟审讯人员大吵大闹，并不计后果地扭头就走。当审讯人员制止他时，他更是气冲冲地大嚷："不让我走，我也要走，不行你们就枪毙我！"说着猛地扯开衣襟，拍着胸脯喊道："你打吧，你们现在就打死我好了！"摆出一副以死相拼的架势。而且以后每次审讯时，他都会情绪激动地大吵大闹，甚至用头猛撞墙壁，想以死相威胁。最后，他索性绝食、装病，拒不接受审讯。连看守所所长让他老婆煮好鸡蛋面条，送到牢房，他也不肯吃，仍然嚷着让所长马上枪毙他。

后来，西南公安部的干部亲自出面，和看守所所长一起多次给他做思想工作，加上同室的好友宋希濂等人苦口婆心地劝慰，家父才没有再闹下去。

知罪认罪　接受改造

家父一向不是愚钝、冥顽不灵的人。一场大闹原本是求速死，但政府不但没有给他惩罚，反而是苦口婆心地耐心开导，劝慰；为防止他自杀，看守所还指派同室的宋希濂等日夜看护他。家父渐渐冷静下来，开始反省。中华人民共和国成立前，国民党审讯政治犯的种种情景——都呈现在了家父的脑海中。他想起了以往白公馆、渣滓洞监狱那带血的皮鞭、老虎凳；想起了特务们用灌辣椒水，用烙铁进行逼供的情景；特别是徐远举当年审讯革命烈士江竹筠的场面更是令他记忆犹新。

1949 年初，家父到重庆公干，正赶上徐远举破获了中共地下党的《挺进报》案，逮捕了中共地下党员江竹筠。由于她的丈夫彭咏梧曾经领导过川东地区的暴动和华蓥山游击队，不久前被国民党拘捕，杀害了。所以，徐远举认定江竹筠将是破获川东地区和华蓥山游击队地下党组织的突破口，决定亲自对她进行审讯，并且邀家父去看他审案。

徐远举审问政治犯时，一向都是"先礼后兵"，对江竹筠也不例外。但是当她软硬不吃，完全不把他放在眼里时，他就火了，把桌子一拍，脱口喝道："好！你装哑巴？我马上叫人剥光你的衣服，你信不信？"

江竹筠仍然毫不畏惧地怒斥道："我完全相信你会那样干，你们什么坏事都干得出来，连你母亲、姐妹、女儿的衣服，你也能剥光。我是死也不怕的人，还怕你们剥衣服？"

家父在一旁，觉得若真剥她的衣服，实在不像话，便用脚碰了碰怒不可遏的徐远举，悄声说："你就不会用别的办法吗？"于是，徐远举命令部下把她拖到刑审室，用竹签戳刺她的十指，企图逼她招供。可是，刑罚用尽也未能从她口中得到半点地下党的情况……

相形之下，家父开始觉得共产党确实比国民党要人道、宽容得多，并未"以其人之道，还治其人之身"。自己入狱以来，看守所的人，从未对自己拷打、用刑，连自己如此吵闹、对抗，他们都没用刑，而是耐心说服教育。认识到这一点之后，家父的思想有所转变，渐渐也放弃了要与共产党对抗到底的思想。

1956年初，共产党将重庆松林坡原中美所的房子腾出来，重新装修后，专门作为西南地区被俘的国民党高级军政人员集中改造训练的场所，把100多个国民党战犯从各地的监狱、看守所集中到这里。不但给他们发了新的被褥、囚服，改善伙食，而且还允许他们在管理所的范围之内自由活动。战犯改造所正式成立后，四川省公安厅厅长还特意来讲了话，他说："你们这些国民党的高级军政人员是集中到这里来加速改造的。你们要好好学习，改造思想。你们这些人以后还是有用的。你们在这里，以后不要互叫'难友'，也不要叫号码，彼此就叫'同学'好了。因为你们是到这里来学习的。对你们这些人，我们的政策是不审不判。你们只要靠拢人民政府，靠拢共产党，改恶从善，人民是会原谅你们的……"

这一新的变化，以及公安厅厅长的这番讲话确实给了家父等人极大的鼓舞。大家都觉得前途有望了。既然共产党不计前仇，以诚相待，自己就不应该继续顽抗了，"人以国士待我，我必以国士报之"嘛！

不过，不再继续顽抗，并不意味着已经认识到自己的罪恶。起义以来，家父虽然也签字，也写材料，交代问题，但他并不认为自己有罪。他认为过去的所作所为都是"各为其主"，何罪之有？若说有罪的话，也只不过是因为国民党失败了，成者为王，败者则为寇，自古皆然。可是，战犯改造所成立前后，先后发生的两件意想不到的事情，才使家父由衷地认识到，自己和国民党反动派确实是对共产党、对革命先烈犯下了滔天罪行。

有年清明节，数以千计的民众聚集在白公馆和松林坡附近的革命烈士陵园，为革命先烈扫祭。人们情绪激动地高喊"打倒国民党反动派""血债要用血来还"等口号。这口号声如雷鸣般传到了白公馆的牢房。家父和徐远举等自然想起了重庆大屠杀时的场面，个个吓得蜷缩在牢房内，不敢走到窗前去观望，深恐愤怒的民众会冲进白公馆找他们算账。曾直接参与重庆大屠杀的徐远举，更是吓得直流清鼻水，并不停地用袖子拭擦着。此时此刻，家父意识到他们这些人确实是血债累累，罪大恶极，即使民众此刻冲进来找他们算账，也都是罪有应得，咎由自取的。

可是，过了约半个小时，性急的徐远举终于按捺不住，慢慢走到窗前，往外张望，并连连招手让家父等人过去。家父一看，白公馆大门外，不知何时增加了许多解放军的岗哨。有的战士显然是刚刚从别处赶来，此刻还在不停地擦汗。不言而喻，他们是为了防止愤怒民众冲进白公馆，而特别加强了警戒。这情景令家父等人又悔恨又感激，确实触动颇大。

还有一次，家父挑着担子，随管理人员外出购物。他俩刚走到离战犯所不远的烈士陵园附近，突然冲出几个人，揪住家父又踢又打，要他"生还人，死还尸"。家父开始时被搅得一头雾水。一问才知道，这些人的父兄是家父在任重庆卫戍总司令稽查处副处长时被拘捕、关进渣滓洞的，可能在重庆大屠杀时遇害了，至今连尸首都找不着。他只得一个劲地道歉，悔愧交加。在那些人跟他纠缠之际，管理员马上去找来几个解放军，把他解救出来，护送回去。

通过此事，他的良心受到了很大的谴责，他再一次认识到，自己过去的所作所为确实是罪大恶极，愧对烈士，愧对共产党和人民。而共产党却不计前仇，如此厚待自己，自己没有理由不努力学习，加速思想改造，向人民赎罪。1957年国庆，家父写下了第一首颂扬共产党、感恩戴德的诗歌。

念奴娇

桂香飘拂，又欣逢，八年建国佳节。每到今朝多悔恨，无颜

愧对先烈。屠杀人民，摧残革命，两手尽鲜血。滔天罪恶，论理
应遭毁灭。

　　谁知一再宽容，感怀人道，千古无前例。铭心刻骨永难忘，
忍负再生恩德。逆子回头，父兄招手，期望倍殷切。加深改造，
早入建设行列。

脱胎换骨　改恶从善

　　家父曾经说过："中国改造战犯最成功、最值得赞赏之处，就是管教
人员以身示教，以情感人。他们从不打人骂人，不污辱人格，能给人创造
一种生活下去的环境，充分地体现了人道主义精神。"

　　对一个意志坚定的人而言，否定旧我，是件痛苦而艰难的事，而要他
完全抛弃旧我，创造一个新我，则更是难上加难。而家父之所以能脱胎换骨，
成为一个全新的沈醉。这不仅需要他自身不断地努力奋进，同时也需要"一
种能生活下去的环境"。

　　不可否认，家父自始至终都是一个意志坚定、热爱生活、勇于不断进取、
不断攀登的人。至于他是向正面方向攀登，还是向负面方向攀登，那就要
完全取决于他所处的"生活环境"和时代了。中华人民共和国成立后的 11
年漫长岁月里，家父的"能生活下去的环境"主要有两方面：一是党的宽
大政策和管教人员的言传身教；二是适度的劳动锻炼和改造。前者使家父
能够不断地批判旧我，接受并认同中国共产党和新中国；后者则在家父脑
海中注入了新的思想观和人生观。

　　1957 年底，家父由重庆战犯改造所转到了北京功德林战犯管理所。由
于重庆战犯所较为开放自由，而功德林却是一所百分之百的监狱，高墙、
铁窗、岗楼林立。他情绪非常低落，认为共产党言而无信，思想上又产生

了抵触情绪，但此后一连发生的几件事，又扭转了他的看法，对共产党和新中国的认识，又有了一个飞跃。

第一件事发生在他到功德林后的第二天。他发现过去的老友、原国民党兵团司令杜聿明不是躺在床上，而是躺在一个石膏模子里。他马上觉得，这一定是监狱的管教人员故意用这种刑具在折磨他，心里非常难过，也非常气愤。不料，当家父背着人，向杜聿明说出自己的不满时，杜聿明反而哈哈大笑起来。他告诉家父说，被俘后，他曾两度自杀未遂。当时他患有胃溃疡、肺结核、肾结核三种病。不久他又觉得腰胀腿痛，站久了，双腿就发抖。但他不愿治疗，准备来个慢性自杀。有一天洗澡时，管理人员发现他脊椎弯曲变形，臀部一边大，一边小，两条腿好像也不一样长。于是管理人员强行把他送进医院，给他做了全面检查。不仅发现了他原来的三种病，而且发现他患了脊椎结核症。

那时，狱中犯结核病的人很多，如原兵团司令黄维就犯有五种严重的结核病，什么肺结核、腹膜结核、淋巴结核、附睾结核、生殖囊结核，都是要命的病；又如范汉杰则犯着严重的肺结核，几乎都到了第三期。可是，当时中国还不能生产治疗结核的链霉素、雷米封等特效药。政府就专门派人去香港、澳门等地购买，并让战犯所每天供给他们鲜牛奶、病号饭，还特意在医院为杜聿明定做了一个石膏模子，以矫正他那变了形的脊椎。

此时，他们几个人的结核病都已痊愈，只有杜聿明那已经变了形的脊椎尚未完全矫正，所以，他不得不整天躺在石膏模子里。说到最后，杜聿明非常感慨地说："共产党真是我的再生父母呵！"

家父听了他的这番话，这番感慨，感愧万分。他觉得自己的思想远远落后于杜聿明，自己对共产党的认识也远不如杜聿明。

第二件令家父感触很深的事是关于黄维的。

黄维在所有战犯中是最为固执的一个。黄维被俘时就犯有五种结核病。

用他自己的话说，是到了"死亡的边缘"。当时，他连上厕所都走不动，需要人搀扶。可是，他却说什么也不要监狱的管理人员帮忙。若是管理人员去搀扶他，他就竭力地挣扎、扭动，宁愿摔倒在地上。后来，共产党治好了他的病，他仍然是不买账。他从被俘开始，就不肯剃胡须，他说："这胡须是吃国民党的饭长出来的，决不能轻易剃掉。"到了1958年，他的胡子长到了一尺五寸长，他仍不肯剃。狱中的其他犯人常常开会批评他顽固，思想反动。他却总是紧闭双目，如老僧打坐般，纹丝不动。等到大家都说完了，他便气运丹田，一连放上三个响屁，以示不屑，搞得大家哭笑不得。

有一次，学习组长组织大家学习《四大家族》一书。当他听到书中有这样一段话"……国民党的中央银行、中国银行、交通银行、农民银行都是四大家族的，都是蒋介石的"之时，他便懒洋洋地说："如果按这种言论，那么共产党现在不是有中国人民银行吗？这个银行也就是毛泽东一家的啰？"

学习组长一听，便厉声说："你这个家伙太反动了。毛主席是中国人民的伟大领袖，蒋介石是反动头子，你竟敢这样相提并论！"

黄维坐在大通铺的一角，往墙上一靠，便理也不理地闭目养神。

学习组长见他这种态度，便怒不可遏地喝道："你站起来。"

同组的人都纷纷指责黄维，甚至有人喊道："对！斗他！"

黄维这才慢悠悠地站了起来，但仍不服气地用鼻子"哼"了一声。学习组长狠狠地批评了他一顿，其他人也批判了他几句，并要他好好反省，写出书面检查。休会后，有人看见黄维伏在桌上写着什么，以为他在写检查。孰料，对方探头一看，竟发现他在纸上写了大大的14个字：龙游浅水遭虾戏，虎落平川被犬欺。

对方一看勃然大怒地质问黄维："虾指何人？犬又指何人？"

黄维一扭头，一翻眼，根本不予理睬。学习组长闻声过来，也愤愤地说：

"你是龙，是虎。那谁是虾、是犬？"

他依然满不在乎地瞥了对方一眼，懒洋洋地说："谁承认，谁就是虾，是犬。"

一句话更加激怒了学习组长。他二话不说，挥手就给了黄维两记耳光。黄维万万没想到会遭到如此侮辱。他立时剑眉倒竖，凤眼圆睁，铁青着脸，用尽全身之力，挥起拳头就朝对方脑门打去，旁边的人手疾眼快，一把拉开了学习组长。他一拳落空，自己却因用力过猛而摔倒在地上，连脸都擦破了皮。当他跳起来，要跟对方继续玩命时，附近值班的管理员闻讯赶到，大声制止了这场打斗。

由于事态严重，管理所的负责人也很快赶到了现场。当他了解了前后经过之后，立即召集全体大会。大会上，负责人严厉地批评了学习组长。他认为打人是件极为严重的事件。它的严重性在于：这是功德林战犯管理所成立以来的第一件打人事件。而打人是严重违反共产党政策的，一定要认真处理。大会后，他又让各组分组讨论。他自己则参加了黄维这一组，当面要打人者写检查，向黄维赔礼道歉，并强调说："黄维是可以改造好的。对黄维进行批评帮助是对的，但要耐心、要诚恳地帮助，不要刺激他。你们受国民党教育多年，一下子是扭转不过来的，慢慢改正吧！"

事后，负责人把黄维调离了那一组，并私下里对黄维说："你发言的观点是错误的。我们希望你能够通过继续学习，明辨是非。"同时，他又开导学习组长说："你坚持正确的观点是对的，要求进步也是对的。但是，你身为组长，动手打人却是错误的。这并不能表明你的进步，只能表明你的落后……"

打人事件虽然过去了很久，但家父等人无不对负责人处理问题的方式由衷的敬佩和感动，其中也包括黄维及学习组长本人。

第三件事则是发生在家父自己身上。一天，外地来了两个干部，向家父了解情况。家父如实地写了份材料给他们。他们却认为家父反映的情况不真实。家父态度坚决地说："我知道什么就写什么，不知道的我当然不能乱写。"

孰料，对方竟勃然大怒，拍着桌子训斥道："你放老实点，你知道自己是什么人吗？"

家父向来吃软不吃硬，他也毫不客气地顶道："什么人？犯人！"

对方板着面孔说："你知道你是犯人就好，就应该老老实实地向党把问题交代清楚！"

"你能代表党吗？党就是你这样的吗？我不知道的就是不知道。"家父大声地嚷了起来。

正巧，管理人员走了进来，他二话没说，便让家父先回学习组去。他刚走出房门，就听见管理人员在质问来人："你们是干什么来的？"

"调查材料啊！"对方答道。

管理人员的声音顿时提高了："既然是调查材料，就把材料拿走好啦！谁给你们权力在这里拍桌子训人？我们管教人员如果这样做，都是违反政策的……"

家父听到这番对话，也后悔起来，觉得自己不应该发脾气。回到学习组时，他便把情况说了，并准备做检讨。不料，管理科长却来到了学习组，对大家说："今天吵架的事，不是沈醉的错。又要让人写材料，又要拍桌子训人，太不像话。你们不要让沈醉做检查。"

科长走后，家父不无感激地说："想不到，共产党处理问题这样的是非分明！"

大家也都认为共产党对他们这些人的改造政策确实是英明，并纷纷讲述了家父未到功德林之前的一些情况。

1956年4月，功德林正式成立战犯管理所之前，毛泽东主席曾在中共中央政治局的扩大会议上讲过这样一段话："……连被俘的战犯、宣统皇帝、康泽这样的人也不杀。不杀他们，不是没有可杀之罪，而是杀了不利……不杀头，就要给饭吃，对于一切反革命分子，都应当给予生活出路，使他们有自新的机会。这样做，对人民事业，对国际影响，都有好处。"

毛主席的这段讲话当时给功德林的战犯带去了新生的希望和曙光。有许多人把这段话抄在了日记本上，不时地激励自己。家父当时在重庆，未能听到这一传达。

1956 年底，功德林战犯管理所正式成立之后，公安部的姚局长亲自来到功德林，也给大家讲了一次话。他强调说，把战犯集中到功德林，是为了加速改造，是由强迫改造阶段进入自觉改造阶段。只要大家努力学习，认真改造，是会有出路的。

家父听了这番介绍后，深受感动。他认识到初来功德林时的悲观、抵触情绪及认为功德林不如重庆战犯所的思想，都是错误的。既然毛主席都提出了对战犯实行"不审、不判、不打、不辱、不杀"的政策，管教人员又切实地执行了这一政策，自己没有理由再怀疑共产党，没有理由不奋起直追，加速改造。

1958 年 1 月 28 日，家父在日记中写道："通过学习，我对许多问题都有了更深刻的认识。一、对坏思想应当敢于暴露，进行正确的批判，否则迟早会出现问题。二、人民政府对任何问题的处理，都是实事求是的，从不因我们这些人过去作恶多端，而进行人身侮辱。我们有一点进步，政府都是予以承认的。三、对党的宽大政策有了进一步理解和认识。自己虽然是起义的，但这点成绩比起自己对人民所犯的罪恶，多么微不足道。几年来，总是背着起义这个包袱，思想抵触、悲观，真是太不应该了。新生有望，当加速改造方可呵！"

常言说"吐故"才能"纳新"。认识并批判了旧思想，新的思想方能更容易接受。家父等人的新思想、新观念的来源,一方面是不断地学习改造,另一方面则是通过劳动改造。

劳动改造在外人看来是一种惩罚、一种折磨,但对家父这些曾经高高在上、四体不勤、五谷不分的人来讲,却是使他们体验劳动人民情感,缩短与劳动人民距离,获得新思想、新观念的最佳途径。

通过挑粪种菜,他认识到了"汗滴禾下土"的艰辛;通过挖坑种树,他体验到了"前人种树后人乘凉"的愉悦;通过缝衣、理发,他品尝到了"自食其力并服务他人"的甜头。所以,他在日记中写道:"为了在劳动中进一步得到锻炼,我总是抢着从坡下往山上挑水的重活干,有时一天挑60多担,累得腰酸、腿痛、肩膀红肿,但心情却是愉快的。"

后来,家父在回忆录中也这样写道:"植树造林是很有意义的一项工作。既美化了祖国,绿化了首都,也改造了我们的思想。我们在这里种下了树苗,滴下了汗水,同时也增强了对未来的希望和向往。待到'浓荫十里贯秦汤','一路槐花扑鼻香'的时候,想到自己曾在这里流下了汗水,该会是多么亲切和安慰呵!"

劳动使他生活充实,劳动使他获得了新的思想、新的感情。下面我选摘几篇家父的日记,从中不难看出,劳动对他心路历程的作用和影响。

　　　　　　　　　　　1958 年 11 月 20 日　星期日　晴

　　旧社会的剃头匠是最下贱的。可是重新做人,我情愿从下贱的事情做起。我这句话也许不对,因为新社会的劳动没有贵贱之分,剃头匠被称为理发员。今天上午为王陵基补了一件衣服,还为十几个同学理了发。当看到自己的手理出一个个漂亮的头来的时候,心里是多么高兴呵!

1959 年 7 月 7 日　星期二　晴

上午仍与黑子在猪圈抬砖,共33抬,并参加了一会儿敲砖工作。全身又被汗水湿透。在这种天气劳动,特别能体会出劳动人民的伟大和辛劳。

1959 年 9 月 1 日　星期二　晴

昨晚入夜时分,一阵大风刮来,竟把快成熟的葡萄全部刮落。今晨起床,看见同学们辛辛苦苦种了一年的葡萄糟蹋成这个样子,真教人痛心不已!李科长拾回一些葡萄分给大家吃,我和同学们都吃不下。我到现在才真正懂得,为什么地主掠走农民的劳动果实,农民会起来反抗,我要是一个农民,相信也会这样做的……

思想改造、劳动陶冶,看起来平凡而简单。它没有血淋淋的拼搏厮杀,没有动人心弦的枪炮雷鸣,但是它对家父而言,是心灵深处的一场持久而漫长的战役。在这里,美与丑、恶与善、革命与反动、旧我与新我的拼搏厮杀,是你死我活的激战。这场比八年抗战还要持久的战役,终于以真善美战胜伪恶丑、以革命战胜反动、以新我战胜旧我而告结束。

1960 年 11 月人民政府最高法院的一张十六开的特赦证书上,明明白白地印上了"确实改恶从善"六个字。家父最珍惜、宝贵这六个字,认为这是祖国和人民给他的最高评价。它不但体现了家父涅槃生命的价值,同时也体现了党的战犯改造事业的伟大、神圣。

1978 年,最高人民法院为落实起义政策,决定收回"战犯特赦证书",颁发给他"起义将领证书"。但家父坚决地拒绝了。他说:"对我这个曾经罪恶累累的人来说,有什么能比特赦书上'确实改恶从善'这六个字更可宝贵的呢?"

第四章　爱情与婚姻

书本中最奇妙的书，乃是爱情之书；我曾仔细加以阅读：只有几页是欢愉，全篇却都是痛苦，其中有一节叙述别离。

——歌德

家父是一个感情丰富且家庭观念极重的男人。除了事业之外，妻子、家庭始终在他心目中占据着首要地位。他曾经说，过去因在外面工作，总是处于一种高度紧张状态，只有回到家中，他才会完完全全地放松自己。妻子的唠叨，孩子们的吵闹，在他看来都是一种人生的乐趣，是一种享受。所以，他对妻子、家庭的关爱，无微不至。他总是把最好的、最快乐的情绪带回家中，而所有的困难和烦恼，全都由他一个人默默承担。他这种近似于自我牺牲的爱，对所爱的对方，是有益还是有害？其结果则是，他把他的妻子、儿女全都娇宠坏了。把她们娇惯得任性、自私，没有责任心，只知道索取，不懂得付出。最终，他自己也不得不独自去品尝自己种下的苦果。

在家父的一生中，遇到过不少爱他的女人，也遇到过不少他爱的女人。但是，真正融入他的生活、对他的人生造成过影响的，却只有三个。这三个女人都给他带来过欢乐，带来过幸福，同时，也带来过痛苦和烦恼。只不过，由于三个人的思想、文化、出身、背景大相径庭，相处的时间、环境差别很大，所以给他带来的幸福或痛苦，都有着完全不同的含义。

初恋爱人——莫耶

看过家父回忆录《魔窟生涯》（现改名为《我的特务生涯》）一书的人都知道，家父的初恋情人叫"白云"，是福建厦门人氏，她幼年随其父去南洋，后回厦门，就读于厦门大学中文系。1933年她为了追求革命脱离封建反动的家庭，只身来到上海，在一家南洋华侨创办的《女子月刊》编辑部当编辑，是一个热情奔放、活泼大方的新女性。

事实上，她的名字不叫"白云"而是叫"莫耶"。现代人知道"莫耶"这个名字的人很少，五六十年代的人知道她的大概也不多。但是，由她作词、郑律成谱曲的《延安颂》却是很多人都会唱。1983年，我第一次听到家父说，他的初恋情人就是写《延安颂》的莫耶时，我脑海里立即回响起那首曾传诵全国、脍炙人口的《延安颂》：

"夕阳辉耀着山头的塔影，月色映照着河边的流萤，春风吹遍了坦平的原野，群山结成了坚固的围屏。呵！延安！你这庄严雄伟的古城，到处传遍了抗战的歌声……看！群众已抬起了头，看！群众已扬起了手，无数的人和无数的心，发出了对敌人的怒吼，士兵瞄准了枪口，准备和敌人搏斗……"

歌词是那样壮丽，旋律是那样优美。我做梦也没想到过，能写出如此美妙、壮丽歌词的人，竟会是家父最初的爱人。

家父告诉我说，他俩是1934年在上海相识。当时，他20岁，她才十八九岁。家父为人体贴热情，她一向活泼大方，两颗年轻的心很快坠入了爱河。但是，他们的爱情从一开始就受到了重重阻力。

这阻力，首先来自我的祖母。她老人家虽然慈祥善良，知书达礼，但是在选择儿媳方面却非常的封建、传统。她心目中的儿媳，应该是恪守妇道、三从四德、能相夫教子的传统旧式女子，而莫耶却是一个在外抛头露面，满脑子反封建、反传统，追求自由、追求革命的新女性。祖母自然不同意。她曾警告家父说："你可不能找这样的女孩子做老婆！你看看她那身打扮，洋里洋气的，大热天还戴双白手套，笑起来也没遮没拦的，哪像个姑娘家？你要是娶了她，我就永不进你的家门……"

第二层阻力来自戴笠。家父与莫耶相恋之后，戴笠就派人对莫耶的情况做了全面了解。虽然莫耶出生于福建的一个封建大家族，其父是当地的一个民团头目，但她本人却是个思想"左倾、激进"的人。她周围的同事、朋友大都是文艺界的进步人士或"左联"成员。所以，当家父向戴笠提出，要跟她结婚时，戴笠坚决反对说："不行！和她这种人交交朋友，利用利用她，还可以。干我们这行的人，要是找上这样的老婆，那以后麻烦可多啦！"

当时，家父因追捕一个进步人士，从三楼楼顶摔了下来，摔成重伤，左眼差点完全失明，不知内情的莫耶对他照顾得无微不至。家父便不顾祖母和戴笠的反对，跟她同居起来。一年后，他们生下了一个小男孩。家父趁机劝她留在家中带孩子，不要外出工作。她却毫不犹豫地断然拒绝了。她说："那不行，想把我关在家里，做个贤妻良母？靠男人生活？我办不到。如果那样的话，我宁愿一辈子不结婚，也不能不工作。"

家父一向对妻子、恋人千依百顺。她一坚持，家父也不再强求，只好把孩子交给他的一个姓苏的部属，请苏的老婆喂养，而让她继续去杂志社上班。

1937年"七七事变"之后，千千万万的热血青年纷纷奔赴延安。她曾劝家父跟她一起走，当时，家父已经在国民党阵营里陷得太深了，根本无法自拔，加上在上海的几年中，他的秘密工作，就是专门对付中共地下党和一切反蒋人士的，他怎么可能去投共呢？所以，在迫不得已的情况下，他向她讲出了自己的真实身份，向她解释了他不能去延安的苦衷，希望她也打消去延安的念头。孰料，家父的"招供"不但没能留住她，反而促她下定去延安的决心。

当时，家父正奉戴笠之命率部潜入上海虹口区——日本人聚集的地域，收集日方情报。可是，"八一三"日军侵入上海，在虹口区来了个大清查，把所有中国人都赶出虹口区，家父率领的潜伏小组也被赶了出来。当他回到位于法租界的家中时，她已经随抗日救亡宣传队走了。他们的孩子仍然留在了姓苏的家中。家父自然是难过至极，不得不把孩子送给姓苏的做养子，并让他们带孩子迅速离开上海到苏氏的老家暂避。后来这个孩子在中华人民共和国成立前夕，就被家父送进了国民党的航空学校，并随该校转去了台湾，从此音信全无。

1938年底，家父撤退到武汉后，又被派往湖南临澧特训班当教官。环境稍一安定，他立即在武汉的《新华日报》上发表了《寻人启事》，希望再跟莫耶取得联系。虽然，当时该报并没有在延安发行，但莫耶的女友赵清阁在四川看到了这份启事，便辗转告诉了正在延安鲁迅艺术学院学习的莫耶。莫耶为追求革命、为参加抗日，毅然离开了家父和她的孩子，但毕竟有过两三年的感情。所以，她很快就给家父去信，取得了联系。家父对她依然恋恋不舍，多次去信让她离开延安，都被她拒绝了。加上戴笠曾规定：特训班的师生不得与延安的亲友通信。身为特训班副主任的余乐醒发现他仍与莫耶有书信往来时，也严厉地加以制止。他这才断绝了与莫耶的联系。从此生死两茫茫。

"文化大革命"中，有人找家父谈过莫耶的材料，怀疑她在上海时加入过特务组织。对这种无稽之谈，家父当然否认了。因为来人并未问及她与家父的关系，家父也就避而不谈。那次，家父才知道她就是《延安颂》的词作者。

1980年9月2日，家父无意中在《人民日报》上看到了一篇莫耶写的文章。他激动地在日记里写道，"今天的《人民日报》上，莫耶的一篇介绍彭总两件事的文章。看口气像在该报工作。一别40多年了，两人处境则完全不同，今生已无重见的机会了，唯在报上看看彼此的一点情况而已。唉！……"

家父日记中的"唉"字，竟是万语千言尽在不言之中。

1983年，我开始给家父整理第二本回忆录《魔窟生涯》时。家父特意让我把莫耶的真名隐去，改为"白云"。他不愿因自己的罪恶历史而玷污"莫耶"这个名字，更不愿因自己而给她造成不良的影响。当时，莫耶在他的心目中也确实像天上的白云一样，飘忽不定，高不可攀。他认为，像莫耶这样一位才华横溢、1937年就参加了革命的老干部，当时一定地位不低了，千万别让40多年前的往事影响到她的声誉。

在《魔窟生涯》一书中，除给她改名换姓之外，还隐去了她与家父同居、生子的情节。这一点应该怪我这个执笔者的狭隘和无知。当时，我认为未婚而同居生子是难以启齿的事，抛弃幼子而离家出走，更是不可原谅的。所以，我擅自删去了这一情节。不过，随着年龄的增长、知识阅历的增加，我才明白：五四运动之后，许多追求妇女解放的知识新女性，常常是采用这种同居的方式来反对封建传统的包办婚姻及社会对妇女的压迫、歧视。特别是在三四十年代，在知识分子云集的大上海，这种同居几乎是一种时尚，是一种对封建婚姻、传统观念的反叛。这是莫耶追求妇女解放、追求革命的一个佐证，根本没有什么值得隐瞒的。

家父去世之后，我无意中发现了家父有这样一篇日记：

> 1986 年 7 月 3 日　星期四　多云间阴
>
> 甘惜分在《人民日报》副刊上写了一篇《悼莫耶》的文章，读后深深感动。40 多年前的知心，一别之后竟成永诀而未能再见到一面。我的《魔窟生涯》中的白云，谁会知道就是她呢？一想到上海分手时的情景，禁不住老泪纵横。前不久鲍组宣来信中提到她时，我在复信中也表示过我对她的无限怀念。她写的《延安颂》我早读过，而《丽萍的烦恼》却没看到。想不到别后，她的境遇竟那么惨……

出于好奇和关心，我特地跑到北京图书馆查阅了 1986 年 7 月 3 日的《人民日报》，拜读了《悼莫耶》一文。文章这样写道：

> 莫耶同志逝世了！我收到讣告时，痛惜之泪夺眶而出。
>
> 现在的年轻人，大概很少知道莫耶了。但很多人会唱《延安颂》，喜欢《延安颂》。这首歌词的作者就是莫耶。……这首大气磅礴的歌，

很难想象怎能出自一个 20 多岁年轻人的笔下，经过郑律成谱曲，在延安引起轰动。延水河畔宝塔山下，为之引吭高歌者不乏其人，而且传诵全国，流传至今。

但是莫耶值得痛惜，是她在"左"的思潮的长期影响下，未能尽其才华。

莫耶一参加革命就背上了一个"出身不好"的沉重包袱。……莫耶是背弃了封建家庭投向光明的。她怎知道这个出身就是她一生不幸遭遇的起点！1942 年，她在晋西北革命根据地的《西北文艺》发表短篇小说《丽萍的烦恼》，写的是一个来自大城市的女青年嫁给一个革命老干部所产生的思想矛盾……这成了一次重大的政治事件。从这时起，凡有政治运动，莫耶都难逃被批判的命运。她成了一个"运动员"，一个"政治怪物"。可贵的是，莫耶非常坚强，整也罢，批判也罢，她照样工作，照样喜笑颜开，若无其事。

……中华人民共和国成立以来，朋友们天各一方。我三次去兰州，每次都去看望莫耶。她没有放弃写作，但体力一年不如一年，写得很少，也没有昔日《延安颂》那样的气魄了。要是党的知识分子政策早像今天这样，则莫耶决非今日之莫耶，她也许正如她的名字那样[1]，宝剑从匣中飞奔而出，雄视海内。莫耶才华初露，便遭摧折，未尽其材，溘然长逝，悲夫！

阅过此文，我感慨万千，既为她难过，又为她庆幸。难过的是，像她这样才华横溢，为追求光明、追求革命，不惜背叛封建家庭，不惜抛弃恋人和孩子的奇女子，竟遭到如此多的坎坷和磨难，像一只追求光明、追求新生的凤凰，却没能在烈火中得到涅槃，得到新生。怎不令人痛惜！庆幸

---

[1] 在古代神话中，有一把锋利无比的雌剑叫"莫邪"。此处可能是作者的误解。

的是，几十年来，人们并不知道，当年与她相恋的"陈沦"（家父中华人民共和国成立前在上海时的化名）竟是后来令人"谈虎色变"的沈醉，否则，她必然遭受到更大的不幸。

现在，家父和莫耶都已去世了，任何人，任何事都不可能再伤害到他们了。所以，我在此写出事实真相，还两位老人的历史真面目。

一生的至爱——雪雪

古希腊神话中，有这样一个传说：人本来是一种圆球状的物体，四只手，四条腿，一颗头颅上生着正反的两张脸，这怪物把奥林匹斯山上的众神们吓坏了。大神宙斯不由分说地就像用一根头发丝剖开鸡蛋那样，把人一分为二。剖开的两半都痛苦极了，每一半都急切地扑向另一半，拼命缠在一起，拥抱在一起，希望重新合为一体。由此便产生了尘世男女之间的不可遏制的情爱……

这虽然是一个神话故事，但我仍然觉得，我的父亲和母亲从相识、相恋到结婚生子，都像这两个被剖开的半球体一样，拼命地扑向对方，拼命地缠在一起。也许，他俩重新组合得太和谐，太完美，几乎完全恢复了人的本来面目——一个圆球状的物体，从而又引起了宇宙之神的嫉妒和愤恨，硬是再一次地把他们剖成了两半，而且为了制止这两半重新扑向对方，宇宙之神便在他们中间设置了死亡、政治和法律等无法逾越的高墙，迫使他们彼此在高墙的另一边，同完全不属于他们自己的另一半，重新组合。彼此的痛苦是可想而知的。

1938年初，家父在戴笠任主任、余乐醒任副主任的湖南临澧特务训练班任总务股长兼行动教官。当时，特训班招收的女学员很少，戴笠便向他的好友胡宗南在湖南招收的军校学员中，要来了60名女生。这批女生大都是十七八岁、投笔从戎的女学生，大都是在国难当头之际，意欲从军抗日的爱国青年。

有一次，家父在校外小河边给这班女学员上游泳课时，突然听到学员们惊叫起来。家父这才发现一个女生擅自游到了深水区，此时正在河中央挣扎。家父游过去把她救了起来，放在草地上让她休息一下，就想训斥她不守纪律，差点出事。她却跳起身来，把那湿漉漉的短发一甩，冲家父腼腆而顽皮地一笑，便跑开了。家父这才发现，这个身材纤细、娇小、长着一张圆圆的娃娃脸的女孩子，笑起来竟是这样的甜美、灿烂，那樱唇、那皓齿竟是那样的完美无瑕。这是他生平见到的最甜美的笑，使他想起"日饮蜜汁三千碗，不如卿卿一笑甜"的诗句。从此，他便开始注意这个有着如此甜美笑靥的女学员。

不久，家父发现这个女学员不但笑得甜美，而且性格活泼、开朗，爱唱爱跳，每次特训班开联欢晚会，都有她的节目。由于戴笠打算将来把特训班的男女学员派往沦陷区去工作，所以禁止特训班的师生、学员之间谈恋爱，以免影响日后分配。家父虽喜欢这个女学员，却不敢产生与她谈恋爱的念头。

有一次，家父正在擦车，准备回长沙探望老母。突然，这个女学员拿着封电报，急匆匆地跑来报告说："沈教官，家父病危，我能不能搭你的车回长沙？"

家父毫不犹豫地答应了，让她先去准备一下，擦好汽车就出发。她立即返回宿舍，换了身海蓝色旗袍，拎了个小小的蓝布手提包，又匆匆地赶了过来。脱去灰布军装的她，显得更加秀丽、妩媚，只不过眉宇间蕴含着一种淡淡的忧伤。这倒更引起了家父对她的怜爱。

一路上，家父关切地问这问那。她开始尚有些腼腆，但见家父对她一脸的关切和诚恳，便毫无顾忌地把家世全部告诉了他。

我的父亲沈醉

　　她原名叫粟翼鹏，是她母亲给她取的，蓄有"宏鹏展翼负青天"之意，足见其母对她期望有多高了。她的家族是长沙县有名的大家族。北洋时期著名的外交次长粟康时就是她的亲叔公。她的祖父在长沙城里开了不少的店铺，在长沙乡下有不少的房产和田庄。遗憾的是，她的父辈却大都是些不事生产的大少爷，特别是她的父亲，一辈子都没做过几天事，只知吃吃喝喝，玩玩乐乐。不过他脾气极好，一向与世无争。而她的母亲则与其父完全相反。她母亲美丽端庄，识文断字，但个性极强，对几个子女管教很严，一心想让子女成龙成凤。她十一二岁时，其母就把她送到长沙县城唯一的寄宿学校去上学，连同她7岁的妹妹、五六岁的大弟弟也一同寄宿在这所学校上学，一个星期才许他们回家一次。不幸的是，其母心强命不强，她刚十五六岁，初中尚未毕业时，其母便因病去世了。她下面最小的弟弟才1岁多。她不得不辍学回家，姐兼母职。

　　一年多以前，其父娶了个继母来照顾她的弟妹，她正准备返回学校完成学业时，抗战爆发。许多同学都投笔从戎了，其中有一个男同学报考了胡宗南创立的中央军校第七分校。他给她去信说："……国难当头，匹夫有责。如今振国需人，我等应投笔从戎、枕戈待旦，报效国家……"劝她也投考第七分校。

　　她在家辍学一年多，深切体会到了大家族的腐朽、黑暗。她看到那忠厚老实的父亲常常被叔伯们欺负，分家产时，只分得一些现金和十几间房子，田产、店铺等产业全被十几个堂叔伯占去了；她看到几个年纪轻轻就在娘家守寡的姑妈，在封建礼教桎梏下，不敢改嫁，不敢跟男人谈笑，只能靠兄弟施舍度日的孤苦和无奈。特别是她看到，年仅21岁的小姑妈，因耐不住守寡的寂寞，与当地一个教师私通怀孕后，怕族人发现，私自吃药堕胎，造成大出血而去世。族里的人竟嫌她丢了家族的脸面，伤风败俗，拒不给她收尸。她恨透了这个封建的大家族。于是，在她父亲顶着族人的责难和白眼，出面出钱把躺在血泊中三天三夜的小姑妈安葬后，她即离家出走，到长沙城里投考了第七军分校，并自己改名叫粟燕萍……

家父听到她的遭遇后，更加怜爱她。汽车开到长沙县城时，他执意要径直送她到小塘老家。她知道，自己若突然带个年轻的男人回去，族里人不知又会传出什么样的风言风语，于是婉言拒绝了。

家父送走她后，心里总是放心不下。他在长沙县城转了一圈，买了许多水果、糕点，下午又驱车赶到小塘粟家祠堂，以探望其父的名义来到她家。

她父亲当时患肺病已经是骨枯如柴，奄奄一息地躺在病床上。当她带着家父去探望其父时，病得迷迷糊糊的老人，还以为家父是她的意中情人，便紧握住家父的手说："我怕是不行了，不过有你照顾雪雪，我就放心了。"此后，家父才知道她的小名叫"雪雪"。因为她出生在大雪纷飞的冬天，而且出生时，不像其他婴儿一样皮肤红嘟嘟的，而是粉白粉白的，所以父母叫她"雪雪""雪团"或"雪妹子"。

家父当时听了老人的话后，知道他是误会了，但他也不加解释，反而应声安慰道："你老人家莫想那么多，好好养病，我会好好照顾她的。"雪雪在一旁急得直喊："爸爸，你都说些什么呀！他是我的教……"

家父不等她把话说完，忙拍着她的手臂，示意她不要解释。

返回长沙城里之后，家父把这件事当笑话似的告诉我祖母。祖母一听，便严肃地说："叔逸，这可不是开玩笑的事，临终人的嘱托是不能违背的。有机会，你带那女孩给我看看。"

祖母的一句话，唤起了家父潜意识里的那份对雪雪的爱慕之情，他立即认真起来。

不久，家父抽空带她到长沙去见我祖母。祖母一看，便喜欢上了她。祖母说她端庄清秀，大方得体，一脸的福相，是个理想的儿媳妇。祖母主张他俩尽快订婚，并主动出面，说服余乐醒，让他设法打通戴笠那一关，成全他俩的婚姻。

好不容易在祖母和特训班大队长陶一珊的劝说下，余乐醒才同意了家父和雪雪的婚事。但是在此期间，有关他俩恋爱的传言也越来越多，对他俩压力都很大。但有了余乐醒的首肯，他俩便不顾一切地跑回长沙，在我祖母的主持下，订了婚。这下特训班就像炸了窝似的，认为他俩带头破坏了戴先生的规定，应该给予处分、惩办。不过，家父身为教官，又有余乐醒的庇护，他们除了向尚在武汉的戴笠打小报告之外，也奈何他不得。但对雪雪，情况则又不同了，家父在1938年10月2日的一篇日记中这样写道：

> 天外飞来的事，竟在离开临澧而赴常德接母亲的一个短期间
> 内发生了。
>
> 每次都在房间内纵谈的雪儿，竟会在常德归来时已入禁闭室。
> 到此刻我都无颜去见她，哭！一切罪过都集彼一身，这能问得过
> 良心么？赶回后，即上书乐兄（余乐醒）。虽措辞婉转，但如鱼
> 肉含刺，语语牢骚。
>
> 同学们不谅解的自多，幸不久即可望调离此是非之地。
>
> 9时半往探雪儿，彼对余尚无怨言，诚为难得。虽身处禁闭室
> 中，而见余前往时，态度仍一如平时，余亦不敢在其前作难过状。
> 虽然归后五内如焚，但一切亦不能不强作镇定也。

当时，特训班的师生对他俩订婚之事反应极强烈。余乐醒身为负责实际工作的副主任也左右为难，只好乘家父外出之机，把雪雪禁闭几天，以掩众人口舌。与此同时，他还给戴笠去函解释说，家父和雪雪是父母从小包办的娃娃亲，母命难违。戴笠也就没有追查，只是事后见面时，训了家父几句。

不久，雪雪的父亲去世。家父因公务缠身，不能跟她一起奔丧。但事后还是抽空赶去给她父母上坟、叩头。去上坟的路上，雪雪那刚十四五岁的妹妹，竟当着家父的面，一个劲地诉说家中经济拮据的情况，急得雪雪眼泪直流。家父连忙安慰道："你别难过，我即为半子，你家的事就是我的事，我会对你和你的弟妹负责的。"

家父这句话给了她极大的安慰。她觉得自己没有看错人，自己和弟妹总算都有依靠了，虽然未婚，她把自己的一切都交给了家父。

1938年10月18日，雪雪从临训班毕业被分配到长沙组当情报员。半个月之后，家父也被常德警备司令唐生明借调到了常德当稽查处长。没过几天，日军逼近长沙，长沙顿时处于一片纷乱之中，电报、电话全都打不通了。家父挂记着在长沙的雪雪，急得像热锅里的蚂蚁。他在1938年11月11日的日记中这样写道："整晚不成眠，念雪儿不止，苦痛达于极点。"11月13日的日记又写道："长沙电话电报均已不通，从今无处得雪儿之消息矣！余本日再四与海兄言，愿调长沙。海兄意，则在常稍待再作计较。余半生苦干，除一雪儿外，则尚有破箱一只，拟交瑞祥带往后方，特赋七绝一首以为日后纪念：家残国破几时全？欲咬牙根拼十年；苦干半生无别物，请君珍惜莫轻捐。"

不久，家父接到了雪雪的电报，说她从宁乡步行到常德，他简直欢喜若狂。本想策马沿公路去接她，可第二天公事太多未能成行，他想到雪雪一人步行来常德，心中又万分不安。第三天一早他便急匆匆地骑马出城，想去迎她。也许是马跑得太急，他手中的马鞭竟脱手掉在了地上。正好迎面来了个低头疾行的士兵，他便毫不客气地命令道："喂，你把马鞭给我拾起来！"

对方头也不抬地捡起鞭子递给他时，他才认出这个士兵就是雪雪。他立即跳下马，一把抱住她，激动得流下了眼泪。雪雪一见是他，也委屈地偎在他怀里哭了起来。

原来，长沙大火后，雪雪就随长沙情报组撤离了长沙，一路向湘西南撤退。当情报组撤到宁乡时，她躺在乡间的一所大库房里，思来想去，怎么也睡不着了。一个来月离开未婚夫，到处颠沛流离毫无安全感的生活，使她厌烦了。她觉得这样撤下去只会离未婚夫越来越远，很难有机会相聚了。她一想到可能失去他时，就心神不宁起来。她觉得在她的生命中，只有他才是她实实在在的依靠，只有他才是她生命的支柱。于是，她便不顾组长的阻挠，毅然地离开了情报组，女扮男装，跑到宁乡县城给他发了封电报，决心步行走到常德去找他。她在路上随着难民整整走了两天，早已是筋疲力尽，举步维艰了。但她仍然咬牙坚持着，她知道她每走一步，就离他近了一步。第二天傍晚，她在公路边见到了一个军车驿站，便走进去，请求站长帮她找一辆路经常德的汽车。

那站长 50 来岁。他一眼就看出她是女扮男装，便不怀好意地谎称当晚没有汽车去常德方向，即劝她在驿站留宿一晚，搭第二天早上的过路车走。她信以为真，便欣然地住下了。站长待她很热情，还特地为她准备了酒饭，一个劲地劝她喝酒。她这才发现站长那双眼睛正不怀好意地盯着她。她一面应付他，一面想着脱身办法。正在此时，站长没话找话地问道："你既然姓粟，那你认不认识粟康时？"

她连忙答道："他是我亲叔公。我是他的侄孙女。"说完，她也意识到自己说走了嘴，更加紧张了。

孰料，对方一听，两手一拍大叫起来："哎呀，真对不起！没想到小姐竟是我恩师的侄孙女！罪过，罪过，来！来！多吃点菜，等下 10 点钟有辆车去桃源方向正好路过常德。"

她这才松了口气，没想到粟康时的名气竟救了她。当晚，她便平平安安地搭上了汽车，天蒙蒙亮的时候就到达了常德城外……

家父见她受了这么多的磨难，心疼得把她抱上马，带进城里，并立即着手操办婚事。三天后，也就是 11 月 24 日，他俩在常德城里唯一的一家像样点的酒楼上，摆了两桌酒席，算是正式结了婚。那天的婚礼虽然简单，新房也极简陋，但他俩的心却比蜜还甜。家父曾有几首描写他们新婚之夜的诗，诗中这样写道：

> 洞房乐趣少人知，正是今生极乐时。
> 珍惜良宵分与秒，频将红烛照蛾眉。
> 华灯初上映花颜，疑是嫦娥下广寒。
> 如此风姿天上有，人间能得几回看。

从这些不甚押韵的诗中，即可看出家父当时是何等的欢欣若狂。

婚后的 11 年间，虽说战火纷飞，调动频繁，但他俩的婚姻生活却是非常的美满、和谐。11 年中，他俩生了五女一子。我是他们的第五个女儿，我下面还有一个弟弟。他俩当年生活的情景我知之甚少，但从家父几首忆旧的诗词中则可想象到他们当年生活的情景：

> 清溪同泳乐如何，挽手河堤缓步舒。
> 朝露迎人驰战马，晚风舞友驾轻车。
> 停枪不射双栖鸟，罢钓为怜比目鱼。
> 但愿生生成配偶，人间百事尽多余。
>
> ★　　★　　★
>
> 曾忆当年夜猎归，西山寒雨正霏霏。
> 呼童将酒劳卿酌，遣婢添炉烘客衣。
> 最是抚肩频问暖，况从餐罢尚怜饥。

我的父亲**沈醉**

> 万般蜜意千般爱，阃令虽严不忍违。

★　　★　　★

> 恼人春色促人来，步步相随舍不开。
> 轻嗔笑面如花簇，疑摆腰肢胜柳枝。
> 女唱新歌儿学语，卿翻画谱我吟诗。
> 记曾小饮偎人醉，不识杯深更一卮。

从诗中亦不难看出，家父对当时的婚姻生活是何等的满意和怀念了。

这几年我常居香港，又从我母亲，也就是"雪雪"的口中听到了许多有关他俩生活的情况。她说："我这一辈子，只有跟你爸爸生活的那11年是最幸福的。你爸爸就像老母鸡抱小鸡仔似的护着我和我的三个弟妹，从不让我们受一点委屈……最初，你公公（指我祖母）看你爸爸娶了我一个，等于带回来了四个。她老人家心里就不太高兴。有一次我小弟弟打了小燕（我的大姐）。你公公就不高兴了，在园子里喊道：'谁要是欺负我燕燕，就莫怪我不客气。就是天王爷我也要掰掉他一只角。'"

"你爸爸怕我难过，就走出去对你公公说：'妈，你老人家别这样嘛！小孩子哪有不打架的？你老知道，没爹娘的小孩子好可怜的……'你公公以后就再也不说什么了。"

"有时，我俩也斗斗嘴。你公公开始时还帮你爸爸说几句，可你爸爸一见你公公出面，就马上满脸堆笑说：'妈！我们是闹着玩的，没事。'你公公打那以后，再也不干涉我们的事，有时见我们吵嘴，她老人家还说：'叔逸，你就少说两句，让雪雪多说两句嘛！'那老太太真是少有的聪明。我们婆媳在一起那么多年，从没红过一次脸。"

"每次人家请客吃饭，让他坐上座时，你爸爸总是把我捧出来，说：'我太太坐上座。'他把我当宝似的捧着。什么事都不让我操心。生下个孩子就请个奶妈，家里还有好几个佣人。我高兴干什么，他就让我干什么。有时我做得不对，他也从不当着外人的面说我。有一次，他陪我去朋友家打牌，牌桌上我也学着其他人的样子，把'白板'称为'小白脸'。你爸爸在回家的路上就很婉转地说：'人家都说沈处长太太好高贵。不过，今天你在牌桌上讲的话，可不太得体呀！'……"

我母亲的回忆虽然是零零散散的一些琐杂小事，但他们夫妻的恩爱之情却一览无余。

遗憾的是，恩爱夫妻却不久长。1949 年家父被投进监狱后，与在香港的雪雪断了联系，从此"十年生死两茫茫"。家父在狱中对雪雪的思念之情是可想而知的。我在此摘选一篇他在狱中的日记，这篇日记非常深刻地表达了他当时对雪雪的思念之情：

1960 年 5 月 5 日　星期四　晴

瞧！左边这一幅列宾所作的油画（题为《在阳光下》），不正和雪雪相似？一对明亮的大眼睛，配上一个鹅蛋形的圆脸，再加上嘴的形状也生得那么一样。我第一次看到这幅画，几乎惊叫起来。这不是雪吗？但她毕竟不是，她只是一位俄罗斯美人。当时，我虽然只剩下不多的几块钱，而且再没有接济，但我还是花了一元六角把这本日记买了下来。为的是有这幅画的关系。与雪分手 11 年了，连手夹仅存的两张照片也在昆明被搜查去了。这个日夜所思念的爱妻，除了梦中，再也见不到她的影子。有了这一幅相似的画，也可以聊以慰相思于万一。雪雪呵！你怎会知道我在 11 年中是如何的在日夜不停地想念着你呵。你怎会知道，你给了我生的勇气和希望，你能使我度过了一段最不容易度过的、刚被捕后的岁月。今天虽然看不到你，而你的一切都永远像烙印一样存

在我的心坎。在我思想中，永远占有你的影子，好像你和我永远
分不开似的。但毕竟你是带着孩子和母亲走了，而且 11 年了。我
为了想念你，不知流下过多少眼泪，也不知有多少夜晚不能入眠，
虽然在 11 年中，我对共产党和人民逐渐有了热爱和感情，但你却
仍然在我心中占着重要的地位。我不能没有你！可是，我目前却
连你的一丝消息都得不到，这是多使人难受的事呵⋯⋯

1960 年底，家父被特赦半年之后，意外地收到了雪雪辗转寄来的一封信。
家父在这天的日记中这样写道："这真是一件天大的喜事落在了我的头上了！
11 年无日无时不在想念的雪雪，今天居然有信来了！当苏下午 4 时半把雪
雪 3 月 31 日寄给人民政府公安部转我的一信交给我时，我全身都在发抖，
兴奋得完全抑制不住自己冲动的情感，特别是看到她和孩子们的照片时，
竟当着苏的面流出了眼泪。特别是知道五毛已回长沙读书，更使我为之高
兴。但同时也带来了一则使人难受的消息，妈妈业已死去，小燕也夭折了，
11 年来雪雪真是受尽千辛万苦。也真亏她到今天还没有忘记我。我是如何
感激，希望早日见到她，好尽情倾吐我内心对她的爱和思念，也希望她把
11 年来的遭遇全盘告诉我。见了面，我想真会有三年都说不完的知心话。
雪雪：我敢向你保证，今后你再不用担心什么事情了，我会永远像以前一
样忠实你，爱护你，希望你早点回来吧，今后我平生真正的幸福日子就从
今天开始了。"

然而，家父实在是高兴得太早了。若没有接到雪雪的信、若根本不知
道她的下落，他的心还可以平静一些，但取得联系之后，真相一点点暴露
之后，他的痛苦才真正地开始。家父曾总是避免谈他这段时期的痛苦心情，
但他的这段时期的日记，却把他内心深处那无法言状的痛苦暴露无遗。

1961 年 5 月 21 日　星期日　晴

　　五毛的信还未来，老夏的信倒见到了。从他的信中知道，他已见到五毛，并暗示我雪雪已经靠不住了，而叫我设法接回弟毛。这一消息传来，我真如晴天霹雳。上午在工地看完这封信后，我几乎无法支持下去，我的心像刀一样刺着。我已到欲哭无泪的时候了……

1961 年 5 月 28 日　星期日　晴

　　雪雪的信来了，一切都明白了！我已无什么话好记，也无力气记下去。这些事不记下来，我也一辈子忘不了的，还是让它摆在心里吧！

1961 年 5 月 30 日　星期二　晴

　　这几天食不知味，寝不安枕，终日如痴如呆，昏昏沉沉，内心的痛苦实非笔墨可以形容。直到今天才会流出一些眼泪。信口吟成两句"悲伤到极原无泪，大痛初临转不知"。天哪！我怎么会遇到这种不幸？往日的恩爱夫妻怎么会变成这样？她竟在我入狱不到一年的时间，就投入了别人的怀抱。这让我说什么好呢？

　　从日记中不难看出，家父当时是何等的痛苦。不过，家父是个很坚强的人，任何痛苦，任何死结，他都会自我排解，努力消化。他在是年 6 月 6 日的日记中这样写道："雪雪的问题，连日来尽力想把它摆开，但至今为止仍无法不去想它。这一沉重的打击，真不知何时才能结束，也许是我下半生中不可克服的一件最痛苦的事吧。只要我无负于人，问得过自己的良心，虽痛苦而无惭愧，终生为这事而烦恼也没什么，看它能把我折磨成什么样子……"

　　此时他虽然仍然沉浸在痛苦之中，但也不难看出他敢于面对不幸和痛苦的勇气。我相信，若雪雪就此跟他一刀两断，用不了多久，他就能够摆脱这种精神折磨。不幸的是，雪雪竟像个任性的孩子，一时心血来潮又来信说，很想念他，准备回大陆探望他。几句话把家父的心从绝望的深渊提到了希望的山巅，兴奋得不能自已。可是没过几天，又不知她哪根筋不顺了，来信说，她不能回来了，让他把她忘了。家父的心又被她从天堂甩到了地狱。这样反反复复好几次，最后一次，她的再次失约，差点要了家父的老命。

　　1961 年 8 月 28 日，她给家父的信中说，她决定寒假期间回来后，再不回去了，还说什么她对他的心是永远也不会变的。这句话、这个承诺又一次让家父欢喜若狂。可是她赐给家父这一点幸福和希望之后，接踵而来的又是没完没了的精神折磨。她常常会从家父给她的信中挑出一两句话为依据，说家父不信任她，怀疑她的诚心，担心回来后家父会责怪她，言外之意就是说，她回不回来又不一定了。这下，家父又急得什么似的。家父于 1961 年 10 月 21 日的日记中有这样一段话："看到雪雪 13 日的来信。我的天呵，这是怎么回事？她竟这样误会我呢？我真急得没有法子，连忙刺破中指写了几个字给她，表明我的心迹。但在她没有回信不再责怪我之前，我是不会安定下来的。如果由于我得罪了她，而使她不回来，我真会为此难过而死，我不想吃，不想睡。此刻已是深夜一点了，我还得写几句，向她谈谈。雪雪呵，我要有半点对不起你的地方，我真愿立刻死去，你可怜可怜我吧！"

　　好不容易熬到 11 月中旬，她突然来电报让家父是月 26 日赶到广州火车站去接她。家父激动得像个孩子，向民政局借了路费，请了假，逢人便说，见人就讲："我的太太要回来了。"

　　11 月 22 日，家父在民政局领导和同事们的祝福声中，在家父"万里迎鹏，曾经沧海怜娇燕，十年盼雪，又见沉醉护香萍"的狂喜心态下，踏上了南下的火车，准备去迎接雪雪。孰料，他一踏上广州的土地，一桶凉水就泼向了他。广州民政局负责接待他的同志说，北京来长途电话讲，雪雪又有电报到北京，推迟了归期。这消息刺激得他差点当时就倒下。但他还是咬着牙，在旅馆给她连写了三封信，又打了封电报，说他已到广州，明天一定去车站等她，盼她如约归来。

第二天（11 月 26 日），家父一连两次去火车站接深圳开来的火车，都扑了空。家父在日记中写道："今天是一个最凄惨难过的日子，雪雪竟没有归来。多少天都在盼望今天早日到来，雪雪一再约定今天回来。下午，我很早去车站，当深圳开来的火车快进站时，我心情紧张万分，手都在发抖，眼泪一直想流出来。当所有客人下完，我也没能见到我的雪雪时，我真不知怎么走回来的。我一边流泪一边口中轻轻叫着雪雪的名字，便像精神病人一样东倒西歪地信步走去，几次都几乎撞在来往的汽车和单车上。回到旅馆我再也忍不住倒在床上哭了起来。我真不知如何再活下去……雪呵，雪呵，你不应当失信，但我原谅你，相信你今天也会和我一样痛苦。你一定有特别原因，否则不会使我千里而来扑个空。我真没勇气回去，不如死在这里算了！"

11 月 27 日、28 日，他都去车站接她，都扑了空。特别是 28 日去接晚班车时，遇到大雨，浑身湿透，于是心脏病、风湿病竟一齐向他袭来。29日他竟爬不起床了。而雪雪那边却音讯全无，直到第六天，才收到她的一封信，说是病了，牙痛、拉肚子不能来了。多么荒谬的借口呵。但执迷不悟的家父还认为她是被迫这样写的，不仅不责怪她，反而可怜她，还在日记中这样写道："我不怪雪雪，她比我更可怜，我始终不怀疑她会变心。她身在香港而心和我在一起，如果她会变的话，我宁可把自己的眼睛挖掉，我完全有信心把她夺回来。虽然多花点时间和眼泪，但我肯定会有这样一天，雪雪会在我的怀中流着热泪向我解释一切。可是，我不需要她解释，我早就了解她了！我们心心相印，永远拆不开分不散的……"

家父在广州整整等了 10 天，最后她来封信说，由于推迟归期，台湾方面知道了，派人来阻止她。她为了台湾孩子的安全，决定不回来了。是否真有其事，只有天晓得。但家父信以为真，绝望地带病而归。一登上北上的火车，他便晕倒在车厢里，若不是车上有医生抢救及时，他很可能就死在火车上了。

1962 年，政府为照顾特赦人员的晚年，批准所有在京特赦人员把在大陆各地的妻子儿女迁调北京。我当时 16 岁，正好初中毕业，也进入了北京女六中上高中。我的到来，总算减轻了一点点家父的痛苦。1965 年在我的催促下，家父才跟雪雪办了离婚手续，跟继母结了婚，结束了他和雪雪的那段孽缘。但我知道，他的心至死都在挂念着她，都在爱着她。

1980 年，我同家父去香港探亲时，家父担心我的继父不高兴让她和他见面，所以，让我先与母亲取得联系，谎称说家父现在广州，只要他们愿意见他，他马上就会赶过来。他俩表面上都很爽快。母亲说："见见面怕什么？朋友一样嘛！"继父也说："现在我们都是 60 来岁的人了，不会打架了。若是 30 年前，你爸爸非给我三枪不可！"

我连忙接茬说："这么说，你们都同意跟我爸爸见面喽！那我马上打电话给他，请他过来。"

继父强笑道："急什么？过两天再说吧！我想大陆政府是不会让你爸爸出来的。要是他能出来，见见面也没什么嘛！"

母亲忙附和说："是呵。只要他能出来，我们当然欢迎呀！"

我随母亲回到她家之后，继父特意睡到别的房间，让我和母亲睡在一起。一连几天，只要继父不在场，母亲就哭得像个泪人似的，反反复复地诉说她这 30 年来所遭受的痛苦和折磨，却没有主动问过一句我和父亲这 30 年是怎么过的。我当时完全被她的眼泪和诉说所感动，根本想不起向她诉苦，更不愿去增加她的痛苦。

两天后，我告诉他们说，家父已到了香港，下榻在兰宫酒店，并让母亲跟父亲通了电话。于是，他们夫妇随我去兰宫酒店见家父。继父根本不了解家父的性格，到了兰宫酒店大厅后，他又担心彼此见面会出现尴尬局面。他让我陪母亲先上楼。孰料，家父不但没有让他们难堪，反而一见面就请罪，说他没尽到丈夫和父亲的责任，请她原谅，并感谢继父帮他照顾了妻子儿女……

家父的这番话虽然言不由衷，但却让他们都放了心，可谓是皆大欢喜。

有一次，母亲单独请我和父亲吃饭时，在餐桌上一个劲地嗔骂家父，说他是为了别的女人才不肯随全家到香港，结果才搞得家破人散，害得她受了那么多苦。我在一旁一个劲地为家父抱屈，而家父不但不反驳，反而笑眯眯地听着，仿佛被她骂着，也是一种享受似的。饭后分手时，家父还笑眯眯地对她说："你要是没骂痛快，就下次再来骂吧！"一句话逗得她好开心，笑得嘴都合不拢了。

香港分手后，父亲和母亲又见了三次面。一次是我陪家父去珠海开文史讨论会时，母亲赶过来相见，另外两次则是他们夫妻到北京来旅游又见了面。每次见面家父都兴奋不已，和母亲有说不完的话。有时搞得在场的继父、继母都酸溜溜的。直到家父去世后，继父心里不痛快时，还会时不时地指责母亲，说她的心一直都在沈家。其实，我母亲的心到底在哪里，也只有天晓得。但我清楚，家父的心确实一直都在她的身上。只有她，才是家父一生的至爱。家父聪明一世，但在这件事上，他真是糊涂到家了。

晚年的老伴——杜雪洁

家父娇惯人真是堪称一绝。不管是谁，妻子、儿女、孙子，甚至保姆，只要在他身边待的时间长了，都会被他娇宠得任性、骄横，不知天高地厚。

当然，其中最娇宠的就是与之朝夕相处的妻子。他的前妻被她娇宠得完全丧失了独立生活的能力，一旦离开他，便手足无措，不得不再依附另一个男人。无论对方如何打她骂她，甚至扯着她的双腿，在地上倒拖着，她也没有勇气离开对方，去独闯天下，我的继母 40 岁才结婚，应该是一个独立性较强的女人，但跟家父生活了 30 来年后，也失去了独立生活的勇气和情趣。家父刚刚去世一年多，一向健壮且懂得自我保养的她，也猝然去世，追随他而去。这不能说不是家父的一大失误。前者是他娇纵溺爱的结果，后者则是他"能忍自安"所造成的结局。

平心而论，我的继母杜雪洁是个心地良善、单纯而又"可怜"的女人，同时她又是一个"有福"之人。说她"可怜"，是因为她的身世和经历，以及这种经历所造成的性格。说她"有福"，则是因为她的晚年跟着家父备享荣华，生活得舒适安逸，随心所欲，并且备受家父呵护。

继母出生在沈阳一个信奉天主教的大家族。她刚十五六岁时，家人就把她奉献给了上帝，送进沈阳的一家天主教堂当修女。她的青春年华都是在那与世隔绝的教堂里，穿着黑袍，戴着黑色头罩度过的。十几年清心寡欲、单调孤寂的修女生活，使她未曾尝到过如花少女应享受到的天伦之乐。因此，她既不知亲情、爱情为何物，更不懂得社会上的人情世故。

1949 年，沈阳解放后，政府疏散了教堂里的修女及神职人员。她虽然刚刚二十七八岁，正是女人的黄金岁月，但她却根本无法适应平常人的生活。在她眼里，世俗社会既污秽又险恶，不如教堂省心洁净。于是她从沈阳跑到北京，企图投靠在北京的天主教堂内，继续当修女。可是北京的教堂同样也被疏散了，她顿时陷入了绝望之中。幸亏，她在北京的姨父、姨母对她非常关心，不但帮她租了间小小的房间，让她安居，而且揽些毛衣活让她编织，挣钱糊口。她年轻时颇有些姿色，其姨母多次尝试着为她找个丈夫，都被她一一拒绝了。深重虔诚的宗教信仰使她认定自己早已是上帝的使女，必须洁身如玉。事实上，她如果当时结婚的话，依然会很痛苦。因为她的信仰和经历早已使她与现代社会脱节，甚至可以说是格格不入。她不会用心机，连善意的谎话都不会说，总是直来直去，毫不考虑他人的感受，而且她只知如何去取悦上帝，却不知如何去取悦男人。总之，她完全是一个游离在现实社会之外，完全靠信仰生活的人。按说，她跟家父完全是风马牛不相及的两种完全不同类型的人。但是姻缘天定，月下老人硬在她 40 岁的时候，用红线把她和家父捆在了一起。

1965 年初，我在北京上高三，即将面临升大学或走入社会。家父常常担心我毕业离家后，他会陷入孤独寂寞之中。只不过，他既不能接受与雪雪离婚的现实，又担心自己这种历史背景的人，没有女人肯嫁他。总之，心情极为复杂。我当时还算是比较懂事的。我也考虑到自己高中毕业之后，无论上大学或出去工作，都会离开父亲，置父亲于孤独寂寞之中。所以，我曾极力劝家父另娶。

最初，家父不愿向我透露他的复杂心情，只说是："家中多一个人，会多好多麻烦。"但我却又撒娇又要赖地缠着他说："我长这么大都不知什么叫'妈'，你就算是给我找个'妈'吧！这样，就有人照顾你，也有人照顾我啦！"

家父见我确实是真心想让他再娶，便决定去试一试。最初，有人热心主动地给他介绍过几个，都是一听他的历史背景，就吓得打了退堂鼓。家父也深受打击，不准备再找了。正巧此时有人又给他介绍了两个对象，并声明说，此二人并不在乎他的过去。一个是 30 出头的理发员，还带着个七八岁的小男孩；另一个则是我后来的继母杜雪洁。当时，她 40 岁，在北京厂桥街道医院做护士。家父决定最后再试试，并让我帮他从中选一个。

我也明白，当时《红岩》小说正风靡全国，人人都说家父就是小说中"严醉"的原型。在这种政治环境下，一般有知识有头脑的女人是不敢找我父亲这种特赦战犯的。我们要求的条件决不能太高，只要对方能一心一意地跟家父过日子，照顾好家父，我也就心满意足了。于是，我帮他选定了杜雪洁。一是因为她年龄跟家父相近，又是个护士，懂得照顾人。二是她从没结过婚，没有孩子，不会有人跟我争宠。

我们父女商量好之后，家父决定带我去见见她，看看她本人合不合我的意。第一次见面，她给我的印象很不错，她虽称不上漂亮，但人高高瘦瘦，干干净净，对我们也很热情，特别是她包的水饺，是我生平觉得最好吃的饺子。

那次见面，她给我的印象不错，于是家父很坦诚地给她写了一封信。[2]信是这样写的：

雪洁同志：

经过三次见面后，彼此之间都有了初步的认识，为了"慎之于始"，免得将来发生遗憾，我想开门见山地和你谈谈一些必须谈的话。我觉得反正要谈的问题还不如先谈，将来谈，不如现在谈，不知你同意我这种做法否？今天处理这些问题，一开始就应当非常慎重，不能当作一般琐事来看待。

朋友介绍我们相识，不只是准备做一个普通朋友，而希望我们进一步能达到将来共同生活。这是彼此之间的一件大事。你没有这方面的经验，我是饱尝此中乐趣和痛苦的过来人，我不想隐瞒我的打算，我也决不会对你要任何手段。一开始，我就决定以坦率、诚恳的态度来对待这个问题。

很老实地说，我们俩人之间的条件：有使彼此感到满意的地方，也有不够了解的地方。当然，这只是时间问题，多接触便会

---

[2] 此信在家父去世后，继母把它交给了我，由我保管，并允许我在写家父传记时发表。

更好地彼此了解，不过我比你懂得多一些，因为我是有过这方面的成功和失败的种种经验，你却没有。因此，我不能不先告诉你，多接触之后，会很自然地产生感情，这时不容易发现对方的缺点，甚至一些开始时认为是主要的缺点，也会受感情的支配而处处迁就，等到共同生活久了，对这些缺点又会感到不舒服，甚至感到痛苦。许多人造成后悔、不和睦……便是一开始没有很好地考虑到这些问题。

　　尽管我过去在政治上犯下极其严重的罪行，对待革命人士是残酷无情的。可是我对于自己的亲友却是另一回事。过去我虽有条件和种种方便，但我始终忠于我的前妻，一直热爱她。当她抛弃我的时候，这的确使我受到了有生以来从未受过的打击。我咬紧牙齿忍受过去了。从此，使我进一步尝到了过去从未尝到过的滋味，也使我懂得了更多的东西。我在经过十年的长期管制改造的生活以后，一旦得到新生和自由，我当时是如何渴望重新得到家庭的温暖。但却是晴天霹雳，我过去最信任的人抛弃了我，使我立刻尝到"家破人亡妻离子散"的痛苦，如果不是党和政府给了我极大的关怀和无比的温暖，我所受到的那种意外打击，几乎使我无法活下去。我用尽了一切办法，也不能使她回心转意，等待了整整四年半时间，我才正式提请法院和她解除婚约。一个没有经受过这样痛苦的人，是不会懂得其中苦痛的。当然，我这一生怎么也不希望再遇到这种情况，同时，我也不愿别人遇到这种不幸。所以我在为下半生的幸福生活着想，希望彼此都慎重其事。

　　这里，我把我的一些必须先告诉你的情况告诉你，供你作为对我的参考。

　　我的出身你知道得不会很多，你要有空，可以看看有一本叫

《红岩》的小说。这里面写的反动派人物中，便写到了我在中华人民共和国成立前的一小段罪恶情况，你看到小说中"严醉"过去的种种，你可能不会相信那就是我。当然，我经过十年的学习改造，也不再是过去的严醉了。我比任何人都痛恨过去的自己，并否定了过去的我。你不妨在看过这本小说后，对照一下今天的我，考虑愿不愿意和这样一个人相处？特别要提到的问题，是你的亲友和同事中会产生什么样的反应。为这个问题将来会不会使你感到痛苦和不安？对你的工作、生活会不会带来什么不利的影响？当然，今天党中央和政府已经赦免了我的过去，而给了我重新做人的机会，我也会永远跟着党走。但在有些人的思想上还不一定能有很正确的看法，或者很好地体念党的这种改造战争罪犯的伟大成就，多少带点成见和仇恨，这也是很自然的。在这个问题上，首先请你多考虑一下。

其次是我的经济情况。我过去有很多的钱，这些剥削人民的血汗，除了由我前妻带去香港的几万元现款外，其余的我都缴还给政府和人民了。我现在完全靠工资收入维持生活，没有什么储蓄，每年虽有些稿费收入，但这不是固定或常有的。过去在这方面有过不少，都花在添置家具和日用品方面。

在每月收入100元工资内，我还要按月寄20元给一个过去照顾过我女儿的亲戚，我答应一直养他到老。他现年60多岁，主要靠我接济。我为了报答他在最困难的时候收留过我的女儿，我将长期履行我的诺言，不会改变。虽然这占去我月收入的五分之一，我对说过的话一直是不会更改的。

我疼爱我的女儿，这不但是由于她吃过不少苦头，同时疼爱儿女也是我的天性，你可能想象不到，我过去虽然那么凶狠地对

118

待革命人士，而回到家里后，每个孩子都敢欺我，家里人都不但不怕我，而且总是指使我为他们服务，我也乐此不疲，以此为快！

我自己虽不信奉宗教，我却从不反对别人信仰宗教。我母亲是虔诚的佛教徒，我前妻和两个孩子又是虔诚的基督教徒，家庭的宗教气氛很浓厚，我已习以为常。

我是以实事求是的精神，坦率诚恳的态度，写这封信给你，你可以从这里面看出我的心情，帮助你考虑。

祝

快乐

沈醉

1965.3.25

说来也是缘分，继母和她的亲友看到家父这封信后，反而对他增添了好感。她一反常态地变得积极主动起来，经常热情地跑到我家，帮着做这做那。家父似乎有点"受宠若惊"，不仅常常利用假日陪她去游山玩水，而且不管她看不看得懂，竟一口气给她写了六首"情诗"《感怀六首·赠雪洁》。诗曰：

一

恭逢盛世乐如何？惟觉今朝喜事多；
饱历风霜知冷暖，心如止水竟重波。

二

十载寒窗待罪身，新知旧友数谁亲？
半生相识如君少，五十年来第一人。

119

三

饱经忧患惜余生，阅尽沧桑更有情，

老尚风流君莫笑，只因越活越年轻。

四

万寿山前聚管弦，昆明池畔舞翩翩，

轻车共逐春游乐，犹有豪情学少年。

五

逢春枯木爱朝阳，晚景欢娱梦亦香，

长念党恩深似海，铭心刻骨未能忘。

六

廿年恩爱付东流，旧事萦怀痛未休，

百劫余生倍珍惜，得君相伴复何求。

记得家父写完这六首诗时，还让我看看合适否。我当时见家父快乐，也很高兴，还顽皮地在他给继母的信纸上画了个咧着嘴大笑的娃娃头。家父乐得前仰后合。

1965 年 8 月，我刚刚高考结束，家父便跟她结了婚。说来也怪，他俩未结婚之前，我盼着他俩快点结婚。但她正式成了我的继母后，我的心里却很不是滋味。特别是他们新婚之日，客人们连哄带劝地要我叫她一声"妈"时，我却想放声大哭一场。我碍于客人的面子，虽然叫了她一声"妈"，但叫完我跑到院子里，独自垂泪，心想我自己的亲妈还活着，为什么却要叫别的女人做"妈"？当时我真是很想自己的母亲，又恨自己的母亲。

继母进家门之后，我因心里别扭很少说话，而她更是个不善言笑、不懂得体谅的人。原本和和乐乐的家顿时变得关系紧张起来。特别是家父外出后，我俩更是谁也不理谁，各干各的。这下家父可就惨了。他既怕老婆不高兴，又怕我受委屈，不得不劝了这个，哄那个，左右为难。我当时因为出身问题高考落榜，心情更是沮丧。但我思来想去，自己早晚会离开这个家，最终还是要继母伴父亲过日子，不如我早点离开，免得父亲左右为难。

正巧，当时宁夏建设兵团来北京招收知青，我便背着家父去报了名，并很快就得到批准，去了兵团。我走后不到半年，轰轰烈烈的"文化大革命"便开始了。继母由于在单位人缘不好，家父还未受到什么冲击时，她倒被单位批斗了两次，而且还挨了打。主要罪名就是说她"没有阶级立场，嫁给了大特务做老婆"。幸亏，当时全国政协的领导统战意识还挺强。他们听说此事后，特意跑到她的单位去讲述统战政策。从此她虽被人瞧不起，但却未再挨批斗。

家父原本就是家庭观念极重的人，我去兵团后，他心里就非常难过，此时见妻子也因他的历史问题而受委屈，就更是痛苦不堪。尽管继母跟他毫无共同语言，但他还是对她百般呵护，把他以往对我及他前妻的爱全都放在了她的身上。她对我父亲倒是很满意。岂料好景不长，1967年，家父突然又被抓走了，而且一去五年，音讯全无，连工资也停发了。而她却被赶出了原先那宽敞明亮且带有卫生设备的三间北房，住进了一间过去堆放杂物的阴暗小屋。刚刚结婚两年，就遭到这一连串打击的她，真正地后悔起来。每次我从兵团回京探亲，她便郑重向我声明：住在家里得给她交钱，交粮票。而且还说，许多人都劝她跟我父亲离婚，问我怎么办。

我当时在兵团也因父亲的问题被斗得七荤八素，满肚子的委屈都不好向谁去诉说，好不容易回京一次，进门就要我交粮票和伙食费，我当时真是气不打一处来，便没好气地说："天要下雨，娘要嫁人，我自己的亲娘改嫁我都管不了，何况是你？你想离婚，就离好了。"

我的一句气话，她竟信以为真，认为我讨厌她，盼着她跟家父离婚。

由此对我的成见更深了。家父五年后被释放、平反时，她便向家父告状，说我让她离婚，不喜欢她，所以她要领养一个属于她的女儿。

家父见她在五年中受了那么多委屈，也非常心疼她，尽量地对她百依百顺，唯独她要领养一个女儿的事，家父说什么也不同意。那时，我在宁夏已结婚生子，而且身体极差。家父一心想把我调回北京，或者帮我带领一个孩子。此事却是继母坚决反对的。家父为了让她接纳我，尽量地讨好她。他不但包揽了家中一切事，诸如煮饭、洗碗、扫地、搬煤等活，他都亲力亲为，饭后还为她沏茶，削水果。甚至按她的规定，家父把所有的收入都交给她，而自己仅留 5 元钱零花，还要向她报账。可是，家父这样做了一两年之后，她还是不同意家父申请我调回北京，还是坚持要领另一个天主教徒的女儿。家父为此忍无可忍，决定跟她离婚。

正在他俩关系极为紧张之际，我因久病不愈，单位领导批准我回北京就医。家父即把情况全都告诉了我，让我也支持他离婚。幸亏，我不是个完全凭感情用事的人。我虽然跟继母关系处不好，但我决不愿父亲因为我而离婚。再说那时"文化大革命"并没完全结束，极"左"思潮还很严重，我担心家父离婚后会找不到老伴，或者找个更年轻更厉害的女人，成天在家泼打泼闹，岂不是更痛苦？于是，我借着在京治病的三个月中，双方都做了些说服工作。家父才放弃了离婚的念头。

这次风波之后，继母不再坚持领养别人的女儿，也不反对家父申请我回京了。同时在一起相处的三个月中，她觉得我那刚一岁半、尚未断奶的小儿子特别可爱，坚持要我把小儿子给他们留下。我因身体差，带两个小孩实在是很吃力，既然他们那么疼爱我的小儿子，我也就不顾丈夫的反对，把孩子留给了他们。

这孩子给他们老两口的生活增添了极大的乐趣，也使他俩有了共同的话题。从未做过母亲的继母更是把这孩子疼爱得像自己的亲孙子一样。为此，家父非常感动，两人的感情也日益融洽、和谐起来。

往后的 20 多年中，随着政策环境及生活条件的好转，他们夫妻可以说是越来越相互依恋了。父亲也越来越感觉到，人到晚年只有老伴才是最可靠的，儿女再好，许多事情都不能替代老伴。所以，家父不允许我及后来到大陆观光或做生意的姐弟有半点对她的不敬。不管有理没理，只要我们姐弟跟她发生冲突，最后挨训、倒霉的总是我们。而对继母的种种要求及怪癖，他总是容忍、包容，用他自己的话说："你看这个条幅'能忍自安'。这就是我的座右铭。"特别是，家父患心脏病和大腿股骨骨折后，对她的依赖，就更甚了。无论家父外出参观，还是开会、旅游，她都如影随形，精心地照顾家父的起居，同时也随心所欲地支配着家父的一切。

说良心话，家父晚年的生活起居也真是多亏有她。开始时，我不太明白她在家中的重要性。但有一年春节前夕，她随家父去深圳观光，结果回程时机票异常紧张。当地政协想方设法才买到一张机票，让家父先回北京，而继母到初五才回来。在这短短的六七天之内，我才真正体会到父亲身边可以没有我，但不能没有她。因为她在家时，家父的一切都有她操心，而我根本插不上手。她不在家时，我就不得不时时刻刻为家父的饮食、起居操心，总担心保姆不能很好地照顾他，总怕他孤独、寂寞。即使我亲自去给他做饭，陪他聊天，住在他家里，但我总觉得家父不如继母在家时那样安心踏实似的。而我却不知该怎么做，才能让父亲开心、满意。打那以后，我打心眼里感激她。无论她如何待我，只要一想到她对父亲的照顾，想到她对我儿子的疼爱和抚养，我就很知足，很感激了。

现在，我深感遗憾的是，她在家父去世不到一年半的时间，就猝然故去了。根本没有时间和机会让我表达对她的感激，也没有时间和机会让她明白我对她的感情。所以，我只能在她故去后尽心尽力地处理她的后事，按她的心愿，请人按天主教的规矩给她做弥撒，并特意在万安公墓买一块墓地，

我的父亲沈醉

将她与家父合葬，让他们在九泉之下，相濡以沫，长相厮守。我的这种做法相信继母是会很满意的，但家父是否满意呢？也只有天晓得了。因为今年春节，家父的一位无话不谈的老友打电话对我说："美娟，你爸爸心里苦呵！他跟你继母完全是政治婚姻，根本没有夫妻之实，你爸爸不容易呵！……"听了这位叔叔的话，我真是不寒而栗。我这个做女儿的对父亲关心得太少了，对他了解得也太少了，只能求父亲在天之灵能原谅我的愚昧和不孝了。

第五章　爱国之心　赤子之情

闻义能徙，知善能改，历劫知变，沈醉醒矣。

——李敖

若非亲见亲闻，实难相信：曾经为国民党戴笠、蒋介石尽忠卖命如家父这样的人，竟会如此拥护共产党，热爱新中国。无论是顺境还是逆境，他都始终不忘周恩来总理的教导，时刻想着如何做对祖国、对人民有益的事。

特赦后的 36 年中，为留下宝贵的文史资料，教育后人，他笔耕不辍，先后撰写出版了六七本回忆录，200 多万字，为了祖国的统一大业，他奔走呼吁，不遗余力。他在担任全国政协委员期间，更是敢讲、敢做，为祖国的四化建设和统一，秉笔直书，大胆劝谏。

也许有人认为，他之所以如此，完全是迫于大陆的政治环境和压力。然而，1980 年底，当他偕我探亲访友，来到香港这个"自由世界"之际，仍然不顾亲友旧部的拉拢、金钱物质的诱惑以及台湾有关人士的软硬兼施，拒绝留港或去台，仍一如既往地宣传党的政策，决不肯说出半句有损于共产党和新中国的言论，并毅然地返回北京，足见其拳拳的爱国之心、赤子之情，完全是发自肺腑的。

我从北京来　我回北京去

1980 年 12 月 23 日，我们父女获准来港探望离别了 30 年的亲人。万万没想到的是，一踏上香港这个灯红酒绿的自由世界，一直默默无闻的家父，立即成了被香港记者追踪报道的新闻人物。

不过，香港传媒对家父并不陌生，因为"文化大革命"前后，家父所著的《我所知道的戴笠》《保密局内幕》都曾在香港的报纸杂志连载，并在香港报纸上发表过《从蒋帮暗杀手段看张铁石之死》《揭露蒋帮的卑鄙手法》等文章。香港那些精明得无孔不入的记者们，很快就从海关的旅客登记名册中，得知了家父到港的消息，并找到了家父下榻的兰宫酒店。我们到港后的第三天，许多报纸就用醒目的大幅标题登出了《沈醉将军偕女抵港》的报道。一时间，记者们接踵而来，向家父提出了各种各样的问题：中国政府为什么会准许你来港？沈将军此次来港是否负有统战使命？沈先生来港是暂住还是久留？沈将军打不打算会见你在港的前妻？打不打算去台湾和子女团聚？沈将军这些年在大陆受到过哪些迫害？……

幸亏，家父的老友、曾经共过患难的《百姓》半月刊主编陆铿及时赶到，劝阻了同行，才使家父免遭记者的纠缠。

陆铿先生中华人民共和国成立前是《中央日报》名记者，1949年底，他由台湾返回云南昆明去接家眷之时，阎锡山托其带封信给老友卢汉，劝其切勿投共。陆先生以为自己只是个文人，即使卢汉已经投靠了共产党，自己也不会有什么事，便欣然答应下来。不料，他一到昆明，递上阎锡山的信后，就被卢汉关进了昆明陆军监狱，与家父同居一室。当时，狱中规定，一日三餐均由人犯的家属送饭，家属不在昆明的，就由同室人犯的家属轮流多做出一份饭菜，分给他们。由于家父没有家眷在昆明，所以常常吃的都是陆太太送来的饭菜。打那时起，家父与他由相识到相交，情感非同一般。几个月后，家父被押往重庆，陆先生则无罪释放。70年代初，陆先生偕夫人迁居香港，与老友胡菊人共办《百姓》半月刊，与家父早有联系。所以，家父一到香港，第一个通知的就是他。

陆先生对家父非常热情。他除了请家父到他家中叙旧外，还特邀了几个家父过去的老相识到豪华酒楼为家父接风洗尘。酒宴之际，老相识们得知家父的签证护照有效期为半年时，都非常高兴地说："太好了！你只要在香港住满半年，就可以拿到香港居留权了。"

家父笑道："不！我来香港只是想见见老朋友和我在台湾、美国的几个孩子和他们的妈妈。和孩子们见面后，我就回去。"

"回去！去台湾，还是去北京？"有人惊异地问。

"当然是北京。我从北京来的，当然是回北京去啰！"家父毫不犹豫

127

地答道。

"你过去那么精明，现在是不是糊涂了？在大陆你才200多元工资，够干什么的？你要是留在香港或去台湾，你随便写点什么都不止200元呀！"有人不以为然地劝道。

家父诚恳地说："大陆人的生活现在是苦些，但人人有饭吃，有衣穿，这就很不容易了。我是和祖国一起获得新生的，我的归宿在大陆。"

接着，有几个人便你一句我一句地列举了许多内地不如香港的地方。家父又一一予以驳回。双方争论得面红耳赤。最后，还是陆先生这个东道主说："人各有志，不可强求。"这才结束了这场辩论。

第二天上午，又有几个家父以前的同事和部下也相约前来拜访他，也要为他摆酒洗尘。这些人虽然定居香港，但跟台湾一直保持着密切的联系。他们大都是怀着某种目的而来的。觥筹交错之际，这几个人便对家父展开了攻势。

有人一开口就说："沧海兄你这次好不容易虎口余生，脱险来港，不如……"

家父不等他把话说完，便连忙掏出"港澳通行证"说："哎哎！老兄别搞错了。我可是堂堂正正拿着护照过来的，既不是什么'虎口余生'，也不是'脱险来港'哦！"

对方不以为然地接着说："怎么来的都一样啦，反正你现在到了这里，就不要回去了。你不管是留在香港，还是去台湾，我们都可以给你提供住房和一切生活费用。"

"谢谢了，你们的钱也来得不容易，我也不想麻烦你们。我只等台湾、美国的孩子来见见面，团聚、团聚就要返回北京去。"家父语气婉转地拒绝了。

"其实，你只要去台湾或者在香港讲出一句'打倒共产党'的话，就可以享尽荣华。"有人贸然地试探着。

家父顿时态度严肃起来，语气坚决地说："过去，我为了升官发财，可以丧尽天良。现在我已经真正地懂得了人生的道理：晚节可贵，决不能做违背良心的事。"

"大骂，你不敢，就写些'小骂大帮忙'的文章，总可以吧？"对方退而求其次地诱导。于是便有了以下一段对话。

"不管大骂也好，小骂也好！共产党不是为少数人谋私利的。我没有可骂之理。"

"'文化大革命'中，大陆老百姓遭了多少罪？你自己又遭了多少罪？难道还没有可骂之理？"

"对！'文化大革命'中我是受到了压制和歧视，但这不是我一个人的遭遇。我是和祖国、和人民一起蒙难的，我没有怨言……"

"沧海兄，'苦海无边，回头是岸'。你还是听听我们这些老朋友的话，走吧！"

"老兄的话很有道理，我是会走的。"

"你打算什么时候走？我们给你买张飞机票或者包一架专机。"

"不用飞机，坐火车就可以了。我的'岸'在北京，如果诸位愿意，我请你们去大陆看看！"

话说到此，其中一位年纪最大的老者恼怒地把手杖往桌子上一摔说："沧海，你的玩笑开得也太大了……"

一场故旧重逢的酒宴就这样不欢而散。

当时，除家父的故旧劝家父留港或去台湾外，我在台湾的姐姐们也打电话到香港请家父去台湾，她们负责为家父申办一切赴台手续。家父同样拒绝了。不久我在美国的二姐从美国飞到台湾后又来到了香港，她告诉家父说，台湾当局不批准其他的弟妹赴港，要请家父赴台或美国定居。

家父非常失望地说："弟毛他们既然不能来港团聚，那我就只好回北京了。美国和台湾，我都不会去的。"

我二姐曾经是家父最疼爱的女儿，她见父亲不肯听她的劝，便很不高兴地说："爸，你可真糊涂。现在妹妹也出来了，你在大陆只有阿姨一个亲人，可是在台湾、美国，你那边的亲人可以坐几桌，你就那么舍不得大陆那个阿姨？"

家父被她说得啼笑皆非，他笑道："你们的心意我都明白，不过，我绝不是为了那个阿姨而回去的。我们大陆有十亿同胞，都是我的亲人呵！过去我做了对不起他们的事，大家指着我的脊梁骨骂我，现在我回到了人民中间，我要为他们多做事，所以不能离开这片使我获得新生的土地……"

二姐对家父的这番话既不能理解，也不能认同。事后，她跟我唠叨说："我真不明白，爸现在怎么变成这样？"

我当时回答说："我们生活的社会制度不同，你不明白他是很自然的。其实我们也不明白你的想法。"

由于台湾的姐弟不能来港团聚，家父便决定春节前赶回北京。消息传开后，香港报纸又登出了我们准备节前返京的报道。就在此消息刊出后的第二天，也就是 1 月 18 日清晨，家父按惯例早起后，正在卫生间洗冷水澡时，门铃就急骤地响了起来。家父深感诧异，会有谁在清晨 6 点钟就来拜访？而且事先连招呼都不打呢？他连忙穿好衣服前去开门，来人竟是上次在酒宴上摔手杖的老者。家父笑道："哦！这么早？是不是请我去饮早茶呵？"

对方兴冲冲地举着份报纸说："你先看看这个再说吧！"

"哦？老兄这么高兴，是不是台湾已经同意'三通'啦？"家父故意跟他开着玩笑。

老者摇着头，把报纸翻到一条用红色底子衬着的一个大字标题说："你一看就知道是什么大事了。"

家父透过近视镜模模糊糊地看到《戳穿沈某可耻目的》的标题。他一看文章登在了香港右派报纸《香港时报》上，便明白了其中的大概意思，哈哈大笑地把报纸扔在桌上，递给老者一支香烟。老者又固执地把报纸送到家父面前说："你仔仔细细看看，好生想想吧！"

家父依然笑道："明知这是骂我的东西，反正是那么一套骂人话，看不看也没有什么关系。"

老者不悦地说："骂到了你头上，你还好意思笑！"

家父说："一个人一生中不被人骂几回，只能说明这是一个庸碌无能之辈。不过也得看骂的人是多数还是少数，如果是少数人在骂，只应付之一笑，如果是多数人在骂，那就得考虑考虑，自己做错了什么没有。"

老者说："人家骂你是'叛党叛国'投降敌人。这么严重的错误行为，你还嬉皮笑脸，难道还有比这更值得重视的事吗？"

家父还是笑容满面地说："我敢当着你的面甚至所有老友、老同事的面，公开承认这句话骂得对，骂得好，并诚恳接受，好不好？"

"你这是真心，还是假意？"

"我百分之百是真心诚意。不过，我要说明一下，我叛的那个'党'是早已被全国人民所唾弃的'党'，我叛的那个'国'，更是全世界人民所不承认的那个'国'！我投降的是深得十亿……"

家父的话没说完，对方就捂住耳朵，一个劲地说："我不要听这些，我不要听这些！"

家父说："你们不是多次提醒我说，这是个自由世界，有什么说什么吗？你怎么听都不敢听？今天不听，以后恐怕就没机会听了。"

对方气得瞪了家父一眼说："你不是说，多数人骂你，你就得考虑自己做错了什么吗？这次骂你的是绝大多数人，你为什么不认真考虑？"

"那也包括阁下在内吗？"家父寸步不让。

"这些指责你的人，不但包括我和你所认识的朋友、同事，我相信连你在大陆以外的亲人也包括在内，这难道不算多数？"

"太少了，太少了！顶多不过千把几百人吧？如果跟十亿中国人民相比，只不过是大海中一滴水，能算多数吗？"

老者听了甩手就准备走，家父忙拦住他说："多年至交，何必如此呢？"

"话不投机半句多！我们已经没有了共同语言。"说着便气呼呼地走了。

老者走了之后，家父这才坐下来细读这篇以"一群热爱贵报的读者"名义发表的文章。文章这样写道"……近阅本港几家'匪刊'，对'党国'叛逆、'共匪'统战走狗沈某来港小住之消息，大登特登，使我们极为气愤。我们当中与沈过去有相识者，曾访沈于旅舍，向其晓以大义，劝其迷途知返，回头是岸，而能在此反戈一击，痛改前非，为时未晚。岂料此一走卒竟到了不可救药之程度，我等对其已仁至义尽矣，现戳穿其可耻目的，并促其考虑其前途，欲借贵报一角，发表我辈对此走卒一篇逆耳忠言，兼警顽愚，敬乞早日给予刊登为感！……我们奉劝沈某，还是早点滚回去当你的文史专员，替'共匪'编造诬蔑'党国'的资料，换一碗棒子面'欢度'你那可怜的晚年吧！话又说回来，沈某如人性尚未全失，真的有点父子之情，欲叙天伦之乐，只要真心改悔，回头还是有岸可登，若以往种种均系被迫，则可乘此良机，选择自由道路。百世流芳乎？万年遗臭乎？全在今日一念之间，望慎择之！深思而熟虑！"

这篇文章无异于是一份最后劝降的通牒。家父清楚，自己不仅严词拒绝了台湾当局的种种形式的引诱、劝降和威胁，而且口口声声说大陆好，说共产党的政策好，肯定会令台湾当局恼羞成怒。自己若继续留在香港，台湾方面定会派人来找麻烦，甚至对自己下毒手。于是他又暗中提前了返京的日期，决定于 22 日下午离港。孰料，就在 21 日上午，家父外出买报纸，顺便去附近街头公园散散步时，突然有个人在他身后轻拍了一下他的肩膀。家父意识到有些不妙，便冷不丁地来了个向后急转身，大声呵斥道："我这一招还没教你呢！"

对方果真是台湾方面派驻香港的一个特务，他被家父这冷不丁的动作和呵斥吓了一跳，却故作镇静地用特务的行话说："你怎么还没'报到'呀？"

家父机敏地说："我正准备去'报到'呀！这几天会见亲友相当忙，倒忘了'报到'。你看，"说着家父一指在远处长凳上坐着看报纸的几个老头说，"那边还有几个客人正等我呢。"

那特务半信半疑地看了看那几个老头。家父为了稳住他，又主动地说："这样吧，我明天下午就去'报到'。现在你留下我旅馆的地址。"说着，便抽出钢笔，在一张小纸条上写下了下榻的真实地址。那特务信以为真，便没有再跟踪他。家父一回到酒店立即打电话通知我，让我立即拿着行李到酒店与他会合，并写了一篇驳斥《香港时报》那篇文章的书面谈话，准备交给《新晚报》发表。

我和二姐及母亲等人赶到兰宫酒店时，家父已经把一切准备就绪，连午饭都没吃，就告别二姐与我母亲和继父，乘的士去了九龙红磡火车站。临行前，他又打电话通知陆铿先生，请他赶到红磡火车站去。

陆铿先生不愧是家父的挚友，他一接到电话，马上赶了过去，为家父送行。家父便把他写好的书面谈话稿交给了他，请他转交《新晚报》发表。我们返回北京后，《新晚报》于1月29日，用大幅标题《沈醉将军返回北京，对台有感激也有遗憾——行前对本报发表书面谈话驳斥某报谰言》。

家父在文章中这样写道：

读本港某报18日第四版所指之沈某，毫无疑问，指的是我，如不奉答，太失礼了，当此离港前夕，只好简单说几句。

我这次来港会亲访友，纯属个人行动。老实说，我开始连自己都不敢相信，像我这样的人，居然也能得到批准出来，并且准许我在大陆唯一的女儿也能一道出来，所以我得到批准，便立即动身，绝没有如某报所说奉命来港推销什么"统一""三通"，而只是与个别亲友在交谈中，有人问我对这两个问题的意见。我认为作为一个中国人，在这样一个大是大非问题上，决不会没有自己的意见和看法的。任何一个中国人，也决不会不赞成与渴望中国早日统一的。

我接触亲友，主要是互谈别后30年中彼此的生活情况。我这次来港，得到香港政府允许居住半年，而且有亲友愿对我赠送巨款，有的愿意为我安排住处，只要我愿意的话，住一个相当长的时间，是有条件的。这些好意，我都婉言谢绝了，还为此开罪于人。如果我奉了什么命而来，我就应留下来，不会这么快就决定回去。

我不愿意多留，主要是生活不习惯，加上我有心脏病，怕应酬，而对一些亲友的热情招待，又不能辜负，往往弄得精疲力竭，对我身体影响很大，加上我女儿是在大陆长大的，更过不惯和看不惯这里的生活，来了几天就吵着要回去，所以我便决定在最近就动身回北京去。

对于我在台湾的几个儿女，承蒋老先生的指示，对他们特殊照顾，使他们能长大成人，个个均已成家立业。这一点，我当然感激。但个别人却未能认真执行老先生这一指示，如对我儿子生活上很照顾，但行动上却不给他自由，这和我这次能把女儿带来香港与她生母相见，就完全两样。我女儿能来看她妈妈，而我的儿子却不能来香港看我，这不能不使我感到遗憾。因为这些孩子都是受了不同性质的教育，决不会因为亲友们几句话，就能把他们几十年的立场观点马上改变过来。这又有什么不放心的呢？关于我所写的有关戴笠的史料，重点并不是他的私生活，主要是说明他一

生中和中共等方面的斗争情况，以及他从一个人开始工作，发展
到几万人的经过。这不存在什么丑化他的问题，仁者见仁，智者
见智，我绝不是无中生有，捏造事实，而是把我和他十多年工作
中所见所闻写出来，为将来编写历史的人提供一点参考资料……

家父这篇公开谈话在香港发表之后，又引起了香港传媒的强烈反应。
有的报纸称赞，有的报纸反对。《香港时报》又发表了一篇《沈醉该醒》
的文章，挖苦家父说："……我发现沈醉还在'醉'，对一个没落腐朽的
政权不应再抱幻想了！该醒醒了……"

家父面对这种侮辱性的谩骂却一笑置之说："被敌人骂是好事。只要
不是中国人民骂我就行了。"在他的心目中，个人的荣辱并不重要，重要
的是祖国和人民对他的信任和理解。

为书统一史　持笔待明天

香港之行，家父未能见到他在台湾的女儿和唯一的儿子。此事对他造
成了很大的影响，他不仅再一次体验到了家破人散之苦，祖国分裂之痛，
从而也更深地认识到祖国统一大业的重大意义。特别是当他从香港回京时，
正赶上他多年的挚友杜聿明伯伯病重住院，刚刚做了肾移植手术。家父赶
去医院看他时，杜伯伯刚能起床。他一见家父就分外高兴地拉住他的手说：
"我就知道，你一定会回来的。怎么样？你去香港的情况怎么样？"

家父便把香港之行给他大概地讲了讲，当家父说到台湾当局不批准台
湾的儿女到港见面时，杜伯伯突然神情凝重地紧拉住家父手说："沧海，
你一定要尽快替我写篇文章。"

家父不明其意，劝慰道："我写的东西太粗糙，还是等你身体好了自

己再写吧！"

"不！这篇文章不能拖，是有关祖国统一的。你总不会不帮我写吧！"杜伯伯严肃地说着。

家父一听连忙点头说："行！我们抽时间谈谈，尽快写出来。"

杜伯伯望着家父非常感慨地说："老弟，祖国的分裂，数以千万人的死亡，直到现在海峡两岸许多人骨肉分离不能团聚，这一切我们都是要负责任的呵！我想告诉台湾的一些老长官、老同事和旧部，要共同努力，要在我们这一代人手中完成祖国统一大业，否则历史将要谴责我们，后人也不会原谅我们，要立即动手，再拖下去，就更对不起人民了。我想题目就叫《祖国的统一大业，一定要在我们这一代人手中完成》。具体内容，我再想想，下次你来我再告诉你。"

家父被他的话深深地打动了，答应下次来看他时，一定带来纸笔，把他的话记录下来。遗憾的是，家父因在香港应酬太多，心脏病复发住进了医院，一住就是二十几天。待家父出院，再去医院探望杜伯伯时，杜伯伯却因新移植的肾有排斥反应，病情已严重得连说话都很吃力了。家父只好劝他先养好病再谈。但杜伯伯还是拉住家父的手，非常吃力地说："等我好点，一定要帮我把这篇文章写出来。"可是，没过几天，家父去机关要车准备再去看望杜伯伯时，机关工作人员却告诉他说，杜伯伯已于当天凌晨去世了。家父顿时觉得眼前一黑，便晕了过去。

杜聿明伯伯的死给家父打击很大，同时也使他感觉到，自己肩上的担子更重了。在促进祖国统一大业的问题上，不仅有着他自己的心愿，也有着杜伯伯的遗愿。他曾异常悲痛地说："现在落在纸上的文章我不能帮杜老写了，但我要以实际行动为完成挚友的嘱托，在我有生之年，竭心尽力地去完成，为祖国统一大业而努力。"

多年来，家父常对人说："我们老一辈人都有一个共同的心愿。两岸的分裂是我们造成的，我们有责任和义务，在我们有生之年促成两岸统一，否则上对不起祖先，下对不起子孙后代。"

事实上，在杜伯伯去世之前，他和家父为两岸的统一已经做了不少努力。如他们曾多次定期地通过电台对台湾广播，宣传新中国的成就和共产党的政策；经常通过香港、美国的亲友转信给台湾的亲友旧部，请他们转道回大陆观光。只不过，当时台湾当局视共产党如洪水猛兽，对民众禁锢得很厉害，对台工作很难展开。

1987年，蒋经国先生作出了允许非党政军人员赴大陆探亲的规定后，台湾赴大陆旅游观光的人员与日俱增。家父非常高兴，他积极主动地利用接待台胞的机会，为促进祖国的统一默默地工作着。几年来，他先后接待了来大陆探亲、观光及投资办厂的台胞就有200多批。

不过，随着台胞回国观光探亲人数的增多，有些地方上在接待台胞方面也出现了这样和那样的问题。例如，个别偏远地区的干部看到台湾的来客，非常紧张，让人每天监视、汇报台胞的言行，吓得客人不敢再待下去，只住两天就走了；还有的过去在国民党军队当过兵的台胞回乡后，虽受到当地政府部门热情接待，但当地许多群众却非常反感；还有的地方群众向台胞索财索物，或地方上强迫台胞捐款修桥筑路，建学校。家父认为，台胞自愿为家乡捐款捐物是完全合理的，但若强行索取则太不应该。

针对此种情况，家父分别在《人民日报》和《人民政协报》撰文呼吁，希望各地重视和做好接待台胞的工作。他特别指出，全国政协主席邓颖超在1984年元旦茶话会上就提道：希望听到台湾当局的意见，也希望听到台湾人民的意见，并邀请台湾当局人士和台湾人民以自己愿意的方式来大陆探亲、访友、讲学或进修。大陆人民将给予热情接待，保证来去自由……

家父认为，大家应该抓紧时机，做好对台胞的接待工作，并通过各种渠道、各种方式来让台胞更多地了解大陆，促使他们和大陆共同来为"三通"

和祖国的统一献计出力。1990年秋，第十一届亚运会在北京举行之际，有许多台胞在境外不惜花上1000港元买了一张开幕式的入场券，但是有的人到香港后又顾虑重重、犹豫不定，特别是原国民党军统、中统的人，因中华人民共和国成立前枪杀迫害过共产党人，生怕到了大陆，人身安全得不到保障，或在大陆受到歧视、冷遇。其中有些人是家父的旧部、故友或亲属。他们纷纷从香港打电话给他询问情况，问他们来大陆参观亚运会开幕式，自己的安全能否得到保障。家父听后，哈哈大笑地告诉他们说："解放前我比你们罪行大得多，现在我在大陆生活得很好。你们应该相信共产党人的大度。共产党既往不咎，我在这里都没事，你们回来就更没事了。尽管放心地来吧！"

听了家父的电话后，回来参观亚运会开幕式的台胞多达三四十人。

多年来，家父不仅热情主动地做好对台胞的说服及接待工作，而且想方设法通过各种形式促进两岸经济、文化的交流。

1986年冬，家父的老友、美籍华人邹苇澄随旅行团回大陆观光。他到北京后的第一个愿望就是想见见我父亲。他在中华人民共和国成立前是军统局文艺宣传科科长。此人擅长丹青及京昆戏剧。当年因其与毛人凤的老婆关系暧昧，被人告到了戴笠那里。戴笠气恼地要抓起他来严惩。家父得知后，便力劝戴笠说："这些事情民不告，官不究。既然毛先生没有说话，不如就睁一只眼、闭一只眼。如果你把他抓起来，肯定闹得满城风雨。你叫毛先生以后怎么见人？他们夫妻还怎么一起生活？"

家父的这一席话无异于救了邹先生一命，所以他一直对家父非常感激。他在中华人民共和国成立前夕，随保密局去了台湾，但很快他就脱离保密局率全家移民美国，并在美国纽约专攻书画和京昆艺术，取艺名为"寒山楼主"。六七十年代，他在书画和京昆艺术方面的造诣日益精深。书法方面，正、草、隶、篆无一不精；绘画方面则融国画各流派之所长，独树一帜，在京昆艺术方面则更是能串演各种角色，可谓是生、旦、净、丑、文、武样样都行，其中尤以生行见长。30 多年来，他在美国、中国台湾和香港等地多次举办书画展及京戏表演，同时还撰写出版了戏曲专著《戏墨、戏谭、戏品》一书。书中，他以简洁的笔法描摹了 39 出传统戏剧中的人物，并辅以诗文，将剧目的源流介绍给读者，成为一位集书、画、戏剧于一身的著名艺术家。著名的戏曲评论家都认为他可以与昔日票戏界泰斗红豆馆主溥侗相提并论，被誉为"南邹北溥，后先辉映"。

邹先生这位在海外华人界享有盛名的艺术家，无时不眷恋着祖国的名山大川、寺庙古迹，但由于他的历史问题，却迟迟不敢返回大陆。1986 年，他申请加入了美国籍之后，才战战兢兢地随美国旅行团回到了大陆旅游、观光，同时，他也想来看看我的父亲。由于他不了解中国大陆的政策，竟然到了北京也不敢公开与家父联系，而是等到天黑之后，才带着夫人乘计程车到全国政协机关。原本想到机关问问家父的住处，结果他一看政协机关大门口有解放军站岗，就不敢打听，转身就走。但他对家父几十年的思念之情又迫使他不愿离去。于是老两口顶着北国严冬的寒风，围着政协机关大院整整转了三个圈，逢人就打听家父的住址。最后终于遇见了家父的一个邻居，才把他们带到了政协后院的宿舍楼。那时已是晚上 10 点多钟了。

阔别了 30 多年的老友重逢，自然是激动异常。可是当他告诉家父，他们在外面转了一个多小时而不敢进政协大院去向站岗的门卫打听时，家父既感动，又感慨地说："你们真是太不了解中国了。中国政府早有明文规定，对台湾及海外的原国民党人，无论过去的罪恶多大都概不追究，你们完全可以大大方方地回来嘛！"

邹先生在半信半疑之间，试探地说："书画京戏是我们中国的国粹。我这几十年多次在我国台湾、香港、美国举办书画展和票演京戏，就是不敢来大陆搞，不知大陆允不允许？"

"怎么会不允许？只要你们肯来，中国政府肯定会热情欢迎。这件事我完全可以给你打包票。"家父欣喜地说。

邹先生非常激动地握住家父的手说："沧海兄，我晚年最大的心愿就是能回中国大陆开一次书画展，演一次京戏。否则，我死也不能瞑目呵！"

家父也激动地说："苇澄兄，你放心，你的这个心愿，一定能实现，我来负责促成此事。"

邹先生走后，家父立即给全国政协领导打了份报告，叙述了邹先生欲回国办书画展及串演一场京戏的事宜，请政协出面承办、接待。全国政协领导对此事非常重视，很快就研究决定由黄埔同学会和全国政协京昆室具体筹办此事。家父将消息通知远在纽约的邹先生之后，他欣喜若狂，立即亲自精选了 200 多幅书画精品，空运到北京装裱。在全国政协和黄埔同学会的努力及家父的积极参与下，邹先生的书画展定于 1987 年 4 月 23 日正式在北京中国美术馆一个 200 多平方米大的展厅展出。

书画展开幕之前，家父特意邀请全国著名的大书法家、全国政协副主席赵朴初先生为书画展撰写了《寒山楼主邹苇澄先生书画展》的大型广告牌，并请他在开幕式上剪彩。开幕式那天，家父不顾年迈体弱，早上 8 点半就陪着邹先生站在展厅门口接待客人。那天邹先生书画展厅内外，热闹非凡，名人云集。除赵朴初外，还有杨成武、吕正操、周培源等全国政协副主席及 80 高龄的全国人大常委会副委员长朱学范、中央顾问委员会的荣高棠、黄埔同学会秘书长程元等；书画界名人则有董寿平、范曾、黄胄、黄苗子等人，场面非常隆重。邹先生异常感动。在书画展展出的 11 天中，参观的人络绎不绝，人们几乎对每幅作品都赞不绝口，更是令邹先生兴奋不已。他对家父说："若知道大陆领导如此大度热情，我早就该回来办这个展览了。"

书画展期间，邹先生还在北京人民剧场与北京的京剧表演家同台演出了两出京戏《群英会》和《失街亭、空城计、斩马谡》，他分别在剧中扮演自己最拿手的鲁肃和诸葛亮。他不顾年迈一连演了两个晚上，场场爆满。而他的演技、唱腔和扮相也都无不令人拍手叫绝。

邹先生那次的书画展和演出不仅轰动了北京城，而且也传到了海外。许多台湾、香港的老友纷纷致函家父和邹先生，询问情况。家父为了让海外侨胞和港台同胞更多地了解中国，更好地进行文化交流，特意写了一篇《两岸喜通书画戏，何时方司邮、航、商》的文章，分别在香港《百姓》半月刊及美国《华语快报》发表，以介绍邹先生在北京开书画展及演出的盛况，呼吁两岸能早日实现"三通"。而邹先生返美后，则积极热情地向美国和中国台湾的亲朋好友介绍大陆的情况，鼓励大家回大陆观光、旅游或举办画展。他自己也表示，以后身体允许的话，他将再自己出资回大陆办书画展。遗憾的是，他返美后的第二年便患骨癌去世了。但是他的许多书画精品却留在了北京，留在了祖国，而且他那次在北京的书画展对促进台湾及海外侨胞与中国大陆的文化交流更是有着深远的意义和影响。

1989 年，家父得知我国台湾、日本等地的佛教、武术界对中国少林武术很感兴趣。他认为这又是一个促进两岸文化、武术交流的好机会。他一方面联系少林武僧团，另一方面致函给台湾的老友、大洋洲文经协会会长丁中江，请他出面邀请嵩山少林武僧团去台湾等地表演、观光，以促进两岸文化、宗教及武术的交流。

丁先生早年是云南《平民日报》社社长，与家父私交甚笃。家父在云南签字起义时，他认为家父很快就会获得自由，不会有事，便不打算逃走。家父在狱中听说后，立即请一个看守送给他一个便条，名义上是取钱，实际上是让他快走，免得跟着自己倒霉。因为家父认为他只是个文人，没有参与过任何迫害共产党的活动，他走了也不会对自己的起义造成任何影响。于是家父在便条上这样写道："请速交来人 200 块银圆。"他故意把"速"字的"走"旁写得大大的，拉得长长的。他深知丁中江是个极聪明的人，一见"速"字的这种写法，便会明白自己的意思。果然，丁先生给了钱后的第二天，便凭着他对昆明地形的熟悉及记者的身份，很快地离开了昆明，飞往香港，后又转道台湾。多年来，丁先生不仅渴望回大陆观光，而且对家乡云南的建设及发展极为关心。云南水灾时，他在台湾到处募捐筹款，接济家乡父老。所以，家父的提议立即得到了他的大力支持，他联系了台湾中华武术武德学会及台湾爱心会和他主持的大洋洲文经协会，共同发出邀请书，请高山少林武僧团赴台湾等地表演观光，并邀请家父作为武僧团顾问一同赴台。经过家父及丁先生的努力，1992 年武僧团终于顺利地得到了台湾和大陆当局的批准，去台湾等地表演。遗憾的是，台湾当局担心家父赴台后会宣传统战政策；同时，他们认为坚持要与家父同行的继母是中共派到他身边的间谍，所以没有批准家父赴台。尽管家父未能成行，但武僧团的表演却在台湾等地受到了热烈欢迎，成为两岸文化交流的又一个生动的事例。

家父除了努力促进两岸文化交流之外，还努力地为祖国经济建设招商引资。他曾经对《欧洲时报》的记者说："我唯一的希望是让他们（指海外侨胞）多多了解祖国的情况。现在中国对外开放，是需要大量引进外资的时候，华侨、华人应多多回来投资……"

我在美国、中国台湾的姐弟回国探亲，想接他出去孝顺、孝顺他，他却对他们说："如果你们真正想孝顺我，就回国来投资办厂。这就是对我最大的孝顺。"

多年来，家父先后接待了 200 多位台胞，引进台资 20 余家，直到他病危之际，还在念念不忘祖国的统一，还在为两岸的分裂深感遗憾。

一生经沧海　春秋育后人

　　家父的晚年时刻不忘周恩来总理的教导，笔耕不辍，先后撰写出版了七本长篇回忆录，以亲身经历及亲见亲闻来反映历史，启示后人。特别是1981年他被特邀为全国政协委员之后，更是感愧交集。他觉得这是党和人民对他的一种信任和理解，自己必须对得起这种信任、理解。他在连任三届的全国政协委员期间，出于对祖国对人民的责任感，除著书立说之外，总是不忘用自身的经历教育并关心青年人；同时认真履行政协委员的职责，与共产党同舟共济、肝胆相照。前一节我已经写过，他在促进祖国统一及加速祖国四化建设方面，不竭余力，奔走呼吁，招商引资。在党和国家遇到困难时，他也尽己所能，说服动员，为党和国家排忧解难。

　　1989年就有部分北京高校学生去他家，请他去天安门广场讲几句话，支持学生们的绝食行动。家父不但未出面支持，反而语重心长地力劝说："你们有什么意见和要求可以以书面形式向政府表达，国家培养一个大学生很不容易，你们这样糟蹋自己的身体，对不起祖国，对不起自己，也对不起你们的父母。"他不但劝阻学生们不要采取偏激行动，还强调说："共产党是打不垮的。当年国民党有800万军队，50万特务，都没能打倒共产党，反而被赶到了台湾。这是因为共产党与人民是血肉相连的，她所做的一切都是为人民谋利益的，这是我一辈子深切体会到的。"家父认为，中国要繁荣昌盛，就离不开共产党的领导。共产党内一些党员干部存在腐败现象，但他们并不能代表整个的共产党。

　　有人曾经说，家父是被共产党吓怕了，所以不敢讲心里话，不敢指出共产党内部存在的错误。事实上却并非如此。在全国政协大会上，家父曾经多次针对党内及政府部门存在的许多问题，敢于大胆直言。例如，1986年，他看到中共中央所有的文件中，都是用"党纪国法"这个词。他认为这种提法很不妥当，应该改为"国法党纪"。于是他直接上书中共中央办公厅，尖锐地指出：一个法制的国家应该把"法"放在前面。许多党员干部搞不正之风，违犯的不仅仅是党纪，而是国法。对犯了"国法"的党员干部仅给予"党纪"处分是完全不够的。他列举了一些事例，如有的地方干部用政府拨给的扶贫基金去建宾馆，买小汽车，有的地方用教育经费盖乡公所、办公楼；有的地方干部借陪政协委员视察之名，大吃大喝；等等。像这样的党员干部就应该以"国法"处理。他还强调说，党员干部搞不正之风，就会失掉民心。"水可载舟亦可覆舟"，国民党失败的主要原因，就是失去了民心。所以，纠正不正之风，加强法治是巩固共产党政权的重要环节……

中共中央办公厅非常重视家父这一提议，于1986年7月28日正式下文，转有关部门研究，并于以后的文件中，把"党纪国法"一词改成了"法纪"。

1988年6月1日，家父针对许多党员干部的不正之风，又在《人民日报》发表文章，题为《寄语新一代领导班子》，大声呼吁新一代领导人，"要当好政，要正风气，就要做到'后天下之乐而乐'"。

在对待"六四"问题上，家父一方面劝阻学生，让他们不要采取偏激行动；另一方面又在全国政协会议上提出，学生是很单纯的，也是通情达理的，有关部门应该及时了解学生的思想，做好他们的思想教育工作……

出于对国家对党员干部的爱护，家父在政协会上大胆直言，而在会下，则常常教导年轻人，要热爱新中国，宣传党的各项政策。他随时随地现身说法，常对青年说："你们不了解中国的过去。以前中国在世界上地位不高，中国人出去备受歧视，有的人到国外去，怕人家瞧不起，竟冒充日本人。现在就完全不同了，一提是'中国人'，人家就会肃然起敬……"

多年来，家父不但向社会上的青年宣传爱国思想，而且还特别关心失足的服刑犯人，帮助政府对他们进行教育，宣传党的改造政策。平时，他在北京不顾年迈体弱，多次去监狱及少管所给犯人做报告，以现身说法，强调党的改造政策的伟大，勉励他们加速改造。

1980 年元旦前夕，家父在长春与光彩实业公司董事长、文艺工作者、新闻工作者等人组成一个代表团，冒着东北凛冽的寒风前往陵源县监狱，去探望那里的服刑人员。他在大会上对所有犯人说："你们的家庭现在没能来探望你们，我这个年纪可以做你们的长辈了，作为长辈来看望你们，是希望你们好好改造，争取早日获得新生。你们在改造过程中，党和人民都是要花很大精力的。如果你们能早一点出去，不仅对你们自己有好处，也能早一点减轻国家和人民的负担。你们的改造不是你一个人的问题，而是牵涉整个社会和许多家庭。你们既要为自己而改造，也要对得起干部们的辛勤劳动……"

1992 年，家父应邀参加湖南省第五次劳改积极分子代表大会。在会上，他以身说法，讲了近两个小时。他说："我以前被关进监狱时，总以为自己必死无疑，前途渺茫。是四川省公安厅厅长的一句话给予了我悔过自新、重新做人的信心和勇气。他说：'你们只要靠拢人民政府，靠拢共产党，改恶从善，人民是会原谅你们的。'我希望你们也记住这句话，相信党的改造政策。"

"我曾经受了十年的改造教育，思想上走过不少弯路。在这条道路上，我流过不少汗水、泪水，终于在 1960 年 11 月 28 日才顺利踏上了光明大道。这是一条十亿人正在走的路，而我才刚刚踏上，所以，我得用我有生之年的一切力量跟大家一同前进，决不掉队或停顿。特赦以后，不管做什么事情，我总想到如何在我的思想、行为上来体现党的政策，不能给党的政策抹黑，要做对得起党和人民的事情……"

在帮教活动中，许多犯人纷纷给家父去信，有的说，他的讲话给了他极大的鼓舞和教育，表示要努力加速改造，重新做人；有的向家父叙述自己犯罪的原因、改过自新的意愿及对释放后前途的担忧。这些犯人大都年纪很轻，他们有些人由于不懂法、缺乏法律常识而导致犯罪；有的人刑满释放后，由于社会上许多单位不愿招收劳改劳教人员，他们的生活没有着落，又走向了犯罪道路。针对这些情况，家父一方面写了一篇《请不要歧视他们》的文章，发表在《人民日报》上，除了强调要加强法制教育外，还呼吁社会关心帮助他们，让他们也能享受到社会主义大家庭的温暖。他认为，这个工作做好了，可以使社会多一分安定，少一分危害，这对尚在服刑的人员也是一种鼓励。……另一方面，他又针对每封不同的来信，一一作答，耐心开导他们，鼓励他们……

第六章　著书立说的喜与忧

检点生平痛不禁，情真意切撼人深。

是今非昨肝肠见，折铁男儿自有心。

——臧克家

我的父亲沈醉

1960年春节，周总理在人大会堂接见家父等第一、二批特赦人员之时，曾教导家父要为人民做有益的事，把他的亲身经历及所见所闻写出来，让年轻人知道革命来之不易。打那以后，家父便把写作回忆录作为自己为人民做益事的基本表现，并按总理的教导实事求是，不虚美，不隐恶，有什么说什么，用自己的笔无情地解剖自己，鞭挞过去，反省人生。

30多年来，家父笔耕不辍，先后撰写出版了《我所知道的戴笠》《军统内幕》《我这三十年》《魔窟生涯》《战犯改造所见闻》《人鬼之间》及《沈醉日记》等七本书，共200多万字。先后在大陆、香港、台湾等地出版，发行了数百万册，有的还被译成了英、法、日、德四种文字，在海内外引起了极大的反响。

这些作品不仅使读者了解到了家父曲折坎坷的人生历程，增强了人们对他的理解和谅解，更主要的是使人们了解到了中华人民共和国成立前国民党政权的腐败、黑暗以及中华人民共和国成立后共产党改造政策、统战政策的英明、伟大。它们无疑是了解旧中国、反映新社会、探索人生、反思现实、研究中国近半个世纪历史的宝贵文献。

不过，在这些作品的写作过程中，对家父而言，实在是一种严峻的考验，并不像人们想象的那么轻松。家父曾对人说："我深深体会到撰写文史资料的过程，也就是与自己旧思想决裂、进行痛苦的自我思想改造的过程。文章若想要做到实事求是，不虚美，不隐恶，首先就要树立不怕'丑'的思想……敢于与反动的立场和思想感情彻底决裂。只有这样，才能无顾忌地写出真实的、有价值的文史资料来。"

家父曾在一篇《破除私念写隐情》的文章中说，他为了写一些完全属于他个人干的"见不得人的丑事"，曾经进行过无数次的思想斗争，常常弄得夜不能寐。从中不难看出，家父的写作过程，是何等的痛苦和艰难；更令人不堪的是，作品出版发行之后，又常常会遭到一些人的诋毁和攻击，有的甚至谩骂。但是家父依然坚持不懈地写了一本又一本。用他自己的话说：
"对我个人的褒贬并不重要，为中国这段悲惨的现代史留下记录才是最重
要的。"

《我所知道的戴笠》和《军统内幕》

《我所知道的戴笠》和《军统内幕》是 1961 年春节，周总理接见后，
开始写作的。最初都是以文史资料的形式发表在《文史资料选辑》上。当时，
《文史资料选辑》属于内部发行刊物，专供中央首长和党政机关干部阅读，
市面上根本买不到，能读到它的人并不多。不过，凡是能读到《文史资料选辑》
的人，无不对家父的文章感兴趣。因此，公安部属下的群众出版社特意将
家父所写的《我所知道的戴笠》以单行本的形式出版，但仍属于内部发行，
不过较之《文史资料选辑》发行量大得多，读者范围也宽得多了。

1963 年 11 月，周恩来总理第二次接见特赦人员时，曾满面笑容地打趣
说："沈醉呵，你可害苦我啦！"

家父大吃一惊，连忙问道："总理，现在我怎么会害你呢？"

周总理见家父神色紧张，便拍着他的肩哈哈大笑地说："你写的书害
得我一夜没睡，一口气把它看完了。"

家父释然地笑了起来说："总理，那我以后写短点，就不会害得总理
睡不好觉了。"

周总理认真地说："不！该长就长，该短就短嘛。关键是能把事实都
写出来。"接着总理又告诉家父说，他以前对戴笠的情况有一些了解，但
连接不起来，许多细节、内幕都不清楚，看了家父写的《我所知道的戴笠》
后，才恍然大悟，所以越看越想往下看……

周总理的这番话给了家父极大的鼓舞，从此，他笔耕更勤。"文化大

革命"后，文史资料出版社出版的近 40 万字的《军统内幕》一书，就是家父"文化大革命"前一篇一篇在《文史资料选辑》上发表的文章，集纳而成的。此书全面地介绍了军统的创立、组织概况、主要成员，及军统在各个不同历史时期、各个不同地区所进行的种种罪恶活动，使读者对军统这个特务组织有了全面、深刻的了解，给历史研究者留下了一部翔实、全面的第一手资料。

这两本书在"文化大革命"后均由文史资料出版社公开出版发行，反响极大，年年再版，发行量上百万册，至今仍是中国文史出版社的保留书目。除此之外，香港、台湾也一再转载或出版发行，深受海内外读者欢迎。

不过，这两部书的写作过程对家父本人而言，无疑是一个极大的考验。正如前所说过的那样，他思想斗争非常激烈，常常夜不能寐。特别是写《我所知道的戴笠》时，他内心深处，真理与虚伪、正义与邪恶、新思想与旧道德错综复杂地交织在一起，撕扯着他的心。因为经过十几年的思想改造之后，家父早已认识到戴笠的反动本质和反共反人民的罪恶；但是从私人感情而言，戴笠毕竟曾经提携过他，把他从一个 18 岁初中尚未毕业的青年，一步步提到了少将处长的位置，尽管这种提携曾使他一步步地走向罪恶的深渊，但从当年的立场、角度而言，确确实实是有恩于他的，所以，他写得很痛苦，也很吃力。对家父而言，批判戴笠，揭露戴笠，就如同在批判他自己，鞭挞他自己。毫无疑问，这本书的写作及出版，实际上是正义、真理战胜邪恶、虚伪，对党和人民的感恩戴德之情战胜对戴笠感激敬佩之情的成果，是共产党改造政策和统战政策的胜利，也是家父自我改造的胜利。不过，这两本书公开发行后，给家父带来的麻烦可不少，这又使家父经受了一次考验。

1979 年底，我刚从内蒙古调回北京，安排在全国政协文史办公室当办事员。在办公室里就听说有人提出要禁止公开出版《我所知道的戴笠》一书。回家后一问家父才知道，原来这是一位读者提出来的。因为书中曾提道：抗战期间，戴笠在重庆请客吃饭，客人中有她的名字。"文化大革命"期间，造反派根据这一点，揪斗过她，认为她与戴笠有瓜葛。所以，"文化大革命"后，她要求禁止出版此书，并要家父公开向她认错，赔礼道歉，承认书中所写之事纯属捏造。一时间，社会上也闹得沸沸扬扬，连某报纸也报道了此事。

面对这重重压力，家父并未惊慌失措。他问心无愧地说："我所写的文史资料完全都是我的亲见亲闻或亲身经历，绝无半点捏造。如有不实之处，我愿负一切法律责任。"

当时，北京一家报纸也为家父辩护说，戴笠当年在重庆权大势大，他若要请人吃饭，谁敢不去？并不见得谁去了，谁就与戴笠有什么瓜葛。

此文一见报，那位读者才偃旗息鼓。打那以后，他写文章更加谨慎了，凡是他写的东西在发表之前都认真地进行核实，在《军统内幕》出版之前，他就找过不少的亲友或旧部，请他们也帮助核实，为了防止自己记忆有误，他总是在前言中，敬请各方知情人士对书中的遗漏和错误，予以指正、补充。

任何事情都有正反两个方面。绝大多数人都说家父的这两部回忆录是难得而宝贵的反面教材。台湾方面有些人对此深为不满，其中最具代表性的人物就是原军统少将乔家才先生。乔先生中华人民共和国成立前夕，追随国民党赴台后，莫名其妙地被关押了9年。出狱后，他依然对国民党忠心耿耿，洋洋洒洒写了几百万字的一部《浩然集》，历数军统中华人民共和国成立前在大陆的种种"功绩"，而且在书中大骂家父是个"反复无常的小人"，并说《我所知道的戴笠》一书是"中共干部捉刀而成"的。他认为家父只是一介武夫，不可能舞文弄墨，而且戴笠当年那样栽培家父，家父却如此揭露戴笠的罪行，实在是忘恩负义。

对于这种近似侮辱、谩骂似的攻击，家父则处之泰然。1988 年 6 月他用诙谐的口吻在香港《镜报》月刊上发表了一篇《不是答辩，只作说明》的文章。现将此文抄录如下，足见家父的气度与胸怀。

不是答辩，只作说明
感谢乔家才骂我

从去冬以来，台湾来京的亲友，不少人以爱护的口吻告诉我，说台湾有人写文章不断骂我，而且收入了他的选集中，他们希望我千万不要为此事而生气。我听后总是大笑一阵，然后坦然地说：有人写文章骂，说明我还有骂的价值，而能收入其选集中，我不但不生气，还要表示感谢。一个人在一生中，能有几个够条件被别人写到书上去骂？不管怎样，名留书上的时间，总会比我活在世上的时间要长得多，这不是坏事而是好事。所以我决不会因为被骂了一通，就那么沉不住气，只希望有机会能拜读一下全文就满意了。

不少亲友很够交情，几个月内，我先后收到从美国、日本、中国香港等处寄来的老同事乔家才先生的大作《浩然集》19 部之多。我除留两部外，其他的均捐赠有关部门和送与几位有关人士做参考。乔先生的大作共 5 册，其中一册《为历史作证》中，有一段说"沈醉是反复无常的小人"写得不太长，正如他在该文后面所说"……怕污了我的笔墨"。这次骂得不太痛快，连我这个被骂的也没有过上瘾。幸好乔先生有位朋友从纽约到台湾，寒暄几句之后就说乔先生骂得还不够，因拙著《我所知道的戴笠》一书，在美国（也许在欧洲、亚洲也一样）到处可以看见，他们认为这"绝不是沈醉本人作品，是由共产党干部捉刀代笔，利用他的名字而已……"由于看了拙作之后，认为我"诬蔑了蒋委员长和戴笠将军，丑化了国民政府……"所以阅后"令人发指"。真没有想到，我一本书会使得我一些旧同事（当然是指在军统工作过的同事），气成那个样子，真是抱歉得很。

乔先生经这位纽约来客一番劝导之后，便又再来一篇洋洋万余字的长文大骂一通。我看了倒是有点舒适感，它比上篇几千字像样一些了。不过，乔先生在《再为戴笠辩诬》中用的小标题是《共干捉刀沈醉署名》。但提出的问题那么不着边际，我不想加以答辩，只想说明几点，因为将来或有见面之时，何必破口大骂呢。

"共产党→国民党→共产党"

乔先生为了说明我是一个"反复无常的小人"而给我列了一个公式："共产党→国民党→共产党。"为了说明这个公式有根有据，他不惜在文章里写下这样一段话："沈醉原来跟中共中委顾顺章跑腿，所以学会不少鬼名堂。顾顺章投降国民党后，沈醉摇尾乞怜，投靠在戴笠名下，做一名打手，摇身一变，由共产党变成国民党，能说不是共党的叛徒吗？现在又摇身一变，变成共产党，能把过去背叛共产党的罪名抵消了吗？不会，总有一天会被清算斗争的。"

乔先生在执笔时，不知真忘记还是假忘记，我参加军统（特务处）时才18岁，顾顺章早就被国民党调查室（中统前身）抓去，我连顾都没见过。如果我是跟过顾顺章的话，就会跟顾一样投入中统，绝不可能是在军统。如果我真的是中共叛徒，戴笠决不会那样信任我。我在军统不但当了几年总务处长，而且长期担任过总值日官，这点乔先生当不会记不得吧？乔先生认为我又"摇身一变，变成共产党"，这太蒙抬举了，竟一而再成了共产党。看在老同事爱收集情报的关系上，我不妨提供一个十分准确的材料："沈醉现在是一个无党无派的普通人。"

所谓"共干捉刀沈醉署名"

据说，乔先生又有位朋友告诉他这样一个消息："沈醉人格太低，良心太坏，居心叵测，早已遭受天谴，祸延子女。他的子女，不是瞎子，就是拐子。"这真是"大快人心"的事。

可惜老天爷并不是那么不公正。我的几个孩子（包括孙子、外孙）不但个个健康，而且都是游泳健将，女儿中还有一个被选上"健美妈妈"（在台湾）。但和乔先生相比，我就大有逊色了。乔先生的大公子在大陆早已成了光荣的中国共产党党员，而女公子最近申请加入"民革"（即中国国民党革命委员会），也得到了批准。而我在国内唯一的女儿，虽然已当上了编辑，但还不够加入共产党的条件。她的履历表上，在党派一栏中，仍然只能填上"群众"。这一点，乔先生很值得安慰，也很值得骄傲吧！

至于在乔先生笔下，一再提到我写的东西是"共干捉刀沈醉署名"。可能乔先生还是用40年前的眼光来度我。当时我只会在公文上批几个字。我估计，最近台湾李敖先生写的关于《蒋家父子……》一文中提到"沈醉以前是蒋手下……写了几本回忆录，台湾的地下出版商已经出版了四本"。乔先生如果想找材料骂我，这四本书大可翻一翻。在拙著《我这三十年》（国内发行150万册，还有英文和日文版。香港版《大陆生活三十年》由香港《镜报》出版，已连续发行四版）香港版上册第40页中我写道："有人说我是人民的罪人，我怎么也想不通……所谓罪者，只是由于'成者为王，败者为寇'的缘故罢了。……戴笠过去一直培养我，我对戴笠一

直有着深厚的感情，你要说戴笠如何……我却认为戴笠是个智勇
双全的奇男子。"同书第3页中，我又写道："我站在戴笠的墓前，
不由得思绪万千……自己过去追随戴笠干下的罪行，早已深恶痛
绝，但对戴笠个人的私情，却总是有些难以忘怀。想到共产党人
如此不念旧恶的宽大胸怀，想到戴笠依旧安静地长眠地下，我激
动异常……"试想，以上这些用白纸黑字印在书上的话，如果不
是出自我的手笔，别人会有这样的感触吗？我1981年在香港撰写
《战犯改造所见闻》时，不少记者看我连底稿都不打，在稿纸上
一气呵成，很感惊异。很多人认为，我在北京写东西揭露国民党
过去的罪行，不是自己的本意，而是骗取信任。可是到了香港，
并没有投奔"自由世界"去充当"反共义士"，领取大笔奖赏，
出卖自己的灵魂。我本来有半年假期，但不到一个月我便回到了
北京。我认为这是在十亿中国人民前面，保持了自己的气节。扪
心自问，我是站在全国人民一边，无愧于做一个站起来的中国人。
阁下的笔再骂得凶一些，也无损于我的为人！

　　通过家父的《不为答辩，只作说明》一文足以看出，家父已完全把自
己融在了十亿中国人民之中，只要他认为自己的所作所为"是站在全国人
民一边，无愧于做一个站起来的中国人"便无惧无悔。攻击也好，谩骂也罢，
都无损他的人格和尊严。

　　常言说：公道自在人心。大陆读者对家父这两部书的喜爱自不待言；
而台湾也有人肯替家父说句公道话。1989年秋，台湾文坛怪杰李敖在台湾
出版《军统内幕》一书时，曾写过《新版〈军统内幕〉缘起》一文。文中
他这样写道："国民党丢掉大陆后，绝大多数党员依然故我，但是偶有一
两个人的反省与觉悟是最鲜明的。国民党在大陆作恶，雷震有份，但人到

台湾，他欲洗心革面，用文字以赎前愆洗心革面；在大陆，沈醉反省与觉悟是最鲜明的，国民党在大陆作恶，沈醉有份，但身陷大陆，他却洗心革面，用文字知过能改。沈醉写了许多书，揭发国民党的内幕，表白他自己的内心。由于他曾是国民党的将军，由于他两度被共产党下狱，前后达16年之久，由于他的儿女犹在台湾，种种迹象，按照常理，如此觉悟，未免令人起疑。例如台湾的乔家才将军就公开写文章说沈醉身陷大陆，身不由己，作品乃'共干捉刀，沈醉署名'。但是1980年沈醉曾有香港之行，到了自由地区，身已由己了，他可以留香港，也可以办理去台湾的手续，亲友劝他'苦海无边，回头是岸，你何不趁机远走高飞呢？'可是沈醉毅然表示：没错，'回头是岸'，可是岸不在别处，'岸在北京'，他终于又回到了大陆了。由此可见，沈醉的觉悟是出自内心的。——他真的从内心深处，抛弃了国民党，从内心深处，忏悔他的过去。沈醉真的变了……"

"可见沈醉知过能改，著书多种，的确是洗心革面的，用40年前的眼光来度他，是不能了解他'经过了一个艰难曲折的过程的'。乔家才将军被国民党自己人关了九年，没有经过正式审判，没见过起诉书，没见过判决书，不知身犯何罪，'害得妻离子散，惨绝人寰，经历了一次最大的劫难'。但他出狱后，却'一与之齐，终身不改'，虽著作千言万语，并屡蒙他见赠给我，内容对军统内幕，却处处有'直在其中'之隐。而沈醉将军被共产党关了16年，'老母终堂，生妻去帷'。但他出狱后，却'此度见花枝，白头誓不归'。对自己从18岁起就献身的国民党，有以检讨，有以'前事不忘，后事之师'。从'三纲实系命'的旧道德而言，山西乔家才自有其立身本末，虽然愚忠得令人太息；但是，'道义为之根'的新道德而言，道义深处，毕竟要'当仁不让'，'当仁不让'才能'内省不疚'。湖南的沈醉将军纵是乔家才笔下的'反复小人'，但他在妻离子散，惨绝人寰，经历了一次最大的劫难以后，闻义能徙，知善能改，并曝过去不义于天下，如此内省不让之功，

156

历劫知变，鄙夷愚忠，沈醉不复沈醉，沈醉醒矣！……"

我相信，李敖先生的这番话，对台湾那些骂过家父的人肯定有一定的影响。乔家才先生1991年到北京探亲旅游时，竟然去看望了家父，两人相见，握手大笑，一释前嫌。

《我这三十年》轰动海内外

家父的回忆录《我这三十年》1983年几乎同时在大陆和香港出版。大陆初版印了20万册很快销售一空，一年半内发行了150万册；香港版的书名为《大陆生活三十年》，是香港5月的十大畅销书之一，此后又一连再版了五次。而且被翻译成了英、日、德、法四种文字。

当时，著名的诗人臧克家读了这本书后，忍不住写信给家父，称赞他的这本书"真实感人，很有文采"；著名作家丁玲读了此书后，竟在全国政协六届一次会议的小组会上说："我看了沈醉的《我这三十年》以后，很受感动，一夜没睡好。这证明党的伟大力量。周总理就亲自对沈醉做过工作，人是需要温暖的……"

我和家父做梦也没有想到，这本书会如此受欢迎，更没想到会引起如此大的反响。其实，家父原来没打算过写这本书，这本书的写作完全是一个偶然。

1980年底，我和家父去香港探亲时，国内许多亲朋好友都认为我们不会回去了；国外及港台的亲朋好友则力劝我们不要回去；甚至连我的丈夫都忧心忡忡对朋友说："美娟和爸不会回来了。"

说实在的，如果当时我和家父留在香港或去海外都是可以理解的。我们父女在"文化大革命"中都遭受了那么多的磨难。"文化大革命"结束后，家父虽然恢复了"起义将领"的名义，我也从内蒙古迁回了北京，但我那

时在北京没有住房，一家四口只得和父亲、继母挤在一幢不足 40 平方米
的单元房里，我们夫妻和孩子的卧室只有 7 平方米，夫妻两人的工资合起
来却只有 100 多元。当时，我的心情非常沮丧。尽管家父在起义 30 年后
终于得到平反，是件喜事，但我觉得这个"平反"已毫无意义，我们的家
早已支离破碎，我个人的学业、前途、婚姻、家庭都已成定局，再也无法
挽回。所以，接到家父平反的通知时，我竟偷偷地哭了一场。若这个平反
早来二三十年，我们又何至于家破人散？总之我当时是心灰意懒，满腹委
屈。但是，说来也怪，在国内时我虽然这也不满，那也不满，但一走过罗
湖桥，一踏上香港这个灯红酒绿的"自由世界"时，我顿时觉得自己像只
断了线的风筝，不知自己会飘向何方？不知自己会有什么样的遭遇，完全
失去了安全感，心情变得异常紧张。尽管母亲一再表示要补偿对我的亏欠，
劝我留下；台湾的姐姐们也打电话来表示在我找到工作前，愿意负担我的
生活费。但我却由衷地感到：香港不是属于我的地方，我的根在北京，在
大陆。我无时无刻不思念北京，不思念我的两个幼子，甚至思念那仅 7 平
方米的斗室。过去的种种不满竟然烟消云散。而家父却比我更坚定，他从
一开始就没有动摇过。他在离开北京之前，就一再说："政府这样信任我们，
让我们父女一同出去，我们绝不能辜负这种信任。"所以，我们父女只在
香港待了二十几天就毅然地回到了北京。

　　我们这一举动令海内外的亲友都感到困惑，特别是对家父的返京更是
不能理解。许多亲友问他："你过去那么精明能干，现在怕是老糊涂了吧？
你能活着出来多么不容易呵！你也不想想，这 30 年你是怎么过来的？难道
你对大陆还有什么可留恋的吗？"

　　其实，当时连我都不完全理解父亲，因为他很少对我谈战犯改造所的
情况及特赦后的感受。不过，我清楚，家父和许多特赦人员一样，对新中
国的热爱、对共产党的拥护完全是由衷的。

　　早在 1980 年，《将军决战岂止在战场》的作者黄济人曾给我讲过这样一件事情。他的舅父邱行湘是 1959 年，第一批特赦的原国民党青年军整编二〇六师少将师长兼洛阳警备司令。早年与其父都是黄埔学校的学员，两人感情甚笃。中华人民共和国成立前夕，黄济人的父亲在北京随傅作义将军参加起义后，被派到南京军事学院任教官；而邱行湘却在战场被俘，在战犯改造所度过了 11 年。"文化大革命"中，黄济人的父亲在四川因历史问题被造反派殴打致死；"文化大革命"后，其父在军事学院的学生、四川省军区司令亲自为他平反。平反之时，任江苏省政协委员的邱行湘，由南京赶去重庆参加追悼会，会上政府除恢复黄济人的父亲革命军人的名誉之外，还补发了几年的工资和抚恤金。回到家后，黄母对黄济人弟兄四人，流着泪说："这是笔伤心的钱呵！"黄济人等兄弟年轻气盛，愤愤地说："这几个钱就想买条人命？不行，我们一定要揪住凶手，让他偿命！"总之，气头上什么话都骂得出来。在场的邱行湘却厉声地制止外甥们说："你们这些年轻人真是太不懂事了。我认为共产党比国民党强得多。起码，共产党敢于承认错误，改正错误。国民党就做不到这一点……"

　　当时，尚在师范学院学中文的黄济人气恼地讽刺邱行湘说："舅舅，你可别在这里假仁假义了……"

　　邱行湘也生气地指着黄济人说："你小子懂得什么？我是过来人，用不着在任何人面前表现。我讲的完全是我的心里话……"

　　事后，黄济人一直在思考舅父的话，一直想弄明白：为什么被共产党关了 11 年、曾经对国民党忠心耿耿的舅舅，会如此地拥护共产党？于是，他利用暑假到南京去看望邱行湘，并询问他思想转变过程。邱行湘即一一将自己在狱中思想改造的情况告诉他，并介绍他到北京全国政协文史办公室找杜聿明、黄维、宋希濂及家父等人，向他们采访思想转变过程。于是，黄济人便以邱行湘为主线，写了一部国民党被俘的高级将领在战犯改造所内，思想改造和转变的报告文学。

通过黄济人讲的这件事以及他写的《将军决战岂止在战场》，我对家父等人的思想有了个大概的了解，但对家父的具体情况仍然知道不多。可是，由于来信和采访家父的人越来越多。家父很想写篇文章作为解答，但他从香港回京后，心脏病突发，加上杜聿明伯伯的故去更使他的心脏病加重，总是没有动笔。

有一天，被全国政协文史委员会借调到北京撰写《杜聿明将军传》的黄济人带着湖南人民出版社的一位编辑来看望家父，并约家父写一部中华人民共和国成立后30年的自述。家父为难地说："我现在有病，没法写呵！等我身体好了再说吧！"

黄济人看了看一旁的我说："沈伯伯，您身体不好，可以让美娟帮您整理嘛！她是'文化大革命'前高中毕业的，我想不成问题。回忆录只要文通字顺就行了嘛！"

家父望着我，犹豫地说："她？她行吗？"

是呵！我行吗？我自己也没把握。虽然我自幼就爱好文学，只要得到一本好的小说，就可以废寝忘食地一口气把它看完。但是，长到30多岁，除写作文及墙报外，还真的没写过一篇正式的文章。

"行！美娟一定行！我现在正好在北京，也可以帮帮她嘛！"真是要感谢黄济人这句话，是他的这句话给了我写作的勇气和信心，是他这句话把我引上了写作的旅程。就这样家父把他中华人民共和国成立后的日记全部给了我，让我帮他整理《我这三十年》。我写一段，就请黄济人看看，提提意见。

刚开始整理时确实很吃力，不知从何下手。例如写前言时，第一次黄济人看后很不满意，他说："写文章一定要用形象语言，不能像做报告似的。"于是，我又写了第二遍。也许我的悟性还不算太差。第二次写完后，黄济人满意地笑着说："行！比我想象的要好得多！"他的这句话更增添了我写下去的信心。于是，我根据家父的日记，分时间、地点，列出一个个问题，再去找家父谈，让他把一些事情的细节及原委详细地告诉我。我再一章一章地写下去，越写越上瘾。每写完一章就先让家父阅读，纠正史事上的错误，然后请黄济人看看，指出文学、语言方面的问题。还好，除了前言写过两遍外，其他的章节几乎都是一遍就完成了。

这本书的前十八章完全是我执笔写的。因为这段时期的日记写得很详细，而1967年底家父第二次被关进监狱后，直到1975年都不曾写过日记。所以，家父不得不把一些能记起来的事情一件件写出来，然后再由我重新整理，以保持全书结构的完整和叙述语言及风格的一致。

《我这三十年》是我和家父合作撰写的第一本书，彼此都缺乏写作经验，所以写得并不理想，加之"文化大革命"的阴影依然使我们心有余悸。我们担心书出来后，有人会说是为家父树碑立传，怕再受到政治压力，所以这本书自始至终都贯穿了认罪的思想及忏悔的语言。说心里话，从准备为家父整理这本书开始，一直到这本书出版，我一直都提心吊胆。

1982年3月，湖南人民出版社把第一版清样打印出来时，给我们送来两份，让我们校对。当时，正赶上全国政协大会。家父把校样带到会议期间下榻的友谊宾馆，准备利用会余时间校阅。不料，香港《镜报》出版有限公司董事长、香港的全国政协委员徐四民先生发现后，就立即要家父把这本书让他拿到香港出版；同时，《羊城晚报》的一位特约记者得知后，也要家父把书交给《羊城晚报》连载。家父在征得了湖南人民出版社同意后，便毫无条件地把清样分别交给了徐四民先生及《羊城晚报》。1983年1月《羊城晚报》开始连载。出人意料的是，此书连载不久，家父就先后收到了300多封读者热情洋溢的来信，对此书倍加赞赏。至此，我那颗一直悬着的心才放了下来。

1983年3月,香港《镜报》出版有限公司将书名改为《大陆生活三十年》分上下册在香港出版发行;1983年5月,湖南人民出版社将此书在全国发行。第一次印刷了20万册,竟一抢而空。湖南人民出版社不得不一再再版,一年半之内竟发行了150万册,其受欢迎的程度是可想而知的。更令人感动的是,许多读者不仅写信、写诗给家父,称赞这本书,而且有的人还在报纸上发表文章和诗作,谈对此书的读后感。前湖南省政协主席程星龄老人在《团结报》上发表了一篇《〈我这三十年〉读后》一文,文章这样写道:

……近年来,属于回忆录性质的书籍陆续刊印问世。我涉猎过一些,有的作者在存真求实问题上注意不够,特别是对自己历史上的阴暗面不敢秉笔直书。比较起来,本书作者追述自己过去长期在军统范围里直接间接犯下的罪行,都能翔实叙述,不加回避,这是难能可贵的。……作者提供的都是自己亲身经历的第一手资料,所见所闻,历历如绘,具体地反映出中国共产党改造政策的英明、正确,十年动乱造成的深重灾难,党的十一届三中全会以来拨乱反正、落实政策取得的伟大胜利。他用个人的回忆印证历史事实,叙述亲身体会,读来使人感到亲切、实在,富有启发意义。

作者为什么能够从顽抗改造到认罪服罪,从仇恨共产党到钦佩和感激共产党?特别是为什么领导给假半年带着在大陆上的唯一女儿去香港探亲,却不到一个月就回来了呢?有些人感到不理解。其实道理很简单,他是在爱国主义思想的支配下,由衷地这样做的。请看他的回答:"共产党和祖国的人民关心我们,爱护我们,给予了我们最大信任,我们怎能舍得抛弃自己的祖国,寄居在外国人统治下生活呢?我作为一个爱国人士,这只是一点起码的、应有的爱国表现呵！"

这种爱国主义的表露，不是勉强的，而是自然的；不是抽象的，而是从对具体事物的亲身感受中得出的结论。中国共产党 30 年来的教育改造，春风化雨，使他懂得了人生的真正意义，懂得了自己对祖国的责任，把自己的命运同祖国的前途密切连在一起。通过对生活和工作的接触，对时代和现实的理解，他激起了对社会主义祖国的热爱，显示出强烈的爱国主义精神。因此，本书可以说是对广大群众特别是青年进行新旧社会对比教育，爱国主义教育和社会主义教育的一个好材料……

著名诗人臧克家除给家父写信，称此书"真实感人，很有文采"之外，还特意作诗一首：

检点生平痛不禁，情真意切撼人深。
是今非昨肝肠见，折铁男儿自有心。

作家朱小平同志读了家父的这本书后，特意写了四首七绝，赠给家父，并在报纸上发表。

赠沈醉老（七绝四首）

朱小平

其一

正是苍龙日暮时[3]，丝丝白发却吟诗。
挥毫亦有淋漓笔，细雨潇潇春也迟。

3　古诗"苍龙日暮还行雨"，借喻沈醉现为全国政协委员、文史专员。

163

其二

漫将风雨记沉浮，秉笔西窗自著书。

户晓口碑说沈醉，岂知归路胜醒醐。

其三

诗家每每费吟哦，惹得诸贤书画多。

满壁粲然多掌故，鲁阳豪兴欲挥戈。[4]

其四

天涯早见汉旌归，正气凛然似电雷。[5]

岂见彬彬君子貌，无敌拳脚退妖夔。[6]

　　除读者名家的诗作外，更有意思的是《我这三十年》中，曾写过家父在北京坐公共汽车被一个有"小胡子"的"扒手"偷钱包一事。家父曾当场抓住了他，狠狠地用手指顶住他，并要他还钱包，还好好地教育了他一顿。没想到这个"小胡子"看到这本书后，竟于1983年8月20日给家父写封信。信是这样写的：

沈老先生：

　　最近小子看了您所写的《我这三十年》后，真是惊异万分，更是感激万分。您没想到吧！今天给您写这封感激信的，便是您书中第295页中那个曾被您教育过的"小胡子"。那次您用力顶了我的腰部之后，我回去痛了十多天才起床。这十多天中，我想了很久，感到再干那种事得不到好结果。您在书中忘记写上您最后教育我的一句话，可我一辈子也忘不了。您说："一个年轻轻

---

[4] 指名家赠诗画者颇多。

[5] 指沈醉香港之行大节不亏，不为利诱。

[6] 指沈醉善武，曾被少林寺武僧团聘为武术顾问。

的人好事不学，干这种丢人的事，连祖宗也给你丢脸丢尽了。"
为了重新做人，不给祖宗丢脸，我腰好了后，便去工厂当临时工，
不久转正，现在已是三级工了。前五年又结了婚，女儿现在也快
三岁了。我有今天，始终不忘您教训的恩德，但我万万没有想到，
教育我的竟是您……我们全厂的人看过您的书的都敬仰您，但谁
也不知道我这个积极分子是您书中的小偷，我现在还没有勇气来
见您，但我决心要送件礼物，给您作纪念，让您不能退还，非收
不可，等将来有机会，我再去拜望您当面叩谢！

祝 长寿！

受过您的教育的小子叩首

8 月 20 日

看到这封信后，我和家父乐了好久，不过此书带来的并不仅仅是欢乐
和荣誉；同时也带来了许多意想不到的麻烦。更没想到的是，最先倒霉的
竟是我。由于我是第一次帮家父整理回忆录，总是担心自己的能力不够，
怕出版社的大知识分子们耻笑，所以，除黄济人之外，几乎没人知道我在
帮家父整理回忆录。结果书出版时，因书上有"沈美娟整理"的字样，这
下有的人便断言，此书并非我整理，而是家父为了捧我，才故意加上了我
的名字；有的领导竟特意找我谈话说："你既然要求进步，想加入共产党，
就应该把你和你爸爸分清楚，不要把你的事情当成你爸的，把你爸的当成
你的……"

这种认为我"沽名钓誉"的误解，一段时间曾使我在单位的日子很不
好过。但是我下定决心："不是说这本书不是我整理的吗？那就走着瞧。
我能整理出一本，就能整理出两本、三本……"

不过，这本书给我带来的委屈，远远不及家父因它而尝到的酸甜

苦辣。

1984年，这本书发行超过150万册之际，著名的歌唱家郭兰英特意设宴为家父庆贺。不料第二天就有一个中年女作者气冲冲地找上门来了。当时家父一人在家煮咖啡，听到敲门声便很热情地打开门，请她进来，并特意倒了杯咖啡递给她。孰知，对方竟紧绷着一张脸，看也不看一眼，冷冷地说："放下！"

家父一见她那副神情和嘴脸便知来者不善，但他仍满面笑容地请她坐下，并寻思着对方的来意。对方见家父依然和颜悦色地看着自己，更是心气难平，她拿出"文化大革命"时审问人的气势，开口就说："沈醉，你走什么后门，能使你的书居然发行100多万，我写的书为什么就卖不出去？"

这个问题令家父啼笑皆非，但进门便是客，家父还是客气地说："我没有走什么后门，我自己也不知这本书能发行那么多……"

对方不等家父把话说完，竟一拍茶几喝道："沈醉，你太不老实了。"

家父的涵养和"忍"劲一向是我最佩服的，那天若是我在场，早就会忍不住连损带挖苦地臭骂她一顿了。而家父装出一副谦卑害怕的样子，结结巴巴地说："你既然让我老实交代，我也不敢说假话，请你认真记下来吧！"

对方还真以为家父害怕了，得意地掏出笔记本，等着记录。

家父认真地一字一字地说："请群众来买！"说完，把手一伸，做出了送客的架势。那人自讨没趣，只得悻悻离去。事后，我听家父讲这个故事时，一再追究此人是谁，写过什么作品？家父说他记不得了，一直也不肯告诉我。以家父的记忆力不可能记不得，估计他是怕我惹事，或是不愿让这位莫名其妙的女人丢脸，所以最终我也不知这个"神秘女人"是何许人也。

家父的第二本自述《魔窟生涯》

1987 年，由人民文学出版社出版的《魔窟生涯》可以说是《我这三十年》的姊妹篇。该书主要叙述家父中华人民共和国成立前 18 年的特务生涯，是我和家父写得最辛苦、花时间最长的一本书。

帮家父整理《我这三十年》之际，我写得很吃力，深感有必要加强写作能力，提高写作水平。于是，我放下手头所有事务，重新拾起丢弃了十几年的课本，利用业余时间恶补了两个月，报考了北京广播电视大学中文专业。入学后，主讲文学的王习耕老师曾让我们写过一篇题为《我的业余生活》的作文。我便在作文中把帮家父整理回忆录《我这三十年》之事写了出来。这篇作文实在是写得平淡无奇，但其内容却引起了老师的关注。老师在作文后面批上了四个大字"唯此唯大"。这四个用红笔写下的批语深深地震撼了我，我猛然醒悟到：帮家父整理回忆录的工作是何等的重大，是何等的有意义。

当时，《我这三十年》的整理工作已接近尾声，我便想到要再接再厉，帮家父把中华人民共和国成立前的经历也整理出来，作为《我这三十年》的姊妹篇。但出人意料的是，当我把这个想法告诉家父时，家父竟婉言地推托说："等你拿下大学文凭以后再说吧！过去的事情我大都在文史资料中写过了，还有必要写吗？"

"当然有必要写啦！文史资料里主要写的都是戴笠和军统组织的活动，并不都是您自己的经历嘛！"我缠着家父，坚持着。但家父还是苦笑着，一个劲地摇头。

家父很少拒绝我提出的要求，但那次竟如此固执，令我百思不得其解。后来，我才明白，家父考虑的问题远比我想的要复杂得多。因为《我这三十年》和《魔窟生涯》的内容截然不同，前者是通过他的思想改造过程来歌颂党的改造政策和统战政策，这些内容较容易被读者和社会接受。而后者将要反映的是他本人在军统 18 年的罪恶生涯。此书若写得好，是对旧社会的抨击，对他自己以往人生的无情解剖、反省；若写得不好，则有炫耀、怀念过去之嫌。而解剖自己、反省人生对家父而言，无疑是痛苦的。正如他在《魔窟生涯》一书的前言中所说的那样："……不少人常来信或当面问我：你既不是黄埔学生，又不是蒋介石、戴笠的同乡，你一个普普通通的初中生怎么能在 28 岁就当上国民党军统少将总务处长的呢？问者可以脱口而出，答者可就不那么轻松了。这个问题，正是我在写文史资料时羞于说出也无法三言两语说清的问题。过去我对上司指派我干的罪恶，往往还敢于揭露出来告诸读者，因为那是奉命而为。可是出于自己私心，出于欲求升官发财的意念而犯下的罪行，往往就难于启齿……"

家父的复杂心情我自然难以理解，最初我还怪家父不肯支持我，还赌气地想：不让我写算了，我从小到大的经历也够我写一本小说了。正当我放弃再帮他整理回忆录之际，家父突然在他七十大寿那一天晚上，拿出他当日写的一首自勉诗给我看，诗曰："古稀今不稀，盛世多期颐。报国献余热，无鞭自奋蹄。"并且对我说："我反复考虑了很久，觉得自己只有毫无保留地将自己见不得人的往事公之于世，才对得起周总理的教导；百年之后，才有面目去向周总理汇报。我决心通过自己的亲身经历，让后人了解旧社会的黑暗，了解旧社会对青年的毒害、腐蚀，以及统治者的反动、腐朽，从而更加认识到社会主义的优越和共产党的伟大，激发青年一代的爱国热情。你就抽时间帮我整理《魔窟生涯》吧！……"

有了家父这句话，我真是欣喜若狂，第二天便开始按家父的指点，先阅读他以往写的文史资料；并着手把他以往的经历分成不同的几个阶段，准备根据他各个阶段的特点、经历，分段收集素材。

说实在的，《魔窟生涯》比《我这三十年》难写得多。因为我是在红旗下长大的，从我记事开始就离开了父母。父亲过去所生活的年代和社会对我而言，实在是太遥远了，而且家父中华人民共和国成立前的日记又在云南解放之际，全部被抄走，我无据可循。只能根据家父写的文史资料及他的口述来收集素材。可是，年代久远，家父一时也不知从何说起，有许多事情他一时也想不起来。所以，整理起来非常艰难。

整整花了一年时间，我像挤牙膏似的，一点一点从家父的记忆中挤出了一些素材，但是由于缺乏感性认识，总是不知从何处落笔，不知从哪个角度去写。因为他所说的许多事我都是第一次听说，而且觉得很丑陋、卑劣。最初，我是从家父的婚姻爱情生活写起，想把家父过去的罪恶生涯蒙上一层玫瑰色彩，但写了五六万字之后，我觉得这种写法似乎不妥，家父以往的经历主要是一个热血青年在旧社会堕入罪恶深渊的过程，而他的婚姻爱情只不过是他那 18 年经历中的一个小小的插曲。所以，我毅然放弃了那五六万字，另起炉灶，重新考虑结构及写作角度。第二次，我采用倒叙的方式，从家父起义写起，在他起义的思想斗争过程中穿插、回忆他以往所走的路程。但写了几千字之后，我又觉得这样也不客观。因为家父在云南是被迫起义的，当时他对自己的经历和罪恶肯定不能客观正确地去认识。于是我又放弃了这一构思。

正当苦思冥想之际，我当时正学习着的中文专业课程可帮了我的大忙。教材中曾一再出现"典型环境""典型人物"的文学术语，这一下就打开了我的心窍。我认识到"沈醉"之所以成为"沈醉"，完全是跟他所生活的社会、环境及家庭背景、人际关系密不可分的，他正是旧社会那个典型的历史背景、社会环境中塑造、培养而成的一个典型人物，绝非天生怪物。于是，我三易其稿，着重突出旧社会对青年人的腐蚀、毒害，揭露旧社会的黑暗、反动与腐朽。这样写，既尊重了客观事实，又符合历史真实。整个思路理顺之后，写起来就容易多了。但是，家父过去生活的环境对我而言既遥远又陌生，我完全没有感性认识，所以写起来还是很吃力。我决定请假半个月到家父生活过的主要地方，如重庆、上海等地去参观考察一下，增加自己的感性认识。

说来也巧，我刚打算自费去重庆时，四川峨眉电影制片厂的马渝民从黄济人处得知我正在写作《魔窟生涯》，便很有兴趣地邀请我和人民文学出版社《当代》杂志的编辑白舒荣一同去四川深入生活，参观重庆原军统局局本部旧址及渣滓洞、白公馆。条件则是书成之后，让峨影厂改编成电影或电视。

这个邀请实在是令人喜出望外。于是我和白舒荣一道前往成都、重庆。我们不仅参观了原军统局坐落在枣子岚垭的局本部大院，重庆当时著名的两大监狱——渣滓洞、白公馆，还走访了家父在重庆的许多旧部及学生，而且还幸运地拜访了《红岩》小说的作者，曾经从渣滓洞监狱死里逃生的老一辈革命家杨益言、刘德彬等老人，收集了大量的素材。特别是刘德彬老人对我讲的一番话，更是给了我很大的启发。刘老告诉我说，他们在写《红岩》小说之初，曾经在重庆档案馆借阅了家父中华人民共和国成立前的全部日记。家父的日记共有 17 本之多。他说，从日记中不难看出，我父亲曾经是一个积极进取、一心想把军统组织建设成一个现代化的情报机构的"有志"青年……

通过跟刘老的谈话，我进一步认识到，一定要把家父作为一个有血有肉有情感有理想的人来写，绝不能公式化、概念化，把他写成一个青面獠牙的怪物。

无论从理论上或是感情上，我都不会有意去丑化家父，但我一直是受正统教育长大的，总是认为国民党特务肯定只会干祸国殃民的事，绝不可能有民族意识、爱国思想。记得家父告诉我说：他在常德当稽查处长时，因不满他的顶头上司唐生明在国难之际，为迎接夫人徐来到常德而兴师动众，花天酒地，曾在《自强日报》上用"武陵渔翁"的名义写了几首讽刺诗。诗中这样写道：

"频年国难复天灾，万姓流离哭正哀。今日武陵仍世外，满城争看美人来。

川湘门户责非轻，民食军需赖洞庭。卅万冤魂犹痛哭，武陵慎莫变金陵……"

我当时看到这两首诗，觉得很难理解：以当年家父的身份和地位，怎么可能有如此爱国情操和忧国忧民意识呢？若如实写出来，人们会不会说家父在"自吹自擂"？若不写出来，又不合乎客观事实。

当我把这个想法告诉家父时，家父苦笑道："既然你都觉得不可能，就不用这个材料吧，免得人家说我自吹。不过，当时我们自认都是爱国、爱民的。……我当时的出发点是希望蒋介石统治的政权能够繁荣昌盛，深得民心……"

听了家父的这番话，我立即想到电大老师在讲述古代文学中讽刺诗和讽喻诗的区别。他说，讽刺诗和讽喻诗都是抨击当时统治者及社会黑暗的。不同的是前者大都出自广大劳动人民之口；而后者则是贵族文人之作。广大劳动人民是出自内心地痛恨统治者，希望推翻黑暗的统治，而贵族文人则是出于对统治者的爱护，意欲用讽喻诗的方式给统治者敲警钟，其目的是希望统治者有所改进，争取民心，以延长和巩固其统治。

联想起课堂上的内容，我顿时理解了家父当时写诗讽刺唐生明的心情，也理解了他的"爱国情操"及"忧国忧民"意识。于是，我毅然地把这两首诗加了上去。

《魔窟生涯》一书，我和家父整整写了三年才完成，真是写得很辛苦，但书成之后，先后在《广州日报》《文学故事报》及全国各地的许多"晚报"或"日报"连载，并由全国首屈一指的著名的人民文学出版社出版，深受广大读者喜爱。凡是连载此书的报纸都曾因此而销量大增。北京有家出版社曾愿以高价出版此书，但家父当时已口头上答应了人民文学出版社的老编辑黄伊，所以婉言拒绝了对方的好意，如约交给了人民文学出版社。遗憾的是，人民文学出版社毕竟是以出版纯文学作品著称的，所以，他们只在第一次印刷了 20 万册之后，就没有再版，以致许多读者想买都买不到。而我们因受出版合同的制约，也只能听之任之，直到合同期满，才转到北京十月文艺出版社，并将书名改为《我的特务生涯》，至今依然销量不俗。目前北京十月文艺出版社又将《我这三十年》和《我的特务生涯》合订成一本《沈醉自述》，购买的读者仍然不少。我相信家父在九泉之下也会感到欣慰的。

笔调轻松的《战犯改造所见闻》

《战犯改造所见闻》一书是家父所有著作中笔调最轻松、语言最诙谐的一本书。此书原本不在家父的写作计划之内，它的写作与出版完全受惠于香港之行及家父的老友香港《百姓》半月刊主编陆铿的启发及鼓励。

1980 年底，家父偕我去香港探亲之时，许多在港的老友都认为家父在国内发表的文章，撰写出版的书籍不是出自他本人之手笔，而是由"共干提刀"的。为此，家父决定在港期间写几篇文章，用事实来证明自己写作的自由及自己的写作能力。当家父把此想法告诉陆铿时，陆先生便建议他写《战犯改造所见闻》，他说："如果老兄能把战犯改造所中所见所闻写出来，我相信一定会受到读者的欢迎。我到香港之后，先后去过中国台湾、日本、美国等地，深知你们这些被改造的战犯，都是旧中国军政界中赫赫有名的大人物，不但过去在国内享有盛名，今天在港、澳、台和海外的中年以上的中国人，至今还有不少人没有忘记他们，还在关心他们，希望了解他们被俘后的真实情况。而且，战犯改造又是一次史无前例的大胆而又成功的尝试。老兄有责任和义务如实地报道……"

家父听了他的话之后，深感其言之有理：战犯改造确确实实是一种大胆而成功的尝试。据他所知，以往的历次改朝换代中，新一代的统治者对前朝的被俘高级文武官员，除了杀头和囚禁外，就是原封不动地继续留用，让他们发挥其所长，充当新一代统治者的爪牙。可是在新中国接受改造的这群战犯，大都是被俘后态度顽固、多次求死不求生的硬骨头。例如杜聿明被俘就多次自杀未遂。而黄维就更是顽固之极，他不但多次自杀而且集中到战犯改造所后，仍然对抗抵触，拒不接受改造，常常恣意挑衅，有时跟批评他的同组战犯对吵对打，有时为一点小事就指着值班管理员的鼻子大骂，而且在笔记本上发牢骚，写诗骂管理人员或自况英雄末路、壮志未酬。甚至在学习讨论会上，他公开宣称："我要坚持文天祥的民族气节，决不向自己的敌人投降！"并借明朝于谦的《石灰吟》，来表示自己顽抗到底的决心……对这样一些念念不忘国民党、决心抗拒到底的人进行思想改造，并让他们心悦诚服地接受共产党的领导，真是谈何容易啊。然而共产党仅仅用了10年的时间就创造出了奇迹，这不能不说是一种大胆而又成功的尝试了。自己若能通过具体生动的事例把战犯所的所见所闻一件件写出来，岂不是对共产党的统战政策和改造政策最有力的宣传吗？于是家父毫不犹豫地采纳了陆铿的建议，开始动笔写《战犯改造所见闻》。

不过，家父决定写此书之初，香港的许多老友得知后，立即引来了两种完全不同的意见。有的人建议家父利用这个机会，好好暴露一下国民党高级军政人员被俘后，在监狱里所受的苦难折磨和非人待遇，有的人则劝他说："长年被囚禁在高墙之内的人，除每日愁眉苦脸作楚囚对泣之外，还有什么可写的？你可写的东西那么多，为什么要写这些乏味的东西？"

家父便耐心地向他们解释说："……集中上百名国民党高级军政人员和特务分子于一起，长达10年以上，这是中国历史上没有过的事，应该有很多可写的东西；而且这些过去自命不凡，或统率过几十万和上百万军，或掌握生杀大权的人，都能在失去自由、完全改变了以往生活环境的情况下，活得那么健康，那么充满信心和希望，通过10年的思想改造，竟有180度的转变，由反共'专家'成为热爱共产党、热爱新中国的人，这不能不说是个奇迹吧？只要我不板着面孔说教，而学你们香港人写东西一样，用轻松的笔调把战犯所发生的趣闻趣事写出来，我相信这些文章不但不会使人读之乏味，而且还会让你们边读边笑……"

家父确实是个绝顶聪明的人，他在香港不到一个月的时间，居然真的学会了他们那种轻松、诙谐的写作风格，硬是把高墙之内的囚犯生活写得生龙活虎，妙趣横生，常常令人忍俊不禁。难怪，《百姓》半月刊在1982年2月开始连载之后，颇受欢迎，台湾的一些高层军政人员更是每期必读，连蒋经国看了之后，也称赞说："见闻写得很有趣。"所以，家父在港写的几章连载完之前，陆铿又一个劲地催家父再写些寄去，甚至打长途电话来说："老兄你快写吧！国外许多人都认为你是最有力的宣传员，比共产党的宣传人员都有力得多。"就这样，家父从1981年开始直到1985年，陆陆续续写了30万字，把共产党尽力给战犯创造生活下去的环境、不打不骂不污辱人格的改造政策，通过这一大批很有知名度的原国民党高级将领和官员在狱中的趣闻琐事、私房话及笑料百出的日常生活表现出来。

此书在《百姓》半月刊连载之后，又先后在香港、台湾及大陆编辑出版了单行本，一直受到海内外读者的欢迎。正如《百姓》半月刊的社长胡菊人先生所说，这本书的最大特点是"……本来是一种'不自由''劳动改造''思想检查''等同囚犯'，并随时有拉出去枪毙的恐惧心情之下的见闻，应该是很'痛苦'的事情，然而作者笔下给人的感觉却是一种'苦中有乐'的兴味，一种身在局中而心在局外的'静观'而得来的'逸趣'……"

得来不易的《沈醉日记》

家父 1932 年进入军统之后，就开始写日记。尽管在半个多世纪风风雨雨的岁月中，由于种种原因也曾中断过几次，但总的算起来也有 60 多本。据家父日记中记载，他在 1937 年抗战爆发之前，在上海工作的 6 年之间就写过 8 本日记。只可惜日本人占领上海时，这 8 本日记全部在战火中遗失。为此，家父曾心痛不已。他在 1938 年 7 月 28 日的日记中这样写道："在上海损失了数百元的衣服及家具，我都不大难过，但我最念念不忘的是 8 本厚的日记。我真愿出最高的代价收回。但已不可能。日记呵！你恐怕老早给人烧去了。"

据家父说，那 8 本日记记载了他在上海 6 年的工作及情感，当时为练习写作，日记写得详细，若那 8 本日记能保存下来，将是最翔实而丰富的历史资料。可惜已无处可寻。

1991 年由公安部所属的群众出版社出版的《沈醉日记》则是家父 1937 年 9 月 18 日，也就是"九一八"东北沦陷后的第六个"国耻日"开始写起的。当时家父在上海罗店抗战前线任随军调查组组长，尽管炮火连天，他仍然坚持写日记，并在这本日记的扉页上写了这样一首词："迷离往事无从记，每向心房频索取，过眼烟云，待我今朝都写起。"

从 1937 年 9 月 18 日开始，直到 1949 年云南起义，家父又写了 17 本日记。这些日记在云南解放初期被作为罪证之一，被收缴，后又转交到了重庆公安机关档案馆，作为档案保存了下来。中华人民共和国成立后的 30 多年里，家父根本不知道这些日记的去向，直到 1984 年我为整理家父的回忆录《魔窟生涯》，有幸到重庆参观，见到了《红岩》小说的作者杨益言、刘德彬。刘老亲口告诉我说，50 年代末，他们写《红岩》时，为了收集敌方素材，曾在重庆档案馆详细地查阅过家父中华人民共和国成立前的日记。日记共有 17 本之多。……

当时，这消息令我和家父喜出望外。家父立即向全国政协文史资料研究委员会反映，请组织出面与公安部交涉，要回这些日记。可是几经周折之后，得到的答复却是：这些日记属于国家档案，内容波及许多民主人士，不宜退还。家父曾希望借阅一下自己的日记，以便帮助他回忆往事。可惜，这一点点要求没有得到满足。家父由于多年来一直有感公安部门对他的改造教育之恩，也就不再坚持。

奇怪的是，家父和我都不能一见的日记，其他人则可以见到。1985 年，有位名叫"黄河"的作者在四川《文明》双月杂志上发表了一篇题为《我所看到的沈醉日记》的文章，文中写道："沈醉先生的日记，曾风传一时，说法甚多，不少热心者在打听沈先生日记的下落，有的还多方奔走想看到日记。笔者就此以浓厚的兴趣去重庆看了沈醉所写的日记。"

据黄河先生说："……日记本是黑色软皮封面横格凸版纸，用毛笔、钢笔书写的，既没有用什么符号代替，也没有用外文来记写，全是用中文写的。字体端正、清楚，共六本 903 页，有 35 万多字……"

我曾亲耳听见刘德彬老人讲，当年他们看到的是 17 本日记，而到了 1985 年则只剩下了六本。这不能不说是一大憾事。不过细想起来也不奇怪，"文化大革命"中曾有过一段"砸烂公检法"的运动，即使存放在公安部门的档案也难逃"遗失"的命运，能保留下六本日记，已算是万幸了。

1990 年，"档案法"颁布后，公安部档案馆本着开发档案信息资源，为现实服务的宗旨，把家父的部分日记复印过来，由潘嘉剑等四位大姐整理、考证，并交群众出版社编辑成书，公开发行了。事隔近半个世纪，家父才得以见到自己中华人民共和国成立前部分日记的内容。当时家父感激至极，而我则不以为然。我觉得，既然政府已承认家父为起义将领，中华人民共和国成立初期被缴收的财物就应算是家父的私产，而非敌产，日记则更是属于私人财物，没有理由不退还。其次则是，既然其他人都能去查阅家父的日记，而家父本人和家属却不得一见，若这部分日记当初能让家父见到，我相信他的回忆录《魔窟生涯》一定会更加翔实、丰富。

这也许正是我这一代人的经历、思想方式与家父那一代人的区别吧！家父总是以"知足常乐，能忍自安"为座右铭，而我则是"贪心不足"，因此也欲望多多、烦恼多多。不过，话又说回来，我们也确实应该感谢公安部档案馆能网开一面，让这一部分日记公开出版发行，否则，家父在有生之年又如何能见到自己过去所写的日记？我和广大读者又如何能通过日记进一步了解到特务机关的反动和黑暗？又如何能进一步了解到家父过去的思想和为人呢？

《沈醉日记》像家父其他著作一样，一出版，立即又引起读者强烈的反响，香港、台湾都先后出版了《沈醉日记》，许多读者、记者也纷纷前来采访家父，并著文畅谈对《沈醉日记》的读后感。有人称此书为"一部进行爱国主义教育的难得的反面教材"。有人则从中得出了这样的结论："沈醉在军统局是个精明、能干的人，也是个合格的特务。他对上级尊崇，对下级要求严格，自己以身作则……沈醉在为人处事和思想修养方面，对自己要求是比较严格的，并不是放荡不羁的人……"还有的人从《沈醉日记》中看出家父"面对日寇侵略的一腔爱国之情"，看出"军统内部野蛮训练方法、贪污受贿、官官相护的丑闻"。这部书"是一部对国对民的罪恶史"。真可谓是"仁者见仁，智者见智"。

不过，作为女儿，我从《沈醉日记》中看到的则是一个重情感、求上进、自强不息而又矛盾彷徨的愚忠者。所谓"愚忠"，关键则在于一个"忠"字。例如他在1937年9月18日的日记曾写过这样一段话："自战事开始月余以来，除身体较前消瘦外，在精神方面则较任何时期为振发，过去每日在烈日下工作全日几达十余小时，衣衫为之汗透亦日必三四次以上。而前方食物较困难，但念及在战斗中之士兵又觉惭愧不已。

在工作期间颇引为慰者，一即各同志皆有民族思想，对国家观念及领袖之信仰极深，故工作均能努力，且多自动。一即各方关系极融洽，毫无困难，纵长期处身此间，亦不引为苦（设我国真有长期抗战之可能，更将为之兴奋）。"

字里行间无不洋溢着以身许国的激情。又如1940年8月13日日记中所写"……回溯三年前醉生梦死之生活，思之自责不已。幸抗战开始后个人方面直接间接对抗战已尽个人能力，而稍补偿以前错误。虽然抗战前余对团体工作有相当表现，而扪心自思终觉不安。苟再有机缘，绝不顾一切艰危，而做抗战途中一无名勇士，誓本除恶务尽原则与大无畏精神，与敌寇及汉奸去奋斗一番……"此日记足见其抗战的决心及爱国情操。

当然，对于家父这种忠于民族、忠于国家的思想情操，到任何时候都是值得称颂的，不能说是"愚忠"，我说他的"愚"主要表现在他对戴笠、对他的上级的尊崇。如他曾在日记写道："……余决意留此间，任何艰苦均非所计，盖以雨公（指戴笠）待我之厚，数年均未得一报答之机缘，况际此国难日深，匹夫之责皆未能尽，于心何安？……"他总是不忘戴笠对他的栽培，时刻想着报恩、效忠。他对戴笠如此，对其他有恩于自己的上司也是如此。例如，家父在重庆卫戍总司令部任稽查处副处长时，处长陶一珊因吸鸦片被戴笠发现后，戴笠立即撤销了陶一珊的处长职务，并将其关押。家父念其平时对自己不薄，不但冒险帮陶一珊妻贿赂医官，让医官出假证明，而且在日记中自责自己没有在事发前好好帮助他。家父在日记中说："……我讲过我不愿失败，所以我首先正己，同时更严格地要求每一个同志都要努力。陶处长的失败，我承认我是一个罪人，我没有努力，我对不起他。""午前我又不避一切嫌疑而去望龙门（监狱）看陶前处长，我真像小孩子见了亲人受难一样哭了起来。论公论私他总对得起我，一刻钟内，我真说不出什么话来……"通过此事足见家父的"愚忠"，也足见其是一个非常重情感之人。

　　凡是读过《沈醉日记》的人都不难看出，家父虽然少年得志，平步青云，但能严格要求自己，自强不息，一心想在事业上干出一番成就来。但是由于特务工作的黑暗与残忍，又常常使他处在矛盾和彷徨之中。正如他在日记中所言："……余一生专教人杀人，而自己实在不愿多杀人，真是太矛盾了。"有一次他奉命带人去秘密拘捕一位东北抗联的刘处长，不料在半路上遇见，轻而易举地将其拘捕。若纯粹从工作的角度看他应觉得高兴才是，但他并不觉得兴奋，反而在日记中写道："……途中彼此均默默无言，余对之感慨顿生。彼此刻一定五内如焚，盖其妻儿均不知其父竟一去不返。此人间惨事，每出自余之手中，能不使人恨之入骨吗？"又如 1942 年 3 月 21 日和 22 日的日记中，他更是把自己这种矛盾和彷徨吐露得淋漓尽致："……在陈的一句不经意的话中，竟使人淌下泪来。10 年来一直在被人诅咒，我自己是异常知趣而不希望有人同情于我，但我总求人们不要过分地对我曲解，我毕竟还是一个 26 岁的年轻人！""从今天起，在人前我只能满脸笑容。谁会同情一个杀人者乎！……"这些话足以看出他的矛盾和痛苦。然而，他又无法摆脱这种"被人诅咒"的工作，只能在他自己能力范围内去自强、自律。"在昨夜失眠的时间，又使我对未来的工作做一番打算。我准备着一个新的方法去完成这麻烦的任务。当然我知道这一类工作是永远洗不清自己的，我决定在可能范围内拟成一部分关于工作上应遵守的法规，更进一步地希望能训练出一班干部，去把中国几千年来最黑暗而惨无人道的工作，去彻底改良一下。最重要的还是在充实自己的学识和能力。"

1991年《名人与档案》杂志社记者车丹军在读了《沈醉日记》后，曾感慨地写道："一个人一生中多少会留下些痕迹，对于普通人，这些痕迹很快便会泯灭在大自然的轮回里，但对于名人，对于像沈醉这个在中国历史少有的奇特人物，他的日记，尤其是他早年的日记，对研究其人，研究有关历史无疑是一部很有价值的素材。"

车先生的这番话确实是无可争议的。不过，作为家父中华人民共和国成立后日记的持有者来讲，1991年群众出版社出版的《沈醉日记》只能说是研究家父中华人民共和国成立前的一部难得的有价值的素材，而要了解中华人民共和国成立后的沈醉，除《我这三十年》之外，家父中华人民共和国成立后的日记则更是一部生动、翔实，任何自述和回忆录都无法取代的宝贵素材。

家父中华人民共和国成立后的日记共有40本，其内容共分三个部分：第一部分写于1958年到1960年特赦，主要记载的是他在北京战犯改造所的思想、劳动改造过程和生活状况；第二部分写于1960年特赦后，直到1968年11月再次被关押为止，主要抒发了他对前妻的思念及对儿女的疼爱之情，以及"文化大革命"初期的生活情况；第三部分从1975年开始直到1996年去世。1975年之前，由于"文化大革命"再度被关押了五年，没有条件写日记；1972年出狱后，"文化大革命"尚未结束，他心有余悸，且前途难卜，也没有写日记，其中中断了整整八年。《我这三十年》一书，主要是根据家父前两部分日记写成的。不过现在看起来，《我这三十年》远不及他这两部分日记原稿细腻、感人。现在，我已将这两部分日记挑选，整理出来，纳入了《沈醉回忆全集》。

出版《沈醉回忆全集》的九州出版社副编审张海焘先生看过家父这些

日记后，写信对我说："……这简直是一部生动的文学作品。"我也早就有同感，我觉得家父这些日记，特别是特赦后直到"文化大革命"初期的第二部分日记，其文笔之细腻、情感之强烈，简直可以与徐志摩的《爱眉小札》媲美。不同的是，徐志摩的《爱眉小札》是写给陆小曼看的，而家父的日记是写给他自己看的，完全是内心情感的流露，因而也就更加真实可信。

遗憾的是，家父第三部日记，也就是1975年以后的日记就比前两部分日记逊色得多。其原因是他的前两部分日记在"文化大革命"中被机关造反派抄走。"文化大革命"后，家父费了许多周折才找回来，但仍有几本不知去向，这件事对他刺激很大。所以，他以后的日记中只写人来客往的生活琐事，不再抒发内心的情感，即使有时情绪特别激动或是心情特别坏时，他也只写只言片语，一带而过，很难从日记中看出他的真情实感。因此，我在挑选、整理家父中华人民共和国成立后日记时，只选了前两部分的日记内容，而没有选第三部分的内容。这确实是件遗憾的事，也是一件无可奈何的事。

最后的著作《人鬼之间》

《人鬼之间》是家父80岁之前撰写出版的最后一本书。书中的内容大都在《文史资料选辑》《啄木鸟》等杂志刊载过，最后由群众出版社集纳成书，于1993年出版发行。

家父写《人鬼之间》的原因主要是提供给人参考、研究的历史资料。书中写到的唐生明、卢汉、杜聿明、溥仪、徐远举、张国焘和周佛海等人，都是经历奇特且颇具代表性的典型人物；其次这几个人都给家父留下过深刻的印象，甚至深远的影响。书中写到的这几个人，有的是我见过、接触过的，有的虽然没见过，但曾经多次听家父提到过。在此我想从我个人的角度，谈谈家父与这几个人的关系，或许能使广大读者进一步了解家父写这几个人的内在原因。

书中写到的卢汉，我在前面已经详细地写过家父与他的关系，在此不想重复了。书中提到的杜聿明，我在前面附带地写过一点，但并不全面，因此准备详细地谈谈他与家父的关系。据我所知，在所有的特赦人员中，家父最钦佩的人就是杜聿明，而且他俩的感情最深，私交最好。在家父心目中，杜伯伯是他的一位难得的良师益友。

中华人民共和国成立前，家父与任中将兵团司令的杜聿明地位悬殊，并没有多深的交情，仅仅因为戴笠与杜聿明的私交不错，家父奉戴笠之命去见过他两次。他俩真正的相交相识开始于北京功德林战犯改造所。1957 年底，家父由重庆转押到北京功德林不久，就和杜伯伯两人负责缝纫组的工作。在此期间，他俩无话不谈。杜伯伯对工作认真负责、一丝不苟的工作态度及对机械、缝纫的精通，令家父钦佩不已；而家父的聪明好学、苦干实干的作风杜伯伯也非常欣赏。只不过，当时家父在思想改造方面仍有抵触情绪，常常抱着得过且过的态度；而杜聿明在功德林的时间较长，已经走出了拒绝改造、思想抵触的误区，充满信心地接受改造了，因此常常对家父进行激励和帮助。有一次，有个同室的战犯写了一首《咏虞美人花》的诗，让家父看，并准备发表在墙报上。诗中借题发挥，抒发自己寄人篱下的苦闷心情。诗曰："往来篱下托终身，徒负人间最艳名。今日西风萧瑟甚，满怀清泪暗中倾。"

家父看后，不但没有指出问题，反而和他一首，想借此安慰对方。家父头两句写道："今日篱边沾雨露，明朝阶下沐恩光"时，对方很生气地说："你怎么也这么教条？"

家父为了迎合他的心意又把这两句改写成了："项羽当年发浩歌，虞兮虞兮奈若何？美人死后名花在，不似当年健壮多。"对方看后，勉强点头，并建议他俩把诗都贴在他们自办的墙报上。家父也没表示异议。可是诗贴出后，立即引起许多同学的批评。杜聿明也写了批判文章，当然主要是批判那人不该借题发挥，用诗来发泄当犯人的不满情绪，但在缝纫室里，他却耐心地找家父谈话，批评家父不讲原则，明知他的那首诗有错误，还去和他。家父不服气地说："原则和朋友，哪一个重要？"

杜伯伯习惯地拍着家父的肩说："你太是非不分了。朋友犯错误不去帮助他，反而去附和他，只能加深他的错误。这是对不起朋友的大事，你还以为你讲交情够朋友？你不但害人，也害了自己。"

"我什么时候害过朋友？你指出来。"家父火了，大声说道。

杜伯伯不但没有生气，反而笑着说："你是第一个看到他这首诗的，你如果不去附和他，而义正词严地指出问题，提醒他，他就不会把诗贴出去，今天的结果不是说明你害了他吗？"

家父仍不服气地嘟囔："我才不去趋炎附势哩。"说着转身就要走。

杜伯伯一把拉住他，推心置腹地跟他长谈，一面指出家父思想上的错误，一面谈了自己的思想和体会，并鼓励家父有空多看看文件和报纸，这样才能懂得党的政策，才能有利思想改造……

杜伯伯的话引起了家父的反思，思想上也渐渐地消除了抵触情绪，变得积极主动起来，并且越来越钦佩杜伯伯了。

杜聿明不但关心家父的思想改造，而且关心他的生活和工作。1961年家父特赦后留在北京郊区的四季青公社劳动锻炼之际，跟在长沙的我及在香港的前妻取得了联系，杜伯伯很替家父高兴。当得知家父想趁我放暑假，让我到北京来团聚一下时，他主动地说："很好！到时候我用照相机给你们照几张相，留作纪念。"

家父当时不无为难地说："我们父女十几年没见面了。我离开她时，她才3岁，只怕见了面也不认识啰！"

杜伯伯立即告诉他一个办法，让他做一套衣服寄给我，到时候到火车站去接站，就不会接错了。当时家父手头拮据，就用他的一条蓝白条的睡衣裤给我改了件上衣寄去了。到北京后，他整整陪我们父女玩了两天，在天安门、北海、景山等公园照了不少照片。这些照片至今还保存在我的影集里，每当我看到它，就想起了杜伯伯。

最有意思的是，当听家父说眼前那位中等身材、细长眼睛而且和蔼可亲的老头就是杜聿明时，我禁不住想起在学校政治课上老师讲的"毛选"中《敦促杜聿明等投降书》的文章，便脱口说道："杜伯伯，你最不听毛主席的话了，他让你投降，你也不投降……"

家父急忙拍着我的肩膀阻止我说："小孩子别胡说。"

杜伯伯反而哈哈大笑起来，两只细长眼睛笑得眯成了一条缝。他不但没生气反而拉着我的手说："这正是小孩子天真可爱的地方，想说什么便说什么，一点没有假。"说完又弯下腰，对着我的脸说："我过去的确最不听毛主席的话了，可是现在我是最听毛主席的话了。"

当时我才是十四五岁的初二学生，几十年来，他当时的音容笑貌一直令我记忆犹新，而且从那一刻起，我就对他产生了深深的敬意。

1962年，我初三毕业后到北京女六中上高中。当时，家父写的文史资料《我所知道的戴笠》出版发行，反响很大。可是有一天，家父回家后，对着《我所知道的戴笠》一书直发愣。我关切地问家父，到底发生了什么事。家父这才告诉我说，杜聿明伯伯找他谈话了，当面指出，说家父写得不够，写得不好。他质问家父说："你跟戴笠那么多年，而且死心塌地为他拼命卖力，难道就只看中他会杀人，而使你五体投地的佩服，就没有认为他有其他长处吗？"

杜伯伯的一句话说得家父惭愧得汗流浃背，心潮难平。他不得不承认自己顾虑多、私心重，不敢全面写，更不敢扬戴笠之长。

虽然他让家父羞愧得无地自容，但家父仍敬佩地说："也只有你杜伯伯会这样直言不讳，推心置腹地指出来。我是写得不好，以后有机会一定要重新写过。"家父的这句话一直印在了我的内心深处。可是由于政治原因，也由于《我所知道的戴笠》影响很大，发行量也很大，家父想重新写也难了。1987年，我之所以突然想起撰写《孽海枭雄——戴笠新传》的书，除了我在文史工作几年中掌握了不少有关戴笠的资料之外，潜意识中，杜伯伯的那句话和家父的夙愿也起到了一定的作用。

常言说："患难见真情。"在一般人眼里家父和杜伯伯似乎跟其他朋友、同事没有什么区别，但我知道，他俩的友情是远远超出其他朋友和同事的。记得1965年春夏之时，正是我高考复习最紧张之际，家父为了让我全身心地复习，几乎包揽了全部家务，并每天都想方设法换着花样给我做好吃的，深怕我吃不好，影响身体。可是有一天，杜聿明不久前从美国绕道经日内瓦和苏联回国的夫人曹秀清因服错药，昏迷不醒，政协机关领导让家父去医院帮着杜伯伯照顾杜伯母。他俩商量好，白天由家父去医院陪床，夜里由杜伯伯陪床。家父担心他身体顶不住，每天天不亮就起床，给我买好豆浆、油条，就赶到医院去换他，中午也不回来，给我点钱让我去外面吃午饭，晚上有时七八点才赶回来，连我这个宝贝女儿也不管了。他在医院整整陪了半个多月，直到杜伯母病愈出院，他才安下心来照顾我。

1981年1月，我和家父从香港回京，一下火车就问前去接站的政协联络处长朱彬："杜聿明近来身体怎样？"朱彬告诉他，杜伯伯病重住进了首都医院。原来兴高采烈的父亲顿时心情沉重起来，第二天就让我陪他去医院看望杜伯伯，结果护士不让进去，因为杜伯伯刚刚动完手术，不让见客。回家后，他坐立不安，多次打电话给杜伯母，询问杜伯伯的情况。好不容易听杜伯母说，医院允许杜伯伯见客了，家父又急急忙忙赶到医院。杜伯伯像久别重逢似的一把握住家父的手，异常高兴地说："我从《参考消息》看到你去港探亲后回京的消息，知道你会来看我……"说着就急切地询问家父香港之行的情况，并对他拒绝亲友劝阻、毅然回京的行动表示赞赏。当家父谈到香港、台湾的一些共同老友时，杜伯伯突然神情认真地提出，让家父代他写一篇有关祖国统一的文章。他非常激动地说："老弟，祖国的分裂，数以千万人的死亡，直到现在海峡两岸许多人骨肉分离，不能团聚……这一切我们都要负责任，我想告诉台湾一些老长官老同事和旧部，要共同努力，要在我们这一代人手里完成祖国统一大业……"

家父也非常激动，答应等杜伯伯身体恢复一些就来帮他写。可是家父从首都医院回家后，竟心脏病复发，住进了阜外医院。等家父出院再去看杜伯伯时，杜伯伯的病情却加重了，连说话的力气也没有了。家父很难过地告辞出来，孰料，这一次竟成永诀。

1981 年 5 月 7 日，家父准备再去医院看杜伯伯时，竟传来杜伯伯于当天凌晨去世的消息。家父一听，竟悲痛得昏了过去，心脏病再度复发。遗体告别时，家父的病仍未好，但他一定要我和继母扶他去。一看到杜伯伯的遗体他竟痛哭失声，几次都要扑向遗体，像死了至亲似的悲恸。由此可见，他对杜伯伯感情之深……

《人鬼之间》中《花花公子的晚节》一章，写的是将领唐生智的胞弟唐生明。唐生明也是一位非常特殊的人物。他跟家父有着半个多世纪的交往。家父刚 20 岁时就认识他。他当时还不到 30 岁，就已经是国民政府军事参议院中将参议了，而且跟戴笠的私人关系极佳。每次他从南京到上海玩，戴笠都再三叮嘱家父说，以后唐先生在上海有什么小麻烦事找他时，一定要尽全力去办，并且还补充说："有什么大事不会找你的，大事他会找杜月笙去办。"

戴笠所说的"小事"，大都是因为唐伯伯好玩，而且常常玩出格。例如有一次，唐伯伯在理发店理发，他见帮自己洗头的老板娘长得漂亮，就毫无顾忌地捏了捏人家的脸蛋。这下老板不干了，捉住他，让他赔偿"损失费"。他毫不犹豫地答应下来，并立即打电话通知家父，说是让他送钱去。但家父一听，就知道是怎么回事，立即带着几个部下，开着警车就去了。对方一见那阵势，吓得对他打躬作揖，哪里还敢要钱？

在上海几年里，家父替他处理过好几桩类似的"小事"。因此他很欣赏家父。

1938 年，抗战期间，他曾由长沙警备副司令兼代理司令与常德警备司令部司令兼第二行政区专员、保安司令酆悌对调到常德，那时家父在湖南临澧特训班当教官，常常去常德看望他。他的夫人——30 年代电影界著名的"标准美人"徐来及徐来的女秘书——戴笠的情人张素贞都很赏识家父，每次都留他在家吃饭，并提出要家父到常德给唐伯伯当稽查处处长。因为原稽查处处长胆小怕事，什么事情都向唐生明请示后再办。唐生明一向不爱管事，嫌他太啰唆，所以想撤换他。

家父认为军统局人事制度很严，根本不可能调到地方上工作，也只听听罢了。孰料，事隔不久，戴笠竟在唐生明夫妇及张素贞的游说之下，答应让家父去给他当稽查处处长，条件则是让他送一连装备精良的士兵给特务总队的武装大队。唐生明竟毫不犹豫地答应下来。

家父在常德的两年中，唐生明不但让他当稽查处处长，而且让他兼任第二区保安司令部侦察组组长，让他全面负责常德及第二地区的稽查和治安，任何事情都让家父自己做主。后来，唐生明调离常德，后又去了上海，家父也被调到了江西上饶当教官。

当时，家父并不知道，唐生明是被蒋介石派到南京、上海去搞"曲线救国"的。当他在上饶看到《中央日报》上唐生智的一则与唐生明脱离兄弟关系的启事时，家父在 1940 年 11 月 11 日的日记中这样写道："……一件使人不快的事随之而来，报载唐生明附逆的消息，也同受其侮。但愿这是一种有伟大任务的举动，而不如报上所说便好，多令人羞耻呵！"可见，当时家父与他的关系已到达了一种"荣辱与共"的地步。

抗战胜利后，一切真相大白。家父得知唐生明奉蒋介石之命去汪伪统治的敌占区搞"曲线救国"期间，几经风险，却又能化险为夷，并为军统提供了许多有价值的情报时，对他佩服至极。此后的几十年间，尽管家父和他的处境、遭遇都截然不同，但他们的私交却始终很好。

1962年，我到北京上高中时，在家父的老朋友中，除杜聿明之外，唐伯伯和唐伯母也给我留下了很深的印象。那时，唐伯伯和杜伯伯同住在北京东城区东四五条的一个很大的四合院里。家父常带我去那里串门。唐生明白白胖胖，眉毛很长，笑起来像个弥勒佛，非常和蔼可亲，加上他那一口地道的湖南话，更使我感到亲切；而唐伯母却讲一口吴侬软语，听上去像越剧中的道白，非常悦耳。不过1965年我去宁夏建设兵团后就再没听到他们的消息。直到"文化大革命"结束后，我回到北京，才知道，唐伯伯在"文化大革命"中，也遭到跟我父亲一样的命运。只不过，他比我父亲关的时间更长，而且是夫妻俩全被关押，唐伯母徐来竟在狱中被折磨致死。唐伯伯则被关了七八年才平反释放。三中全会后，唐生明被选为全国政协常委，常常往返于大陆和港澳，为中外贸易奔走。

1987年春节，家父听说唐伯伯已由港回京，就带着我去看望他。20多年不见，唐伯伯老多了，也胖多了，但他那大大咧咧、乐乐呵呵的神情依然如故。谈话中，很自然地谈到了已故的唐伯母。唐伯伯深情地抬起头，望着客厅墙上唐伯母年轻时的玉照，感慨地说："她实在是一个难得的好女人呵！"

家父也由衷地点头说："是呵，嫂夫人那样一个好人，真想不到会遭到这样的不幸。"

通过这次闲谈我才知道，唐伯伯的一生实在是极不平凡。

原来，唐生明小时候上小学时，就当过毛泽东主席的学生，师生俩在一个房间里同住过一年多，进入黄埔军校后，又成了蒋介石、汪精卫和周恩来的学生。虽然他生性好玩乐，但也极仗义豪爽，加上其胞兄的关系，他与这些人关系都很好。秋收起义时，他应好友陈赓之请，亲自送了100多支枪给共产党；抗战期间，他又亲自护送周恩来过常德等地。当年蒋介石指派他到沦陷区去搞"曲线救国"，也正是看中了他与汪精卫、周佛海的关系。

有一次，陈赓大将邀唐伯伯去中南海怀仁堂看戏，正赶上毛主席也去了。陈赓带他到主席面前，介绍说："主席，他就是当年秋收起义时，给我们送去100多支枪的唐生明。"

主席笑着紧握住他的手说："你不用介绍，唐生明，唐老四嘛！他是我的学生。我在湖南师范小学教书的时候，他跟我在一个屋里睡了一年多，晚上我不知给他盖过多少次被子呢！"

周围人都哈哈大笑起来，唐伯伯见主席还记得自己上小学的事，又高兴，又感动。不过，他一向不善讲客气话，只是一个劲地憨笑。

唐生明的奇特经历，不但我是第一次听说，就连家父对他与共产党交往的事，以前也不清楚。家父和我都劝他写一本回忆录。他不但同意了，而且准备让我帮他整理。遗憾的是，当他约好带我去湖南，让他六弟帮他回忆往事之际，他病倒了。我和家父去医院看他时，才知道他已经是肺癌晚期。1987年10月24日他去世后，家父很悲痛，在向他的遗体告别后，即写了一首七律《悼唐公生明》：

> 亦友亦师五十年，惊闻噩耗泪涟涟。
>
> 热情豪爽英雄色，报国忠诚意志坚。
>
> 大是非前真胆略，小糊涂处假痴癫。
>
> 一生享尽人间福，到老终能晚节全。

不久，家父又写了《"花花公子"的晚节》一文，进一步悼念唐生明这位相识相交50年的老上司、老朋友。

《人鬼之间》中写到的末代皇帝溥仪，家父以前，做梦也不曾想到会跟他成为好朋友、好同事。因为抗战胜利后，军统奉蒋介石之命，多次提到如何逮捕和处理伪满皇帝溥仪及伪满大臣亲王等问题；内战期间，国民政府又多次与苏联交涉，想要回押在西伯利亚的溥仪、溥杰等人，准备押回东北公审、处决，以收买东北民心。

1962年初，家父被政府安排到全国政协任文史专员后，与第一批特赦的溥仪同在一室工作，这才真正地认识溥仪。当时，家父和溥仪都是没有家室的单身汉。家父的独立生活能力极强，且深谙人情世故；而溥仪曾贵为皇帝，凡事都由别人给他安排得妥妥当当，他自己毫无独立生活能力，更不懂得什么人情世故。他每次出门都会丢三落四，若没人陪他，他就常常找不到回家的路；在机关食堂吃饭时，他又总是分不清粮票、钱票，总是一把抓出来，放在炊事员面前，让他们自取；有时遇见清末的遗老遗少去探望他，给他下跪叩头时，他不会好好地劝说，而是急得又踢又打……总之是笑话百出。因此，文史办公室主任申伯纯就叫家父多陪陪他，多关照他。两人接触时间长了，彼此都有了了解，也有了感情。

溥仪认为家父是个"万事通"，一遇到自己不懂的事，就问个没完没了；家父则喜欢溥仪的真诚、率直，说话办事从不懂得掩饰，想到什么就说什么，尽管常常让人啼笑皆非，但了解他的人也都见怪不怪了。

有一次，家父和杜聿明等约溥仪去逛故宫。在午门外，家父抢着去买了门票，并递给他一张。他竟惊诧地瞪大了眼睛，脱口说："我到这里来，还得买门票？"

一句话说得大家啼笑皆非，但他们马上意识到，溥仪的内心深处，仍然认为故宫是他的家，是他的祖业。在中国十几亿人中，也只有他才会说出这样一句话。还是杜聿明脑子转得快，为了不刺激他，便解释说："现在故宫对外开放，所有来参观的人都得买票，用这笔钱作维修、管理费用！"他听后，才没再说什么，也许他本人也意识到这句话不妥，很长时间沉默不语。

"文化大革命"初期，造反派勒令文史专员都去参加劳动，不再办公。当时和他们一起参加劳动的还有附近评剧院的著名演员新凤霞。她见溥仪干活笨手笨脚，干什么都出错的样子，就觉得好笑。有一天，杜聿明向新凤霞解释说："溥仪虽是岁数不小，但社会上的人情世故、生活劳动经验都太少了。"

家父也同情地说："一个人生下来，从刚刚会说话，就被当作了木偶傀儡，也够可怜的。我们常常替他做点事，就是同情他的处境，难友嘛……"

溥仪听了，便很生气地冲家父说："谁可怜谁呀！还不都是犯过罪的人？大家都是各有不幸的道路，不同遭遇。要知道那是犯罪，就不干了。我喜欢人家同情帮助我，可不喜欢人家可怜我，叫我难友，我是改造好的新人。再说谁可怜谁呀？都是又可怜，又可恨！"

家父也不跟他计较，反而有意岔开话题说："人生道路弯弯曲曲，谁也难预料自己。可你溥仪是被宣布特赦的第一人，这确实是最新生、最值得庆幸的事……"

溥仪听了这话马上又高兴起来，突然站起身来想说点什么，可他还没开口就先使劲拍裤子上沾的尘土。坐在他身后台阶上的人都喊了起来："唉！老溥，别拍了，我们脸都是灰了。""溥仪，你心中还有没有别人呵，快别掸了……"

溥仪才知道自己又做错了，连忙点头行礼说："看！又干坏事了。"说完，又坐下来，不紧不慢地说："那是 1959 年……"

杜聿明一听，就笑着说："又是那段，你都快成祥林嫂了。"

还是家父较理解他，便鼓励说："说吧，讲讲你那幸福的事。"他便一字不差地把当年的特赦令背戏词似的背了出来，把大家惹得哈哈大笑，他自己也笑得像个天真的孩子。

还有一次，他们收工后，一起乘公共汽车去新街口吃羊肉泡馍。大家挨排上车时，突然一个愣头青从车上蹿了下来，把家父、新凤霞、溥仪都推得摔倒在路边。家父第一个跳起身来，准备去扶新凤霞，可新凤霞已经自己起来了。他回头一看，溥仪竟坐在地上，两眼望着家父，伸着双手让家父去扶他。家父笑着扶起他说："你看你，人家女同志都自己起来了，你倒像小孩子一样伸着两手让人扶……"

溥仪也不说话，还是垂着双手，让家父帮他拍身上的尘土。新凤霞因摔倒时，把手袋里的一团毛线滚落在车上，被车带走了，心里很不高兴，便冲溥仪说："老溥有时还带封建旧习，看看他那依赖性，摔倒了就赶快爬起来嘛，还等人扶，你起慢了，车也走了，眼看我的一团毛线被汽车拉走了……"

溥仪赌气地说："一团毛线算什么？我赔你行了吧！别说这么难听的话，我现在是新人，别说了……"

新凤霞连忙向他道歉。他也点头哈腰地说自己"太不努力"。正在这时，旁边有人喊"集合"，他便条件反射似的，拔腿就跑。当他跑了几步，见家父等人都原地未动，才意识到自己搞错了，沮丧地走回来，一副六神无主的样子。家父连忙走过去说："来！我们拉着手吧！"溥仪这才笑着点点头，一直拉着家父的手，直到公共汽车又来了。

据家父说，每次出门，他都要拉住人的手，才觉得有点依靠，否则就会像个迷了路的孩子一样，六神无主。正因为家父了解，也理解他的处境和心态，并尽量地帮助他，因此他跟家父关系越来越好。

1966 年 9 月，溥仪突然生病，膀胱出现问题，他的新婚妻子李淑贤送他去医院诊治。但由于"文化大革命"期间，医院的造反派把过去的"帝王将相"及有历史问题的人统称为"牛鬼蛇神"等黑五类，根本不给认真医治，有时还会骂上几句，想住院更是难上加难。李淑贤出于无奈，只好自己设法买些药给他吃。当时，大家都不知道溥仪患的是膀胱癌，都以为是泌尿系感染。到了1967年1月，家父去看他时，发现他已经病得很重了，便不顾一切地跑去找负责文史工作的政协领导沈德纯，向他反映溥仪的病情，并强调其病已很严重，必须住院治疗。

沈德纯立即带家父去找统战部副部长平杰三。平杰三当时也自身难保，被红卫兵批斗，但他还是很着急地打电话找周恩来总理，结果电话老占线。平杰三还是一个劲地拨电话，拨了半个小时才拨通。周总理一听溥仪病重也很着急，立即命令平杰三召集几位名医设法抢救溥仪。

家父在旁听了这个消息，立即高兴地跑去告诉溥仪，让他放心。溥仪很感动，特别是当家父告诉他，平杰三和中央统战部的几位领导，以及原文史负责人申伯纯当天刚被红卫兵批斗并押在卡车上游行时，溥仪竟失声痛哭起来。家父顿时后悔，不该把这消息也告诉他，就立即告辞。可溥仪仍然拉住他，边哭边说："究竟为什么要这样干？好端端的一个国家弄成这个样子……"

家父怕他乱说话，惹来麻烦，连忙劝他好好养病，不要管这些事……

当时尽管周总理下了命令，但医院造反派仍然是阳奉阴违，溥仪虽然住进了医院，但医生并不认真给予治疗，而且溥仪的病情稍一稳定，就让他出院，等到再次病重了，才又让他住进去。就这样几出几进，病情越来越严重。

1967年9月，溥仪最后一次住进医院，家父和杜聿明等人多次去看望他，均被护士拦在外面，不许探视。最后一次，家父乘护士不备，溜进了病房，只见溥仪鼻子里插着氧气管，无神地睁着两眼。他一见家父走过去，便拉着家父的手，无言地流着眼泪。家父也难过得泪水夺眶而出，但他还是极力安慰他，劝他不要难过，说周总理很关心他，一定能把他的病治好……

孰料，家父还没说上几句话，就被医院的造反派揪着后脖领，推了出去。临出门时，家父回转身看见溥仪望着他，泪水直往下淌。就在家父见他不到半个月的时间，也就是10月17日凌晨，溥仪无声无息地离开了人世，时年刚刚60岁。

家父对溥仪的死非常难过，特别是最后见他一面的情景，更是令家父终生难忘。所以"文化大革命"后，国内形势一好转，家父就写了《皇帝特赦以后》一章在香港《大公报》上连载，后又收集在《人鬼之间》一书中，借此来表达他的哀思。

《人鬼之间》中写到的徐远举，也就是《红岩》小说中的徐鹏飞。小说中说"严醉"与"徐鹏飞"是一直明争暗斗、互不相容的两个公秘单位的特务头子。而现实中，家父与徐远举中华人民共和国成立前是一对关系密切的好友。

1933年，家父在上海特区任法租界情报组长时，就认识了徐远举。他与家父同龄，当时正在复兴社南京分社任干事，他非常羡慕家父的工作，很希望调到上海特区搞外勤，多次请家父向戴笠推荐他。家父当时接触的人，年龄都比他大，所以对这个同龄人很感兴趣，等戴笠一到上海，家父就向他提出，把徐远举调到上海之事。可是戴笠这个人很奇怪，他用人的标准是：除了要忠诚、能干之外，还要看对方的长相。他认为徐远举长着一双圆溜溜的鹞子眼，一个鹰钩鼻子，必定性格暴戾，得志后必目空一切，所以一直不太欣赏他，认为他不宜到上海工作。不过，由于家父常常提到他，戴笠便把他推荐给了国民党军事委员会参谋部，让他任九世班禅额尔德尼行辕的少校随从参谋，名为开展西藏的特务工作，实际上是护送九世班禅入藏。家父得知后，认为没帮他调到上海，很对不起朋友，而徐远举反而认为这个工作是很有前途的特殊任务，非常感激家父。他随班禅前往西藏之后，总是给家父写信，告之沿途情况。

1937 年，九世班禅病逝后，他被调到四川西昌行辕调查课任代理课长，后又调到成都任经济检查大队大队长。1942 年，家父任军统局总务处处长之时，他特意赶到重庆给他祝贺，并表示想调到局本部工作。家父答应有机会时，一定帮他的忙。

1943 年底，局本部负责行动的第三处副处长职位空缺，家父便乘机向人事处和戴笠提出让徐远举担任。尽管戴笠并不太乐意，但人事处处长说一时找不着合适人选，不如先让徐远举试试，戴笠才勉强答应了。从此，徐远举对家父更是感激至极，两人关系也更密切了。

正如戴笠所说，徐远举的脾气非常暴躁，他上任不到半年，就与第三处处长程一鸣闹翻了。徐远举不得不请求调职。此时，戴笠已得知徐远举在西昌和成都时，与四川地区的旧军政人员关系处得不错，便调他任川康地区代理区长。徐远举即利用以往的关系，大肆展开活动，取得了一些成绩。戴笠和毛人凤这才开始赏识他。

1946 年，戴笠坠机死亡，毛人凤便保举他为川康绥靖公署第二处少将处长，1948 年他因破获重庆地下党《挺进报》案，前后拘捕了包括江竹筠、许云峰在内的中共地下党人 130 多名。毛人凤对他大为赞赏，发给他一枚四等云麾勋章；后又特意成立"西南特区"，任他为区长……

1949 年，徐远举奉命在重庆进行大屠杀后，匆匆逃到昆明，让家父帮他弄一张飞往台湾的机票。可是就在他到达昆明的当天晚上，卢汉借开会之名，将家父等人软禁了；第二天上午家父等人便在卢汉的枪口下，被迫签写了起义通电，表示拥护卢汉。当时家父知道徐远举及其他从重庆逃到昆明的军统人员都不可能逃离昆明了，也就希望他们能跟自己一同起义，便供出了他们的住处。徐远举及同时逃到昆明的几个军统局的处级人员统统被捕，入狱。

入狱后的头几年，徐远举对家父恨之入骨，认为他卖友求荣，但随着思想的转变，他们都尽弃前嫌，又与家父成了好友。

1960年底，家父被特赦时，徐远举认为新生有望，高兴地抱着家父直蹦高，对新生充满了信心。可是，家父出来不久，《红岩》小说出版，轰动全国。人们对书中的"徐鹏飞""严醉"等迫害革命先烈的人恨之入骨。可能是鉴于民愤太大，第三、四、五批特赦人员中都没有徐远举，紧接着"文化大革命"开始，特赦工作中断了。

"四人帮"横行时，徐远举等在押的军统、中统战犯，常常被勒令或逼迫写些诬陷老干部的材料。徐远举宁肯被红卫兵打、斗，也不肯听从他们的安排，不肯乱写陷害人的材料。那段日子，他的脾气变得更加暴躁了。特别是其他一级战犯如黄维等人都转往抚顺战犯所，只留下十几个军统、中统战犯，在秦城监狱给他们提供材料后，他更是气愤异常，失望至极，经常忍不住跟同学吵架。1973年冬，他在狱中缝纫组劳动时，因心不在焉，缝制的10多件衣裤都不合格。当检验人员让他返工时，他就暴躁地跟人大吵起来，然后又冲进卫生间，当头给自己泼了一桶冷水。当晚，他便高烧昏迷，连夜送进医院抢救，终因脑血管破裂而去世。

徐远举去世时，家父也是刚刚才被释放，根本没听到消息。1975年政府决定释放所有县团级以上的国民党军政人员的消息传来时，家父还兴奋地想着能很快见到他了。可是等到所有人被释放时，家父才从文强等人口中听到了徐远举去世的消息，非常难过，也为他没能再忍耐两年就猝然而去，感到惋惜。

《人鬼之间》一书中还写到张国焘、周佛海等二人。他俩都不是家父的朋友或同事。家父写他们完全是因为此二人的经历和可耻而又可悲的结局，曾经给他留下的印象太深了，以致使他几十年都难以忘怀……

总之,《人鬼之间》所写的几个人,都曾在家父的生活中或心灵上产生过巨大的反响的人,而且从这些人身上都能折射出他们当时所处的社会和历史。我认为,这本书像家父其他的著作一样,都是历史研究不可多得的宝贵资料。

一部未完成的著作——《冤家路宽》

早在 1984 年,家父就想撰写一本名为《冤家路宽》的书。他说:"冤家路窄,自古皆然,但是我在解放后亲身体会到的却恰恰相反。我过去的冤家数以百计,其中有杀父之仇的,有杀兄弟姊妹之仇的,绝大多数则是本身受过我直接或间接不同程度迫害的。这些人解放后大多数都是党内外有地位、有名望的人。刚特赦时,我确实惶恐不安,担心他们会报复我,整治我。但在党的'化敌为友''爱国不分先后'的政策下,这些人不但都宽恕了我,没有进行报复,甚至连讽刺的话都没听到过。有的还跟我成了朋友。我若不写出来,实在对不起这么多宽恕我的人……"

他刚有这个想法时,长春电影制片厂的导演华克就找上门来,想请家父随摄制组去重庆、昆明、南京、上海等地拍一个《将军旧地重游》的纪实片。他想在纪念抗战 40 周年之际,让家父与曾有夙愿的知名人士重新见面,回顾往事,并将他们摄入镜头,作为永久的资料,保存下来。这将对帮助后人了解我国革命的艰难曲折历程,是很有意义的。

家父当时已年逾古稀,且有心脏病,但他听后,毫不考虑拍片的跋涉、艰辛,竟立即表示说:"我的时间不多了,而我欠的债还很多。许多过去受过我迫害的革命者及爱国人士,对我宽宏大量,友好相待,真是令我不足报答万一。放心吧!只要有利祖国统一大业的事,我一定尽力做。"

征得家父同意后,华克便于 1985 年 5 月中旬,带领摄制组的几个同志,由长春来到北京，准备陪家父旧地重游。出发之前，听说家父曾监视并准备逮捕的全国政协副主席王昆仑病重住院了。华克希望家父能与王老拍几个相交的镜头。家父因中华人民共和国成立后一直没与王老接触过，很担心他在病中，是否愿意接见自己。于是华克先去医院征求王老的意见。王老虽病重，不能下地行走，但还是很爽快地答应见我父亲。家父很感动，第二天上午便随摄制组去医院探望王老。王老特意让人把他从病床上扶起来，坐在轮椅上跟家父畅谈。两人谈到当年王老和反蒋人士在无锡太湖开会，我父亲奉命去监视拘捕他和与会人士的前后情况。王老说："你们要来抓我们的事，已有人通知了我们。所以很快就撤离了，让你们扑了个空。"说完哈哈大笑起来。家父也愧疚地笑了……摄制组立即把他俩谈笑的场面拍摄下来……

离开北京后的第一站是到重庆。当时，家父最热切盼望见到的人，就是他准备要在《冤家路宽》一书中，第一个要写到的原贵州省政协副秘书长韩子栋。

韩子栋1932年就在北平中国大学读书时参加了革命工作，第二年加入中国共产党，从事党的地下工作。后来，他在北平被捕，辗转关押到了重庆渣滓洞、白公馆等监狱。在渣滓洞监狱时，他奉狱中地下党组织之命，装疯扮傻以迷惑敌人。监狱看守本来就搞不清楚他的真实身份，又见他疯疯傻傻，就把他从牢里放出来当杂役。有一次，身为军统局总务处长的家父前往渣滓洞视察，正赶上韩子栋在扫院子。当家父身着少将军服，在监狱长及看守前呼后拥下走过时，他迅速地扫了家父一眼，不料这迅速、灵活的眼神正好让无意中回头的家父看见。家父从监狱长口中听说他是个疯子后，立即命令说："马上再把他关押起来。他绝不是疯子，疯子不可能有那么灵活锐利的目光。"于是看守们又把他投进了牢房，严加看守。

韩子栋被关后，仍然装疯扮傻，后来，白公馆监狱需要杂役，特务们又把他放出来，送到白公馆，帮着看守买菜、送饭、打水、扫地。1947年，有一次韩子栋随看守去磁器口挑菜，他便乘看守在茶馆去饮茶、打牌之际，扔下菜担逃走了。

当时，家父正在附近中美合作所指挥卡车装运物资。他一听到有人犯逃跑，立即让几辆卡车协助特务分头追捕，但追了一天也未抓到他。此事当时轰动军统局（即保密局），认为是特务组织的一大失职和耻辱……

1983年8月，家父在齐齐哈尔避暑时，从报纸上看到一篇报道韩子栋的文章，说他当年在渣滓洞装疯，后来逃走了。小说《红岩》中的"华子良"就是以韩子栋为原型的……家父一看，真是又惊又喜，真想立即写封信去向他道歉。但拿起笔来，又担心往事重提勾起韩老伤心，也怕韩老不肯原谅自己，只好作罢。孰料，家父回京不久，竟意外地收到了韩老的一封信。信中写道："沈醉同志，近闻您的大作《我这三十年》已出版……希望您能把该书的出版地方告诉我，以便购买，如能见允，不胜感谢……"

家父捧着信纸心潮难平，反复读了好几遍，并立即提笔给他写了长达三页的回信，向他表示敬意和歉意，并寄去一本《我这三十年》和自己的近照，表示若有机会，就去贵州省探望他，韩老也回信表示欢迎。

1984年，家父去福建参加东南地区文史工作会议时，福建省政协秘书长顾耐雨闻知他俩的事后，立即盛情邀请家父和韩老在秋高气爽的"九九"重阳节那天，在福州聚首。家父去信给韩老相约，两位老人都非常高兴，热切地盼望着这一天。遗憾的是，家父九月八日随吕正操率领的政协委员新疆视察团，乘军用专机由新疆返回北京途中，在飞机上就心脏病复发，一下飞机便住进了医院。家父立即请人打电报给韩老，说明情况，并深表歉意。韩老立即回信让他安心养病，不要念及此事……

一个多月后的一天，家父出院在家养病，突然听到叩门声，家父开门时，只见一位清瘦的老者满面春风地站在门外。他不等家父发问，就自报家门：

"我是韩子栋！"

家父惊喜万分，一把抱住韩老，激动得老泪纵横，然后拉着韩老的手，把他请进客厅，向他道歉。韩老爽朗地笑道："过去的事，就让它过去吧，我们共产党人不计个人恩怨。"并说，他这次因公来京，特意前来探望。两个老人促膝长谈了很久。

韩老在京期间，家父抱病前往他下榻的陶然亭宾馆回访了几次。每次都像老友重逢般地谈笑风生。有一次两人相约去著名歌唱家郭兰英家中做客，郭兰英热情接待之时，她的女儿好奇地搂着韩老的胳膊，歪着脖子久久地端详着他，忽闪的大眼睛仿佛在问："这真的是《红岩》小说中的华子良吗？"

家父见状，便风趣地说："我证明，这是真的'华子良'。"一句话说得全屋哈哈大笑起来。交谈中，韩老激动地对郭兰英等人说："我和沈老的会面，已把个人恩怨抛之在外。我们都是炎黄子孙，要一道为完成祖国统一大业贡献自己的力量……"

当时，郭兰英提议说："这次聚会很有意义，应该留下点纪念。"大家都很赞同。于是家父随即挥毫，写下了"度尽劫波兄弟在"，韩老奋笔疾书，写道"相逢一笑泯恩仇"……

通过那次接触，家父和韩老彼此有了更深的了解，不但尽释前嫌，而且成为朋友。所以家父很希望在重庆和韩老一起参观当年他们结怨的地方，留下今天握手言欢的场面。

摄制组到达重庆之时，韩老正随贵州省顾问参观团在广东等地参观，当他得知家父要与他在重庆见面后，立即放弃到东南其他几省参观的机会，飞往重庆。机场上，这两个过去的生死冤家热烈拥抱，之后又像久别重逢的老友一样相互搀扶着，一连两天随摄制组前往渣滓洞、白公馆、红岩村、烈士陵园等地参观，回顾往事，缅怀先烈。接着他们又飞往贵州省，祭奠在息烽监狱被国民党杀害的张露萍等七位曾打入军统内部的共产党员。家父还前往韩老家中做客，受到韩老一家热情而又亲切的接待……

后来，韩老的战友问他说："听说，你跟沈醉成了朋友？"

韩老不无兴奋地说："你说得对！我们不但是朋友，而且成了好朋友！"

1992年，韩老因病在贵州去世，家父一接到印有"韩子栋同志治丧办公室"字样的讣告时，禁不住失声痛哭，并含着泪打电话去贵州致哀，随后又怀着悲痛的心情，挥笔写了一篇哀悼韩老的文章，以表达他痛失好友的哀思。当然，这是后话了。

摄制组告别韩老，离开贵阳后便飞往昆明这个令家父终生难忘的地方。因为摄制组准备拍下家父与往日的宿敌、今日的云南省政协主席朱家璧、副主席龙泽汇、省委统战部部长杨一堂相聚的镜头。

朱家璧当年是云南中共地下武装的边区纵队游击司令。家父在云南时曾与国民党云南警备总司令何绍周共同对朱老进行过"劝降""收编""围攻"，均未达到目的，其后又三次派人对朱老进行暗杀，也都失败了。这样的生死冤家能坐在一起，也算是千古奇闻了。如今，他们不但坐在了一起，而且朱老非常热情地接待了他们，亲自陪他们到过去打游击的地方游览，还特意请了当地撒尼族青年为他们表演优美的民族歌舞。

参观途中，朱老还特意带领摄制组去看当年他与原国民党九十三军军长、云南起义的积极参与者龙泽汇接头的旧房屋，让摄制组把这一珍贵的具有历史意义的地方拍摄下来。

当时原云南省主席卢汉表面上应付蒋介石，暗中却支持地方上的共产党武装活动，以便伸手向蒋介石要武器装备，来武装自己的部队。卢汉与中共游击队的交往，大都是派龙泽汇或身边的参谋长、秘书长等亲信去联系。家父当时负有监视卢汉之责，对其亲信也是严加监视。他与龙泽汇常常见面，却是面和心不和，相互防范。此次家父到昆明时，龙泽汇老人正重病在身，住进了医院。家父赶到医院去看他，谈到龙老在云南起义中所起的重大作用时，龙老很谦虚地表示自己做得还很不够，并开诚布公地谈了许多自己当时的想法和与地下党交往的情况。两人第一次这样坦诚相见，说到两人共同的过去时，都会相对一笑。悠悠岁月，千头万绪，竟都包含在这一笑之中。

在昆明的几天中，朱老和省委统战部部长杨一堂分别盛宴招待家父。杨一堂在中华人民共和国成立前夕还是一个中学生，由于他积极参加学运，曾被逮捕、关押。家父曾去看过对他们这些闹学潮的学生进行审讯的情况。当时，家父见他不肯供出幕后指使人，抓不到领导学运的中共地下党人，就指使特务对他用电刑。杨部长回忆说，当时真想跳起来咬他一口，对他恨之入骨。但此时，他对家父分外亲切。酒宴上，他还邀请了曾被家父关押过的革命人士及家父认识的原国民党第八军、第二十六军参加了云南起义的将领，和当年奉卢汉之命、负责扣押家父等人的警卫营长徐正芳等作陪。这种完全消除了深仇宿怨，为了祖国统一大业，相聚一堂的感人场面，亦被摄制组一一拍摄下来。

结束昆明拍摄工作之后，家父等人又飞到上海、南京。这两个地方是家父作恶最多的地方。一踏上上海、南京的土地，家父立即想起了在这里被他监视、迫害过的周恩来、宋庆龄、刘芦隐、胡子昂及因 1935 年在南京主持暗杀过汪精卫的华克之等人。遗憾的是，许多人已经故去，而有的人又在外地，所以没能拍上相聚的镜头，只能在宋庆龄的陵前及南京雨花台革命烈士墓前，献花、忏悔。特别是在雨花台时，家父更是思绪万千，他万分惶愧地写下了一首诗："雨花台畔拜先烈，往事回思倍不安。生死冤家齐恕我，人间天上路皆宽。"以此来表达他的心情。

回到北京后，摄制组又联系上了全国政协副主席胡子昂、"文化大革命"前任北京市委统战部部长的廖沫沙及当年与廖一起在重庆办《新华日报》的石西民，给他们补拍了几个镜头。

　　胡子昂在抗战胜利后主持过重庆市参议会。当时戴笠坠机去世，南京、上海为其大开追悼会。上至蒋介石，下至地方各级政府及一些社会知名人士都纷纷送去了挽联、花圈。蒋管区的十几个大城市都先后效仿重庆大开追悼会。重庆开追悼会时，家父正好赶了过去。当时所有单位都送了挽联、花圈，唯独市参议会毫无表示。家父非常不满，先是派人游说，希望参议会有所表示，后见仍无动静，即通过参议会的另一个负责人，用参议会议长胡子昂的名义送去一副挽联。胡老得知后，大发雷霆，亲自赶到会场，一把扯下用他名义送的挽联。当时有几个小特务已拔出手枪要对付胡老，但家父及负责重庆治安的稽查处处长、刑警处处长都担心打死了市参议会长，自己也脱不了干系，这才极力制止。

　　胡老走后，家父愤愤地说："此仇不报非君子。"此后，特务们便不断地找胡老的麻烦。中华人民共和国成立前夕，胡老去了香港，特务们便有恃无恐地查封了他在四川的企业，并跑到他的老家巴县，把他年已80的老父亲连打带骂地扫地出门。当时家父虽已被调到了云南，但他听到这一消息时，仍然兴奋地说："总算出了这口鸟气。"并去信称赞那些小特务"干得好！"

　　特赦后，家父在政协见了胡老，愧疚得不知说什么好，反而是胡老安慰他说，过去的事让它过去算了，应该打起精神来，多为人民做工作。所以，这次拍摄家父与胡老相见的镜头时，胡老非常热情，并感慨地说："谁也不会想到会有今天。当年我是因为瞧不起戴笠，所以坚决不愿送挽联，但没考虑到有什么严重后果，只凭一时气愤……"

　　家父与廖沫沙、石西民的仇怨也是在重庆结下的。抗战期间，廖老、石老在重庆《新华日报》先后任主编，家父一直派人监视跟踪过他们，并随时准备，只要国共合作一破裂，就逮捕他们。这一点廖老等人心知肚明。特赦后，廖老是北京市委统战部部长，是家父等留京特赦人员的直接领导人。廖老不但没有计较当年的宿怨，而且对他们的生活、思想都极为关心，很快就消除了家父的顾虑。此次，家父与廖老、石老在北京陶然亭公园拍摄了一组镜头。廖老虽然在"文化大革命"历经了艰辛，但他还是非常愿意为党的统一大业贡献自己的余力。

摄制组离京后，家父撰写《冤家路宽》的决心更大了。除了上述一些人外，他又列出了十来个与他化敌为友的人名单，其中有老革命人士共产党员廖承志、曹亮、冯少白、华克之，著名的民主人士梁漱溟、余心清、程思远、曹禺、巨赞法师等。他让我抽时间帮他一个个写出来，先在杂志上发表，然后集纳成书。当时他粗略地陆陆续续地向我讲述了他与这些人中华人民共和国成立前后交往的情况。

廖承志在抗战期间，被国民党关在重庆好几年。当时，廖老承其母何香凝女士之长，善于绘画。家父刚刚晋升为军统局少将总务处长就碰上廖承志要宣纸画画。家父让人随便找了些纸给他。出于好奇，家父拿着纸去看他。他一见便说："纸太差了，不能画画。"

家父不满地骂道："你这家伙，给了纸就不错了，还挑肥拣瘦。"廖承志不屑地看了他一眼，转过身去，不再理他。家父自讨没趣，心里很窝火，但廖承志毕竟是著名的国民党元老廖仲恺之子，也不敢对他怎么样，但心里却很反感他。有一次，特务奉命将廖承志转押到另一个地方，家父也随车同往。家父见廖承志在下车时，行动慢腾腾的，就不满地推了他一把，并骂道："快点吧！养得这么肥，走都走不动了……"

特赦后，家父在政协机关见到了廖承志，惭愧地说："廖老，过去真是对不起您，又是打又是骂，我向您请罪……"

不等家父把话说完，廖老便抢着说："那没什么关系，你没有杀掉我，就算不错了。再说我们不讲个人恩怨，今天一起为人民服务，多做好事就行了……"有了他这番话，家父才放下心来。

家父与老革命家曹亮、冯少白、华克之的相识、相交，常常令我想起"造化弄人""人生何处不相逢"的词句。

曹亮早在 1927 年从燕京大学毕业后，就参加了革命工作，1934 年在上海由田汉、阳翰笙介绍加入了中国共产党，先后在周恩来、郭沫若等人的直接领导下从事地下党的工作。抗战前，家父在上海曾监视、跟踪过他好长时间，后来他突然失踪了。没想到"文化大革命"中，家父二度被押时，竟在北京秦城监狱的牢房中见到了他。"文化大革命"中家父"二进宫"之初是被关在单人牢房里，后来被关押的"要犯"越来越多，家父才被转移到四个人合住的牢房。初入牢房时，家父就觉得曹亮似曾相识，但想不起在哪里见过。在一起关的时间长了，彼此交谈了自己的经历，家父才想起来，他就是当年住在法租界中华职业教育社大楼上，被自己监视、跟踪，后来又失踪了的那个人。

当时，家父真是感慨万分。自己这个"反革命"竟与当年监视、跟踪的老革命关在了一个牢房。家父问到他失踪后的去向时，他告诉家父说，他当时奉命离开上海，去了延安。国共合作后，他去了武汉，在周恩来、郭沫若领导下从事统战工作和外事工作。周恩来、郭沫若在武汉会见美国作家斯特朗、英国作家阿特勒和当时燕京大学校长司徒雷登时，都是他负责引见并担任翻译的。武汉沦陷后，他去了香港，协助宋庆龄、斯诺在香港组建"中国工业合作国际委员会"。后来又遵周恩来之嘱，在李克农领导下，通过上层联络做分化瓦解伪军的工作……

中华人民共和国成立初期，为打破美蒋介石对新中国的经济封锁，他又奉命去香港开展经贸活动。1955 年，他因卷入了潘汉年冤案而被捕。夫妻俩一下被关押了十年，1965 年刚刚被释放不久，"文化大革命"开始，他们夫妇又被投进了监狱。最令家父佩服的是，曹亮夫妇受冤枉，被关押了这么多年，他竟毫无怨言。

家父敬佩的另一个"难友"叫冯少白。他是 1935 年由日本士官学校毕业归国的留学生。回国后，国民党的一些军事机关争着要他去任要职，他都婉然拒绝了，却毅然地投奔了延安。由于他多年研究《孙子兵法》，写了一部有关《孙子兵法》的书。毛泽东看后，非常欣赏，不久就把他派到新四军去当军部参谋兼师部参谋长，一直从事军事工作。中华人民共和国成立后，他转业到上海，负责并从事文艺工作。改编了许多剧本，已上演过的就有《琼花》、越剧《红楼梦》《桃花扇》《玉蜻蜓》等，用的笔名叫"洪隆"。

"文化大革命"开始后，"四人帮"得知他曾在新四军，与刘少奇在一起工作过很长时间，便逼他写揭发刘少奇和新四军领导人的材料。他如实地写了出来。结果，"四人帮"说他不但没有揭发问题，反而刻意去美化刘少奇和新四军领导人，把他抓起来，关进监狱，而且天天提审他，要他交代、揭发。他不肯昧着良心去诬陷刘少奇等人，常常被打被骂，受尽了折磨。

患难与共的四五年铁窗生涯中，家父与曹亮、冯少白结成了胜似弟兄的友情。1972 年，家父第一个被释放出狱，过了四五年他俩才先后获释。他们出狱后的第二天，曹亮、冯少白都到了我家，去看望我父亲。家父也像见了亲兄弟似的热情招待他们。他们在为自己的平反，多次来到北京时，家父都非常关心他们的进展。他们对家父毫不隐瞒，为了防止费了九牛二虎之力才从各方面找来的有关证明材料，被"四人帮"抄走，便都交给家父，保存一份在文史办公室的档案材料中。

"四人帮"垮台后，他俩都被平反，恢复工作，但他们同家父的交往依然如故。遗憾的是冯少白平反不久，就被癌症夺去了生命。而家父与曹亮的友情则一直延续到 1992 年，曹老夫妇先后去世为止。曹老生前，家父多次带我去探望他。曹老没有其他亲人和子女，所以家父总是嘱咐我，要我常常看望他们夫妇，把他们当自己的亲伯父一样，足见家父与曹老感情之深。

提到曹亮，我就很自然地想到了华克之。记得有一天，家父让我陪他去探望刚从外地回京、下榻在华侨饭店的曹老。一进门，曹老就兴奋地拉住家父的手说："来！来！认识认识！"并指指一位坐在沙发上、面目清瘦的老者说："这位就是你多年要追捕的华克之，也是我的老战友。"

家父惊喜地走过去，紧握华老的手说："华老，想起几十年前的事，我真是觉得对不起您。"

华老满面笑容地说："事情都过去了将近半个世纪，不必再提了。我们曾经干戈相见，但现在不是殊途同归，走到一起来了吗？"

原来，华克之老人曾是一个孙中山先生的忠实信徒。第一次国共合作期间，他曾任南京国民党党部委员兼青年部部长，蒋介石背叛革命之后，他脱离了国民党，加入了反蒋的阵营。1935 年，由于不满蒋介石对日的不抵抗政策，便以"晨光通讯社"为掩护，在是年 11 月 1 日国民党六中全会开幕式上派人扮成记者，混入南京中央党部大院，刺杀蒋介石。当时，蒋介石见院内闲杂人员太多，临时决定不参加中央党部委员的合影留念，前去行刺的记者孙凤鸣见蒋介石没露面，便向仅次于蒋介石的汪精卫开了三枪，他自己也被人当场击倒，因流血过多而身亡。

这件事当时轰动全国，蒋介石气急败坏地命戴笠三天之内破案。戴笠主持的军统局连夜封锁南京、上海等各交通要道，并多方侦查，最后获悉"晨光通讯社"的主持人是华克之，并查到他在上海的住址。家父曾带领特务赶到华克之在上海的住所，想逮捕他，结果在他家守了三天三夜，竟一无所获，只搜到他们夫妇的一张合影。家父将照片影印多份发到上海、南京各地，并悬赏 10 万元通缉他，但始终未能发现华克之的踪影。

那次见面时，家父很自然地问他当年是怎样逃脱的。华老笑道："那天我走进那条狭窄的弄堂时，看到二楼上、我的房间窗口有灯光闪了一下，我马上意识到出了事，立即从弄堂的另一头走了出去……"

家父这才想起那天的情景。当时家父带人前去搜捕时，逼着二房东打开了华克之的房门，因为天黑，二房东顺手就拉开了室内的电灯，家父怕华氏夫妇回来时见到灯光而逃走，立即就把灯关了。孰料那一瞬间的灯光却救了华老一命。

后来，华老又告诉家父说，当时上海的车站、码头都贴了通缉他的告示，他便剃了个光头，用酱油把白皙的脸和脖子抹得黑黑的扮成码头搬运工人，混上了货柜码头的一艘开往香港的货轮，逃到了香港。不久便前往延安，参加了共产党。抗战开始后，他又奉命潜回上海，从事秘密的地下党工作……

家父和华老两人越谈越兴奋。华老还留下电话、地址，邀家父有机会时到他家去做客。

家父打算写《冤家路宽》之时，曾带着我去华老位于北京安全部宿舍的家里去拜访过华老。华老夫妇像接待老朋友一样接待了我们父女。他很支持家父写这本《冤家路宽》，并高兴地告诉我们说，他也正在撰写回忆录。他说："我们这些上了年纪的人，一生经历的事确实不少，把许多重要的事情真实地写下来，无论从哪个方面来讲，留给后人都会有用的……"

只可惜，由于我的懒惰，由于家父的身体欠佳，《冤家路宽》这本书一直未能完成。我在此所叙述的，可能不及家父要想写的十分之一。这不能不说是一个很大的遗憾。

第七章　多姿多彩的晚年

　　一个人只有对世界了解得更广大，对人生看得更深刻，才会顾不得高谈阔论或愤世嫉俗地忧患人类命运，甚至也会心平气和地对待寂寞和痛苦，欢乐和幸福。

——路遥

我的父亲沈醉

人到老年，最难耐的恐怕就是孤独和寂寞。家父一生虽然家破人散，多灾多难，曲折坎坷，但他的晚年却是多姿多彩，一点也不孤独、寂寞。尽管在物质生活方面较为贫乏，几十年来一直住在一幢简陋的、总共只有50来平方米的斗室里，他的工资每月只有几百元人民币，但他的精神生活却非常丰富。特别是1981年在香港婉言谢绝了亲友们的挽留，毅然返回北京不久，他就被特邀为全国政协委员。这说明党和政府对他的信任和肯定。这也许正是他晚年最大的幸运。与此同时，由于他的回忆录《我这三十年》出版，人们渐渐地了解到了他的为人，开始愿意与他交往，进一步了解他。许多人原本是抱着一种好奇的、欣赏怪物一样的心情去探望他的。可是一经接触，人们很快就被他那豁达、开朗、热忱的性格，被他那曲折离奇的阅历和健谈，以及他那能超越一切伤害而积极向上的魅力所深深地吸引。在他生命的最后十几年中，他结交了许许多多各式各样的朋友。许多资深老人愿意跟他切磋诗文书法或忆旧谈往；许多中青年朋友则愿意把自己在工作上、生活上遇到的种种问题或困难向他倾诉，听取他的意见或寻求他的帮助；有的人则是爱听他讲过去的奇闻趣事或得到他的一幅墨宝；当然其中也有个别的人并不是真正地敬佩他，只是想利用他的名望、利用他的社会关系以达到自己求名求利的目的。有的人为了让家父帮她把户口办进北京，主动认作他的女儿，叫起"爸爸"来，叫得比我还亲；有的人为了让家父给他拉关系，做生意，什么好听的话都说尽。我常常不满地对父亲说："明明知道人家在利用您，您还这样全心全意地去帮人家。"家父往往总是微微一笑说："嗨！能被人利用也是好事嘛。只要我能帮上忙的，当然应该尽力去帮人家嘛。"也许正是家父这种豁达、超脱，所以他的朋友越来越多。家里几乎天天门庭若市，非常热闹，根本没有时间让他去感到孤独和寂寞。

当然，以上所说的大都是外在因素，更主要的原因是：他自己懂得如何安排自己的生活，如何使自己的晚年过得更多姿多彩，更有意义。他的客厅里一直挂着一幅他自己书写的条幅：有事身方健，无求品自高。这几乎是他的座右铭。他从不愿意麻烦别人，他从不向政府或机关伸手提出任何要求，甚至他对我们这些做子女的都不主动要求任何事情或勉强我们去做我们不愿意做的事情。他常说："一个人无欲、无求，即无辱。没有欲望，也就没有失望。只有这样才能经常地保持心情愉快，知足者常乐嘛。"与此同时，他总是把自己的生活安排得非常有规律。每天早上他5点钟就起床，第一件事就是喝一大杯凉白开水，然后洗冷水澡，做运动。这是他几十年的生活习惯了。早餐之后，他在床上稍稍休息一下，8点钟开始一天的工作，写稿或接待客人；午饭后，睡一个小时的午觉，起来后，如果没有预约来访的客人，他便外出散步一个多小时，回来后，便开始练书法。晚饭后，看看电视新闻，如果没有客人时，他准时8点钟上床睡觉。在这之前，他一定要写好当天的日记。除了平常有规律的日常生活之外，他亦经常外出参加如开会、参观、视察、旅游、钓鱼、书法等活动。特别是书法和钓鱼这两项活动，确实给他的晚年生活增添了不少的情趣和色彩。

书法广交天下友

家父除了幼年时期在祖母的指导下，练习过颜体外，一直没有怎么练习过毛笔字。直到1981年，《我这三十年》出版前，湖南人民文学出版社请他自写封面的书名，他才又拿起毛笔，开始练习书法，从此便一发不可收拾。他像着了迷似的，四处收集名人书法碑帖，潜心临摹，久而久之，他的书法越写越好，越写越精湛，而且自成一体。书法界的人士都认为，家父的书法笔锋遒劲，浑厚洒脱，有如"潺缓中蕴藏着激情，宁静中显露着洒脱"，既有行体"动合规仪、调试金石"之妙，又不乏草书"天马行空、无拘无束"之狂。他练书法就像他做人一样，从不敷衍马虎，一笔一画，他都是凝神贯气，然后才运笔驰骋。

由于《我这三十年》出版后，曾在国内外引起了很大的轰动。许多人读后，即把感想写成条幅赠送给他。在他的客厅里挂满了名人贤达的字画。如我国著名书法家赵朴初的字："此日长昏饮，非关养性灵。眼看人尽醉，何忍独为醒。"有梁漱溟老先生90岁时写给他的条幅："相交期有教，志高毋远求。"有著名画家范增用行草写的《读沈老书四首》："请缨报国北征时，一脉湘江屈子诗。沪读风帆迷瘴雾，回头已悔十年迟。丈魔尺道忆沉浮，大朗恢然沈老书。比列卢梭忏悔录，披肝照胆灌醍醐。征人秉赋癖吟哦，百丈红尘可奈何。已逝年华东去水，而今只羡鲁阳戈。老母柴门盼醉归，蜗居斗室远风雷。他生欲化深山鹊，省却金龙斗黑夔。"还有著名诗人艾青、臧克家等人赠送的诗、字及著名戏曲家张君秋画的"鸡荔图"和驰名于中国台湾、美国的华裔书画家寒山楼主——邹伟澄先生的巨幅"黄山图"，末代皇帝溥仪之胞弟溥杰先生的墨宝等。家父去世后，我大约清点了一下，名人贤达赠送的字画竟有百十来幅，大都是难得的传世佳作。其中最特别的是管桦的《醉竹图》和家父与溥杰两人用诗书开玩笑的一幅具有传统色彩的应和诗联条幅。

《醉竹图》是专就家父的名"沈醉"而画的，意境极美：朦胧的月光下，几枝秀竹摇曳，竹叶婆娑，逐竹影零乱横斜，确有几分醉意。竹旁边还题了一首词："紫藤花落窗前月，几枝翠竹摇曳，似觉不胜沉醉，竹影卧石阶，零乱横斜。"许多行家看了都说这幅画堪称：诗、书、画三绝，而那幅家父和溥老两人开玩笑的应和条幅，上半部是家父那豪放浑厚的行楷："诗文书画早成家，可惜年来记性差。张冠李戴寻常事，毋怪人呼马大哈。 戏赠溥杰二哥 沈醉甲子年秋。"下半部是溥杰老伯柔中带刚的宫廷式的瘦金体："如椽彩笔自成家，学习行文都不差。誉我冠军惭谬荐，忝居二位马大哈。甲子十月笑和沈醉学弟戏赠诗原韵 溥杰。"这条幅实属人间难得的珍品，我们全家都把它视为传家之宝。

由于家父的字写得越来越好，上门来求字的人也越来越多。家父把求字的人都视为知音，不分高低贵贱一视同仁。家父送给别人的字，有唐诗，有他自己写的诗，但更多的是藏名联。即把对方的名字藏在上下联中。例如，在祝贺李立三老人 90 寿辰时，家父写的贺联是："立功立言立德，三起三落三全。"写给京剧泰斗李万春的对联："桃李万千遍天下，无边春色满人间。"即把对方的名字写在了对联里，又符合对方的身份。真可称得上是神来之笔。

以诗文会友几乎成了家父晚年最大的乐趣。他每到一处都会留下他的墨迹。有的是别人求他写的，有的是他有感而发。主动写的。例如 1985 年，台湾"立法委员"马璧克服重重阻力绕道回到大陆时，家父即写下了"莫愁前路无知己，天下谁人不识君"的诗句送给他；在参观齐白石美术纪念馆时又挥毫写下了"人间英杰，艺海宗师，前无古人，后多来者"的诗句。不过，最令人难忘的就要数家父应邀写的、如今镌刻在河南郑州黄河碑林的那首诗和墨迹了："壮哉黄河水，奔腾永向前，哺育我中华，丰功千万年。"诗句气势磅礴，书法刚劲豪放，特别是落款的"醉"字，最后一笔，拉得特别长，那气势，那力度，犹如"飞流直下三千尺"之势，豪放洒脱，令人叹为观止。

家父这些年来所写的条幅多得我记也记不清了，以诗书交流所结交的朋友多得我数也数不过来。不过，我可以毫不夸张地说，全国各地，大江南北，无处没有家父的墨宝，也无处没有他的朋友。连中国香港、台湾、美国等地，他的朋友也不少，收藏家父墨宝的亲戚朋友也不乏其人。反而我手上只有两三幅，还是家父逝世的前一年，他仿佛有所预感似的，背着继母硬塞给我的。现在想起来真是后悔莫及也。

运动垂钓乐盈盈

　　家父自幼就喜爱运动，如打猎、钓鱼、骑马、划船、爬山、游泳、打网球、打太极拳、少林拳等无所不精。打猎、骑马、打网球在中华人民共和国成立后已经没那个条件了，但打太极拳、少林拳却一直坚持到他70多岁，在北戴河游泳时，不小心摔倒，一条腿的股骨骨折后，行动不便才停止。而钓鱼、游泳则一有机会，他就跃跃欲试。记得我在北京上学时，我才十六七岁，家父还不到50岁，身体特棒。一到星期天，他就带我骑车出去玩。有时我们去北海划船，有时骑车去十三陵、八大处，有时去颐和园爬万寿山或在昆明湖里边划船，边游泳。家父游泳的技术棒极了。他可以仰面朝天，双手抱膝地浮在水面上。我当时刚刚学游泳，常常抓着他翘在水面上的两只大脚板丫，绷直着双腿在水里瞎扑腾。现在想起来，那两三年是我们父女俩一起生活得最愉快的日子。我这个人好动，凡是"动"的运动我都能跟老爸玩在一起。但钓鱼我可没有那个耐性，而家父老年时（指70岁以后），最喜爱的活动却是钓鱼。

　　家父钓鱼的嗜好由来已久。据他自己说，他上小学时就迷上了钓鱼。那时，他用一根毛竹做鱼竿，挖几条小蚯蚓做鱼饵，经常独自一人跑到池塘边上或坐在浏阳河的渡船上去钓鱼，有时甚至逃学去钓鱼。因为怕家人知道，常常把渔竿寄存在学校旁边的小米粉店里，钓到了几条小鱼便请店里的人做给他吃，他觉得其乐无穷。抗战期间，他在临澧特训班当教官时，常在学校附近的小河边去钓鱼。他追求我生母时，就常常把钓来的鱼做好，偷偷地送给她吃。他在晋升为军统局少将总务处长之后，虽然工作忙得一塌糊涂，但他每个月都要忙里偷闲地乘小船到嘉陵江上去钓几次鱼。他说，当时最难忘的是陪张学良将军钓鱼了。那时，张学良将军被软禁在贵州桐梓，家父常常去那里给他送东西或了解他的生活情况。他每次去的时候，总要陪他去附近的一个小水库钓鱼。水库里的鱼很大，一般都有三四斤重，有的甚至有十几斤重。有一次，家父用手竿钓到了一条十几斤重的大鱼，又高兴，又紧张，大喊大叫地让看守张学良的特务帮忙。张将军见他那副紧张的样子，开心得哈哈大笑。事隔半个世纪，家父仍记得他那爽朗的笑声。家父晚年闲空的时间多了，钓鱼的兴趣更浓了。除了冬天，只要他在北京，差不多每星期都要去钓一两次鱼。每次要去钓鱼时，他头一天就忙开了，又是准备鱼饵，又是准备鱼钩，忙得不亦乐乎。第二天早上6点钟就出发，直到下午四五点钟才回来，依然神采奕奕。他说，钓鱼好比练气功，是一种动中有静、静中有动的有益身心健康的高雅活动，与练气功、书法、绘画、打太极拳有异曲同工之妙。

家父不仅爱钓鱼，而且对钓鱼的技巧颇有研究。他说，鱼饵有荤素之分。一般来讲，蚯蚓、蚂蚱是荤饵，淡水鱼大都爱吃；素饵大都是用白面、玉米粉、黄豆粉配制的，有的甚至要加上奶粉、好酒等制成香饵；不同地方的鱼，有不同的饮食习惯。要想钓到鱼，事先就要了解那地方鱼平时吃什么，才不至于空手而归。而且钓鱼也要讲究季节。他根据多年的经验，总结了两句话：春钓苇茬夏钓荫，秋钓草边冬钓深。不过，家父钓鱼并不在乎钓多少，而是喜爱钓鱼时的那种情趣，那种心静体松、凝神入定的意境。他把钓鱼与棋、琴、书、画并列，其乐趣尽在不言之中。

结束语

此书是我搞写作以来写得最吃力、心情最沉重的一本书了。记得一位外国作家写过这样一句话：拿破仑的马弁从来都不会觉得拿破仑伟大。我觉得这句话很有道理。朝夕相处，看到的大多数都是一个人必需的吃、喝、拉、撒、睡等平凡的日常生活，确实很难觉察到他的伟大之处。我对家父也是一样。在一起生活时间长了，家父在我的心目中只不过是一个好脾气的、溺爱儿孙，甚至惧怕老婆的老人。如果没有搞十几年文史工作，没有帮助家父整理过两本回忆录，没有阅读过家父的几十本日记，我恐怕连上面的十几万字的文字都写不出来。

在此书即将结束之际，我无意中翻阅了一下一位朋友多年来个人收集珍藏的一部各报纸杂志刊载的有关家父的文集。我觉得许多作家、记者撰写报道家父的文章，在某些方面比我写的生动、活泼得多。因此我从文集中挑选了一小部分文章附录在此书的后面，以弥补此书的不足，同时也让读者对家父有一个更全面、更深刻的了解。

在此，我特选了与家父相交相识半个多世纪的老友——年逾 90 高龄的文强先生发表在《团结报》上的《吊沈醉老友七律四首》作为本书的结束语！

吊沈醉老友七律四首

文　强

（一）

好友云亡泪滴胸，骑鲸羽化近春终！

一生大志申无恨，两岸知音失友鸿。

犹记英年君最少，敢云成就亦先锋。

人生道上无年序，留取丹心报国忠。

（二）

抗日英雄不后人，诛奸歼敌沪江滨。

日汪谈虎变颜色，壮士屠龙敢献身。

自有经纶能克敌，从无怯懦对瘟神。

盖棺论定昭青史，爱国英贤四字珍。

（三）

昆明起义见丹心，著述丰盈大可钦。

写史贵从真实出，为人端在坦诚深。

我知毁誉疑参半，谅在潮波失问津。

"文化大革命"以前真面目，"十年浩劫"指南针。

（四）

文史同仁卅载劳，提名荣奖独君高。

登台健步人称美，满目春风自亦豪。

不忍悲歌传耳际，何来噩耗乱心潮。

隆仪告别再挥泪，回首同僚想念铙！

1996 年 3 月 21 日

附　录

访沈醉

邓代蓉

我去北京出差，顺便把刚出版的《我这三十年》样书送给沈醉老先生。我先与同伴到全国政协找到沈美娟，由她把我们带去见她爸爸。

随着女儿的叫声，书房内走出一位老者。虽已见过照片，我仍然有点愕然：这就是沈醉？中等偏高的个子，极平常的方正脸上架着一副眼镜，笑容可掬。他那口湘潭话，一下把我们的距离缩短了。坐下来，我首先问道："沈老还一直说湖南话？""是的。"他兴致勃勃地告诉我，当年毛主席和政协的同志谈话，大家还请他当翻译呢！沈美娟插话说，她们全家包括在香港的妈妈、在美国的姐姐，碰在一起都讲湖南话。她因为在北京读书长大，湖南话讲不好，还被数落过。

我们的话题转到《我这三十年》，这是沈醉继《我所知道的戴笠》以后写的第二本书。他对这本书的装帧设计和出版速度都很满意。他告诉我们，对台广播曾播送了其中章节，引起了海外人士的关注。他过去的同事、部下和亲属反映强烈，有不少人在香港报上撰文评介或写信给他。在国内，自从《八小时以外》和《羊城晚报》选载以后，读者纷纷来信来电索书。我告诉他，我们这里也收到不少函电，大都盼望这本书尽快出版，以睹全貌。"是啊！"沈醉若有所思地说，"像我这样的人，前半生干了许多有害国家、人民的坏事，几十年来，在党的政策的感召下，在大量事实面前，我觉悟了，如今，现身说法来谈我对共产党、对社会主义祖国的认识，人们是会信服的。"

凡看过小说《红岩》的人，无不痛恨那阴险毒辣的特务头子"严醉"，沈醉就是他的"原型"。他 18 岁参加军统，在戴笠的栽培下，死心塌地为国民党反动政府效劳，直到 1949 年蒋介石逃台之前，受命留下来担任军统局云南站站长。云南解放前夕，他被迫参加起义，由于当时起义事实未及时弄清，他作为蒋介石集团战争罪犯被关押。这本书就是写他如何从最初的抵触改造，认为军统是一个"革命团体"，仇恨共产党；到以后变更思想，认识到军统是一个"残暴、罪恶的集团"，"军统的那些活动，都是为了维护蒋家王朝、四大家族和少数剥削阶级的利益，从没有替广大劳动人民干过一件好事"，而"共产党是真正为中国人民谋利益的党"；以及后来主动站到共产党和人民一边，成为一个著名的爱国主义者的思想变化过程。这是一部昔日的刽子手的忏悔书，是一部走上新生的爱国者的自述。书中无论是对军统特务、国民党反动政策罪行的揭露，还是对党的政策、对新中国的歌颂，写的都是真情实感，特别是对促使他由一个顽固的敌对分子转变为爱国者的原因的描写，十分真实可信。

　　沈醉在书中写到他的香港之行。那是一件曾经在海内外引起轩然大波的事。1980 年 12 月，沈醉得到批准，偕同在国内唯一的女儿去香港探亲，假期半年。很多人认为他不会回来了，出乎意料的是他不到一个月就和女儿提前回到了北京。不少人欣慰，许多人却感到惊讶、不解，甚至有人怀疑他"是否老糊涂了"。沈醉作了完全清醒的回答。现在他又跟我们谈了起来。显然，他头脑清晰，记忆力好。他说，在香港，生活是豪华的，只要他愿意住下，"自告奋勇"负担费用的大有人在；他的美国籍女儿还请他去美国。但是，沈醉认为："人对物质生活的享受是有限的，连古人都知道'大厦千间，夜眠八尺'，一个人一天能吃多少，穿多少，用多少呢？"作为一个炎黄子孙，眼看着国家不能统一，家庭不能团聚，他感到耻辱、痛心。他痛悔自己曾经参与分裂国家的行为，认识到台湾回归祖国是海峡两岸人民的心愿，决心在有生之年为民族的大团结大统一做一些力所能及的事情，无愧于祖先，无愧于后人。

他真切地说，国内生活条件虽不如香港，但也可以满足了。而且，由于这是在自己的国土上，做一个有益于国家有益于人民的人，受到人民的信任，这种愉快的精神享受是在任何地方、用多少金钱都无法买到的。提及人民的鼓励和关怀，沈醉无比激动。他把读者写的信、寄来的照片指给我们看。人们充分肯定了他的爱国热情；对于他目前所进行的工作，撰写自己的经历，揭露军统的内幕，给予了高度的评价。他写的书暴露了军统反动的真实面目，以不可辩驳的事实证实了共产党的伟大和社会主义制度的优越性，有着重要的教育意义。有的读者邀请沈醉上他们家做客，保证给他提供舒适的写作条件。沈醉感动地说："这些都是些素不相识的人啊！"

长得很像父亲的沈美娟接着说："我们之所以不愿意在香港待下去，不只是因为爱国，还因为那里精神生活太空虚，每天无所事事。为着应酬客人，妈妈一天要拉我上几次理发店，真不习惯。所以，我们回来，也是为了自己。"她说得那样实在，把我们都逗笑了。是啊，一个人如果没有对理想的追求，精神无所寄托，整天过着纸醉金迷的生活，又有什么意思！

我不想耽误沈醉先生太多的时间，便起身告辞。他那愉快开朗、无拘无束的谈话给我留下了深刻的印象。一个以残忍著称的大特务头子转变成热爱祖国、热爱人民的热忱的爱国人士，这只有在我们这样的国家才有可能。

（选自《长沙晚报》1983 年 8 月 22 日）

和沈醉先生相见

程野萍

全国政协委员沈醉先生，高龄 71 岁，湖南湘潭人。在"魔窟"里度过了前半生。1949 年中华人民共和国成立前于云南昆明起义。虽然是在"兵临城下""四面楚歌"的情景中起义，但从那之后时至今日漫漫 37 年，从不自觉到自觉地对自己进行深刻反省，到发自内心地对共产党对国家和人民的深情讴歌中，可以说沈醉的后半生足迹光明。

今年 2 月初的一天，我们按约走访了沈老。言谈之间当然三句话不离本行。《民族团结》杂志嘛，首先强调"民族"两字。我们就此问题请教沈老。

有关少数民族点滴

沈老十分感慨然后侃侃而谈：国民党政府对少数民族向来是压迫、掠夺、歧视。在这种思想支配下，竟使得一些中、高级将领不敢在众人面前承认自己的族别。如贵州省一位苗族师长，回家省亲受到苗族同胞盛情接待，他们以本民族表示欢乐迎接贵客的风俗边吹芦笙边跳舞来欢迎他的归来。没想到那位师长不但不领受，反而很难过地嘱其亲人："不要搞这些了，我在外边都没有承认自己是苗族，你们这样搞，不是让我在众人面前下不了台吗？"

还有一位军参谋长，本人和夫人都是彝族，但在外交场合从不承认自己是彝族。为了应付官场，还特地娶了个汉族夫人。

白崇禧倒是不怕别人说他是回族。抗战时期在重庆，每逢出席宴会常有人当他的面烤小猪，使他很恼火，于是就专门开个清真"百龄"餐馆赌气。

国民党还采取以少数民族治少数民族，曾在 1948 年蓄意制造"瑞丽事件"，挑拨两个土司互相对立率部打架，致使双方伤亡极大。所以国民党的政策包括对少数民族的政策，很不得人心，在民族之间种下的隔阂、仇视的恶果，通过共产党长时间艰苦细腻的工作才被铲除。

"与此形成鲜明对照的是，"沈老恳切认真地补充说，"去年我到新疆参观视察，作为军区政委兼自治区第一书记的王恩茂同志，对维吾尔族很尊重，维语讲得很好。他说'我虽是汉族，但在维吾尔族地区工作不会讲维语怎么行呢？'他还教大家学一些常用维语，恩茂同志真叫人敬佩！想起当初国民党的统治者在新疆对少数民族只知剥削、压迫，更不会学他们的语言，尊重他们的习俗了。"

我们问："你自己和少数民族有往来吗？"沈老幽默含笑地说："过去由于工作关系，我们也需要和少数民族交'朋友'，和他们一起打猎，来联络感情培养特工人员。这方面的事情一下子记不太清，等有时间找出日记整理后再为你们撰稿吧！"沈老"许诺"之后，愉快地指着书房兼会客室墙上的一幅上下相连的长条幅说："溥杰就是满族，你看完了我俩互相的戏赠，就会知道我们相交的深浅。"

的确，这是一幅有趣的书法对话，把两个老友、好友工作劳累之余的轻松、打趣、戏谑场面活灵活现地跃然纸上，谁看了都会受到感染。

沈老写的是：诗文书画早成家，可惜年来记性差。张冠李戴寻常事，毋怪人呼马大哈。戏赠溥杰二哥　沈醉甲子年秋。

两位历史人物的情谊

沈老拿出他珍藏的两张照片，带着一种似自豪、似欣慰又似难舍的复杂感情说："这是去年 10 月中旬韩子栋同志和我在郭兰英家里照的，一直舍不得往外拿。"这是一次有着重大历史意义的会见，照片是珍贵、忠实的见证。难怪沈老如此看重。我望着照片上的两位老人，霎时想起往日和着泪水看完的《红岩》，心如潮涌，思绪万千。此刻很愿意知道两位老人从旧日苦难历史中的仇敌，在新的历史时期如何培植了友情，共同翻开崭新的一页。

沈老也很激动，他说："这得从《我这三十年》说起。"

自从《我这三十年》发行出版后很快销售一空。当年的"华子良"，如今是贵州省顾问委员的韩子栋同志，为了能买到此书主动写信向沈老询问："……何处出版，以便购买。"沈老接信感情激荡喜出望外，早就有心向韩老"负荆请罪"，因事务繁忙又怕韩老不能见谅，耿耿怀中唯此心重啊。现在手捧"鸿书"终于盼来畅述心曲了却夙愿的良机。不消说，沈老的书、信，连同那颗年轻了的火热的心很快寄给了韩老。1984 年，沈老出差福建被省政协顾耐雨秘书长得知，立即热诚为两老牵"红线"，相约当年"九九"重阳重逢福建。电视台也做好了抓拍这一难得的历史镜头的准备工作。遗憾的是沈老冠心病复发未能赴约。可喜的是"老天"不负有心人。10 月中旬韩老到京治病，专程拜访了沈老。两位同一历史时期的不同历史人物在 40 年后紧紧地久久地握手拥抱；一位不计前嫌亲自登门，表现了共产党人的气度和胸怀！一位愧慰交集热泪顺腮流。四天以后，沈老病情刚有好转便热切地回拜了韩老，并一同到民歌手郭兰英家做客。郭兰英兴奋地说："想不到能亲眼看到二老举杯言欢，应该有所表示以为纪念。"于是沈老欣然挥毫："度尽劫波兄弟在。"韩老慷慨提笔："相逢一笑泯恩仇。"

"说真的"，当年的"华子良"意犹未尽地说，"在北京特赦那年（指1960年）如见到你（指沈老）会恨不得咬你一口。但从你后来的所作所为，尤其是从香港探亲回来看到在你的身上体现了党的政策威力和教育成果，多年来你没有辜负党的关怀和信任，为了祖国的统一和建设，我们有了共同语言、共同目标，也就没有了个人恩怨。何况都是炎黄子孙！"韩老坦率真挚的言语再次拨动沈老的心弦，回府后立即用颤抖有力的手，饱含敬佩地写下"松柏气节，山水胸怀"以抒发久埋心中的深情。八个大字韩老当之无愧！所有铮铮硬骨的共产党人当之无愧！聊可告慰"许云峰""江姐""车耀先"等革命先烈在天英灵。

在沈醉为韩老举行的宴会上，当年的"老政治犯"小萝卜头的哥哥宋振云也为两老的会见发出赞叹："过去血海深仇，今日化敌为友。"

曾为祖国争得世界冠军荣誉的郑凤荣对沈老说："看到你们友好往来，我特别高兴。"这些言短意长的话语，难道不正说明了中国人的气度吗！

不离题的插曲

前边提到沈老的《我这三十年》，虽已印发100多万册仍然满足不了人们所需。那么《军统内幕》《战犯管理所见闻》和即将出版的《魔窟生涯》等单行本也定会成为80年代的畅销书。究其原因如果仅仅把它看作是"好奇心"所驱，那是不全面的。"华子良"也绝不是为了"好奇"才寻问购书处的。恐怕最主要的因素乃是作者本身的曲折经历，对事件和人物忠实于历史的写作态度，以及主题、立场、观点、鲜明的爱恨，全都凝聚在作品的人物里。令读者和作者一起时而欢笑、时而愤怒、时而泪下、时而报以善意的嘲讽，把人们带到旧中国的历史深处看到黑暗统治的内幕，从而更加珍惜和热爱来之不易的社会主义祖国。因此沈老的著作能在国内外引起强烈反响。其中《我这三十年》已被改编为电影《生死沉浮》，沈夫人应邀已前往香港参加拍摄。

可也有人从另一角度来理解，沈老有的国外亲戚就以为沈老凭所得书酬已然是百万富翁了，来信张口便要借2万—3万元给国内亲戚买拖拉机用。他们哪里知道沈老送人的书都是自己掏腰包买的，而且书费加邮费往往超过了稿费呢！

顺便说一句，我也是从《我这三十年》感受到很大教益才和沈老有了通信往来。除了上边提到过的很多感人的地方，特别沈老在"文化大革命"的文字狱中经住了暴风雨的摧打，即是因为不"交代"不"揭发"肉体受到很大伤害，至今下肢落下残疾，但沈老却问心无愧。倘若50年代第一次入狱是完成了对主观世界的改造，那70年代第二次入狱却是提高了认识客观世界辨别真假共产党人的能力。这些更加说明了沈老的思想境界和为人。

和沈老第一次相见是1984年7月1日。那时我还没有转入记者的行列。因此对一些有益有趣的谈话也就没有想到应该记录整理发表。但沈老待人热诚、谈吐爽快给我留下了深刻的印象。那次会见正好遇到从四川出差来京的二弟，年轻人好动、好奇，我就带着他一起到沈老家。不料事隔半年后弟媳又来京，她带着委屈的情绪提到此事说："你弟娃在厂里头跟同事们讲他见到了沈醉，都说他'龟儿子冲壳子（吹牛）'。"我听了此话感触颇深！这不正说明了沈老名气大，见沈老不容易吗！

是的，见沈老确实不容易，我们看到他办公桌上一大堆信件待处理，还不断有电话打搅或通知开会，还要忙工作、学习、视察，还要接待宾客、写书、写稿、对台广播等，此外还要关心家事。沈老说他在生前一定要把后事安排好，让夫人、子女幸福、和睦。唉！沈老太忙，太操心，但愿人们也包括我不要轻易去打搅沈老!

　　沈老啊,您安排后事还太早,我还想下次和你相见在祖国的台湾岛!

(原载《民族团结》1985 年第 4 期)

沈醉南行之前

——《军统少将旧地重游》掠影

华 克

"折戟沉沙铁未销，自将磨洗认前朝。"[7] 当沈醉著书《我所认识的戴笠》《军统内幕》《我这三十年》广为流传后，许多人逐渐熟悉了他的名字。今年 5 月，这位原国民党军统局少将处长，现全国政协委员，有幸开始了他旧地重游的旅程。我带领了一个摄制小组，陪同沈醉委员南行，先后走访了他阔别已久的重庆、贵阳、昆明、上海、无锡和南京等当年军统活动的要埠，拍摄了他在各地凭吊革命先烈及同许多旧日冤家重逢的镜头，汇集了不少他抚今追昔、感愧交集的掠影。

今年，当春节刚过，我便为拟将沈醉未出版之作《冤家路宽》搬上电视屏幕而赴京采访他。行前我曾得知《冤家路宽》所包含的众多故事，都是表现中华人民共和国成立前作为军统头目的沈醉，怎样对共产党员、爱国人士及我党领导同志进行迫害，而这些同志在中华人民共和国成立后又如何以国家利益为重，捐弃前嫌，宽宏而真诚地同他交往。我还得知，同沈醉有过宿怨的革命人士有不少已故；而在世的知名者，大都年事已高。我想，在今天努力促成国共第三次合作之际，如果沈醉有机会到旧地重游，同这些革命老人重新见面，回顾往事，并将他们的重逢摄入镜头，留作资料，这对于广大青年了解我国革命的艰巨历程，对于后人翻查中国历史的事变，

7　见杜牧诗《赤壁》。

岂不是很有意义的吗？

　　然而，当我和几位同志带着这一题目初次访问沈醉时，一进门，他的夫人就指着医生嘱言提醒道："老头患心脏病，会客不能超过 15 分钟。"这使我们顿时一震！我们不仅感到和他倾谈困难，也为他能否外出甚抱悬念。而沈醉看到我们远道来访，并且了解到我们是作为历史见证人而改编其作，深深受了感动。他坦率地说："我已 72 岁，时间是不多了。但过去受我迫害、和我成为生死冤家的很多，我欠下的债也很多。那些深受磨难的革命家们对我宽宏大量，使我不能补报万一。所以我想，在我的晚年，只要是有利于祖国统一大业的事，我一定尽力去做。"接着，他拿出 60 年代初周总理接见他们特赦人员的一张照片说："当年总理要我把军统的种种内幕如实地揭露出来，让后人知道革命的艰难和反革命的残暴。后来我写了几本书，但远远没有完成总理的嘱托。现在《魔窟生涯》我才写了一半，《冤家路宽》只是开始。你们来了很好，是对我的督促。"他讲得这样坦诚，我便直言不讳地向他转达了长影同志的提议："今年是抗日战争胜利 40 周年，此时此刻如果沈老有可能抽出时间，到重庆、昆明、上海、南京等旧地重游，我们则可以借机拍一些纪实性的镜头，录一些回顾历史的谈话。"沈醉闻声一怔："唔，还需要我上银幕？我可不会演戏呀！"我们都笑了，并说："不是请你拍故事片，而是想采用以今日沈醉回顾昨日沈醉的形式，用胶片记录一些本人的真实活动，为将来的电影或电视创作提供资料。"他沉思片刻说："是这样……5 月后我倒能抽出时间，但我可不希望出现什么'沈醉热'啊！——再考虑考虑吧！"

　　3 月下旬，在全国政协六届三次会议开幕之际，我来到北京友谊宾馆，再次采访了沈醉。见面时，他正在云南省政协主席朱家璧下榻的房间。介绍过后，他指着朱老对我说："云南解放前夕，我曾三次派人去暗杀他，都没把他杀掉，现在我们却成了好朋友……"朱家璧笑道："那时候，他有杀人权啊！可是这些事已成为历史了。"同他们告别后，我悄声询问陪同而来的沈醉的小女儿沈美娟："你爸南行定下没有？"她说："我爸也担心以后不会再有时间了，倒是很想去。可他要走的地方，看人那样多，万一心脏病发作，领导能放心吗？"

啊，我明白了：没有安全措施他不能成行。但这好办，关键是他只要想去。待到4月下旬，我又一次去看沈老的时候，他已开完会回家，正忙着接待从美国回来的大女儿。这时，他一方面向我透露海外不少人向往回国探亲观光的消息；另一方面兴奋地告诉我，在政协开会期间，习仲勋同志接见了他，希望他尽快把《冤家路宽》先写出来，这意义很大。他深感祖国面临的三大任务刻不容缓，必须为台湾回归祖国作出应有的贡献。因而他冰释了各种顾虑，决计到南方一走。又半个月后，当我通知他南行事宜已妥善安排，并将邀请韩子栋同志（小说《红岩》中华子良的原型）与他同行，首站赴重庆访中美合作所的时候，他欣喜地回答我："好啊，这的确是很有意义的，我们可以上路了。"

（原载《电影世界》1985年第9期）

我所看到的沈醉日记

黄　河

沈醉先生的日记，曾风传一时，说法甚多，不少热心读者在打听沈先生日记的下落，有的还多方奔走想看到日记。笔者就此以浓厚的兴趣去重庆看了沈醉所写的日记。

沈醉先生是著名的职业特务，职业军人。1931 年，他 18 岁的时候，就进入军统局当特务，在军统局先后任过行动组长、科长、教官、大队长、处长、站长。由于他干特务工作出色，蒋介石、戴笠授予他少将的军衔。

1949 年中华人民共和国成立前夕，蒋介石、毛人凤为了据守西南，把住云南这块有反攻战略作用的边塞要地，特地派他任国防部驻云南专员兼军统局云南省站站长。1949 年 12 月中旬云南解放前夕，沈醉率部参加了卢汉先生的起义，后被送到陆军模范监狱监禁。1950 年 3 月云南省全面解放后，被云南省军管会公安部关押。同年底从云南转送到重庆西南军政委员会公安部监狱关押。1956 年以后，又先后转送到北京监狱、战犯管理所监禁。1960 年被特赦释放。现任全国政协委员、全国政协文史委员会专员。

我所看到的沈醉日记，是重庆市公安机关档案部门保存着的仅有的一部分。当然不是像风传的那么多，那么神奇。日记本是黑色软皮封面横格凸版纸，用毛笔、钢笔书写的，既没有用什么符号来代替，也没有用外文来记写，全是用中文写的。字体端正、清楚，共有六本 903 页，有 35 万多字。据沈醉先生讲，他写的日记有十几二十本，可能有的已遗失，有的也许还没有清理出来。现在保存的这部分日记是云南解放初期，沈醉先生被当时军管会公安机关关押的时候，作为他本人的罪证之一被收缴的。1950年12月，沈醉从云南被押解到重庆西南军政委员会公安部监狱关押时，这部分日记也就随同交由西南公安部保存。1953年西南公安部撤销，这部分日记便交由重庆市公安机关，作为公安业务档案资料保存了下来。

沈醉先生这六本日记，记述的是他从1937年9月18日起，到1943年6月20日将近六年的时间，在军统局江西上饶集中营、贵州息烽监狱任教官，在重庆中央特别市任军统局总务处长、侦缉大队长、稽查处长期间，他本人的思想、生活和从事特务活动的一些情况。

沈醉在中华人民共和国成立前的十多年特务活动生涯中，养成了写日记的习惯。不管在任何情况下，他都坚持天天记写，有的时候缺记了，他总得要想法把它补记上。1937年9月18日，他在第一本日记的扉页上用毛笔这样工整地写道："迷离往事无从记，每向心房频索取；过眼烟云，待我从今朝都写起。"隔了三天，9月22日，他又在日记中提醒自己："把每天的事情很老老实实地记下来。"三年以后，1940年9月25日，他又在日记中这么写道："余将以最大之恒心而完成此每日一段之杂记，并求能数十年如一日，故中间决不愿有一日之间断也。"这足以看出他坚持写日记恒心的可贵和他对生活的严肃态度。在重庆有一次他因忙于紧急公务，当天没有写上日记，后来他在补记中这样写道："缺写了一日是余一大憾事也。"

沈醉在军统局是个精明、能干的人，也是个合格的特务。他对上级尊崇，对下级要求严格，自己以身作则。他为了在特务事业上飞黄腾达，勤奋不息，不甘落后，他在1941年的除夕之夜这样记写道："在奔波劳碌的岁月中，与披星戴月的时光里，只有把我锻炼得更强健，更精明，明天，我要从梦一般的环境里翻上一个身，把全副精神振作起来去赶上未来的光明前程！"他对蒋介石、毛人凤，特别是对他的戴老板，是效忠不已的。有一次，戴笠交给他的一项任务完成得不太好，戴笠大发脾气，狠狠骂了他一通。然而，沈醉却心悦诚服，丝毫没有流露出任何的怨言，他在当天的日记中是这样记述这件事的："今天老板给我上了盘大菜（即大骂了他），事情都怪我的部下不争气，怪我平时没有把他们训练好。"

从日记中看出，沈醉在为人处世和思想修养方面，对自己的要求是比较严格的，并不是放荡不羁的人。比如经常邀请他赴宴的甚多，有时疲于应付，他对自己有约束。1940 年 5 月 17 日，他这样写道："贪嘴之祸宜慎之。"10 天以后，27 日他又在日记中写道："各方对余处置胡事（处理亲近他的一个部下的事情）毁少誉多，故凡处理事能公平正直，则世间自有公论，因之以后做事凡为公而不为私者，皆可放胆去做也。"11 月 11 日，他又在日记中反省自己时写道："虽已能做到不论人非，但没有做到静坐常思己之过。"1941 年 1 月 10 日，他在"痛改前非"四个字的标题下检讨自己，他写道："忏悔与痛改的几件事：一待人欠诚实；二帮人欠彻底；三爱指责他人之短处而扬己之长；四盲从附和，结果于人于己两无益。"在这篇日记的结尾他又特地用红色毛笔写上"自己是自己最大的敌人"十个字来用以律己。尽管他是这样来要求自己，但他的思想却又处在极度矛盾之中，1942 年 9 月 24 日，他这样记写着："谁人背后无人说，哪个人前不说人。今天，我便处在这个被人说与说人的两层环境之中……"

有的读者在读了沈醉先生写的《我这三十年》一书后，谈到沈醉在家里是个耙耳朵，他最怕老婆。其实，我觉得这是对他的误解，与其说他最怕老婆，倒不如说他最爱他的妻子。从沈醉的日记中可以看出，他妻子有时爱对他发点脾气是事实，但他总是笑脸相劝，他说要以和散气，以缓对急，有时还把他生气的妻子逗笑了。日记中他有这样的记叙："做丈夫的在妻子面前，不管有礼无礼总得礼让三分呵。"1941 年的春天，沈醉奉命从江西上饶调到贵州息烽，他妻子回到湖南老家生孩子，夫妻分别达半年多之久。在此期间，沈醉思念他妻子的深情厚谊，在他的日记中有充分的记叙。一天，沈醉在极度思恋中收到妻子寄来的一张全身照片。他仔细端详之后，工工整整地把照片贴在日记本的扉页上端，并在下面写上："鹏：我天天夜夜在思恋着你。"这样，他每天写日记时，都能翻着看一看，想一想。这足以看出沈醉对他妻子的爱是深厚的。同时，也是忠实的。在他当时处在宏达地位的时候，在各种交往应酬场合中，难免不接触各种各样的人，当然也包括一些女人，但是，他没有对那些花天酒地和挑情逗色的场面动心，他却在日记中这么提醒自己："除了爱鹏之外，不能有丝毫别的胡思乱想。"用以告诫自己。1941 年秋天，他妻子在老家生完孩子后，从湖南来到重庆。夫妇两人有半年多没有在一起生活，妻子对他有点不太放心，对他进行了一番"调查"。沈醉感到蒙受了不白之冤，特地在日记中记叙了此事。他写道："爱鹏对我生了疑心，我受到很大的委屈"，云云。

当然，沈醉在他的日记中，也记叙了他所干的一些见不得人的勾当，包括逮捕、监禁和杀戮一些革命志士的罪行。正如沈醉先生自己所说的，他所写的这些日记"是一部对国对民的罪恶史"。可以预料，这部分日记，经过沈醉整理出版后将会起到反面教材和历史档案的作用。

（原载《文明》1985 年第 4 期）

历史在这里沉思

——"昨日军统"沈醉访问记

安 琪

采访沈醉是一件令人兴奋、激动而又忐忑不安的事：这是一个令人惊吓而又引起历史沉思的名字。这个名字的后面，记录着民族的荣辱和时代的悲剧。在我们这些50年代出生的同龄人的记忆中，这个名字还意味着森严，意味着残酷，意味着恐怖。

蛇口的初冬，依然有春的明丽，秋的色彩。11 月 22 日下午，我轻轻叩开了海上世界那间廖承志曾经住过的 234 号的房门。临时在这里下榻的沈老午休后正在与女儿美娟说话。灿烂的阳光透过窗幔洒满房间，使沈老轮廓分明的面部表情显得十分柔和。见到我，他从床边站起来，以一个老人的热情和微笑表示了对我的欢迎。他的双肩宽阔，穿一件深色西装，打着领带，走过来的时候，身材显得高大、挺拔。镜片后面的目光，慈祥地注视着我。当我的手感觉到沈老曾抢过双枪的手的握力的瞬间，不安便消失了，记忆化为碎片渐渐远去，思维在数秒的对视中完成了一个历史性的转折：这是人，一个普普通通的有血有肉的人。那么，就从"人"谈起吧，就从人的基本感情谈起吧。

"你是唯一破例被接受采访的记者。"沈老这句操着湖南口音的话，使我敏感地意识到在我之前的许多同行都被他拒绝了。我感到非常幸运。

美娟提醒我说："只能谈一会儿，我爸爸有心脏病，不能过于激动。"

我留意到了床头柜上那一堆各种各样的药。

"我们只谈十分钟。"我向临出门的美娟保证。对此，我已经很满足了。

我们各自在靠近门边的单人沙发上落座。沈老拿出可口可乐招待我，出乎意料地主动告诉我，他刚刚与美娟的母亲——居住在香港的雪雪（在沈老的心底里，永远是那个相亲相爱的雪雪）通过电话。"她比我小6岁，11月26日是她的70岁寿辰，我向她祝寿。"

"她老人家身体可好？"我尽量使语气不带感情色彩。

"很好，很好。我们现在以兄妹相称，经常通电话。我们一直很好。"话音中，思念之情不绝如缕。"当年离别后，她等了我几年，后来，台湾方面宣布我死了，她信以为真。"说到这里，他摘下眼镜，又戴上。我看到他的眼镜上有层雾状的东西闪了一下，左眼皮似乎有点发青。他很激动。

思绪悠悠，往事不堪回首。

摄像机将时间推移到了1960年。

镜头闪回：（电视剧中的艺术形象名为陈醉）

"陈醉"的一双脚在泥泞中疾走。

"陈醉"头淋得透湿。

雨夜中一幢似乎倾斜的建筑物。

"陈醉"独自走在空荡荡的大街上。

（内心独白）雪，你在哪里？你没听见我的呼唤吗？十几年来，我没有停止过对你的呼唤，如果你还活在这个世上，你就回答我，我一定要找到你！我不能没有你，雪，我的亲人！

正在拍摄中的电视连续剧《昨日军统》中的这一幕，是他一生中最"酸楚的烙印"。自从1949年10月，蒋介石逃台时，沈醉受命留守云南，将一家老小全部送往香港后，这种滴血般的呼唤，便伴随着他的后半生。其间，老母离世，爱妻改嫁，大女儿病亡，接踵而来的不幸，同时降临在他身上，每每念及，就禁不住情感波动，"长有思亲泪万千"。

这是一种怎样的情殇啊！我的心被深深地震撼了。

是的，沈醉曾经直接或间接地制造了江竹筠、许云峰等许多革命烈士的家庭悲剧，可是沈醉以及许许多多革命烈士的对立面也有自己的悲欢离合。在信仰与情感之间，历史的脚步总是毫不犹豫地以后者为代价。

但是，当历史也成为历史的时候，情感则在炼狱之火中永远地煎熬。

可是，我要采访的，并不仅仅是这些。在我的眼前，总是不停地交错重叠着沈老一生的各个断面：从少年得志的"少将"到"阶下囚"；从军统到作家；从中华人民共和国的普通公民到全国政协委员，他的心理经受了怎样的磨砺和转折啊！

沈老沉默了好大一会儿。他再一次摘下眼镜，又戴上，感慨万端地点点头，又摇摇头。他苦笑着说："我当初血气方刚，倾向革命，没想到却投入了反革命。"——他停顿了一下，镜片后的目光显得深邃、遥远。我想起来了，那只发青的左眼，正是他当年追捕地下党时，从屋顶摔下来被竹竿头刮伤后留下的痕迹。

"工作是工作，政治是政治。"他用不容置疑的口吻接着说，"过去我为国民党尽忠，现在我也要为祖国人民尽义。"

显然，他不愿也不大可能在几分钟内阐明这一切。他用这句富有特色的语言，寓意他的人生哲学：一个人可以不做官，但一定要做人。

"韩子栋你知道吗？就是《红岩》里的华子良。"他的语气轻松起来，"我给你讲一段故事，美娟在是不让我讲这么多的。"

我看看表，我们的交谈早就超过了预定的时间。沈老的话头似乎才刚刚打开。

那是40年代中。重庆、白公馆。岗哨森严。"华子良"正在打扫院子。身穿军装、佩戴着将官级的梅花领徽和金星肩章的沈醉驾车轻轻地停在"华子良"身后，"华子良"没有觉察。沈醉下车"砰"的一声关上车门，"华子良"似不经意地瞟了他一眼。沈醉心头一惊，"此人好厉害"，便问手下人："这是什么人？""是个神经病。""他绝不是神经病。"沈醉断然下令将"华子良"监禁起来。"华子良"又在狱中苦苦"疯"了三年才逃了出来。30多年后，在贵州省顾委工作的韩子栋专程赶到北京看望病中的沈醉，一见面，两人相抱痛哭。提起这段往事，韩子栋认真地对沈醉说：当时恨不能"跳出来咬死你"。这两个仇人之间怎么发生了戏剧性的变化呢？说来话长——

　　"文化大革命"期间，许多革命干部都受到了迫害。再次入狱的沈醉，因其"军统生涯"，便成为一个历史的活证，各地凡涉及与军统特务有关的问题，便都来找他提供材料。这些人，正如沈醉所回忆的那样："有的是真想把别人的情况弄清楚，以便正确地作出处理；有的却是想通过我来帮他们去打击、诬陷一些过去与军统完全无关的人；也有的是明明知道某人过去与军统有关系，却想通过我的证明给予否定；还有的是企图把别人的问题扩大到足以惩死或判刑的程度……"韩子栋在这场运动一开始，便被诬陷成"被沈醉放出来的叛徒"关了起来。对这样一个"仇人"，沈醉在为他写外调材料时，凭良心说话，用事实推翻了加在韩子栋身上的不实之词，证明他确是逃出来的，才使他免遭于难。令这位革命老前辈感动的是，当年打入军统内部的七名革命者，1944年惨遭国民党杀害，中华人民共和国成立后，这七名烈士却仍被错误地当作军统特务。沈醉不仅在他的回忆录中多次为这七名烈士正名，而且在"文化大革命"中不约而同地与受到株连的韩子栋一起为这七名烈士喊冤。直到1981年，沈醉当选为全国政协委员后，第一件事就是请求党为这七名烈士平反。叶帅闻知此事，出示了证明，这七名烈士的英魂才得以告慰。从1967年到1972年的5年间，他在狱中写过的外调材料达1500多份，在关乎党的许多重要领导人及其亲属

我的父亲**沈醉**

"人头落地"的关键时刻，沈醉不卑不亢，始终坚持说真话，尊重历史事实，从不考虑个人得失，真正做到了问心无愧。由此，也经常被那些"来头大"的人提审，身心受到了很大的摧残。韩子栋感慨地说："'文化大革命'中我最佩服的就是沈醉。我们很多人，包括一些共产党员在内，不能坚持实事求是的原则，而沈醉顶着那么大的压力，仍能坚持实事求是，实在难得。"

1983年，沈醉的《我这三十年》出版了，当年欲"断其喉"的韩子栋主动给他写信要此书，沈醉附信请罪，韩子栋说："你不用请罪，革命不分先后。"后来他们随长春电影制片厂一起到白公馆拍摄纪录片，旧地重游，两人不禁思绪万千，老泪纵横，在场者无不为之动容。目睹这一场景的一位老干部不解地问韩子栋："你为什么跟沈醉做朋友？他过去是军统特务。"韩子栋严肃地纠正说："我们不仅是朋友，而且是好朋友。"去年，北京少年儿童活动中心为"小萝卜头"铜像揭幕，韩子栋执意邀请沈醉一同参加了这一庄严仪式。

历史的断面在这里奇迹般地弥合了，它为沈醉的人生哲学提供了一个很好的注脚。此刻，沈老曲折离奇的人生经历，时代的动荡变幻遗留给一个家庭的裂痛，以及关于人性的全部含义，都涌上了我的心头。

历史，在这里沉思。

时间在不知不觉中已经过去了一个多小时。沈老的谈兴正浓。"从去年11月到现在，我已经接待了80多批从港台来大陆探亲的朋友，一共100多人，其中还有将军级的高级官员，他们一见我，都是两个字——真的。"他调整了一下坐在沙发上的姿势，用右手竖起食指和中指："几乎每一个人都这样说。我就回答他们：是真的，不是假的。"他们说："没想到你身体这么硬朗，比实际年龄要小10岁。"有的还说："大陆上许多旧员都因压抑而萎缩了，在你身上却没有这些。"说到这里，沈老畅然大笑：这是我听到的沈老的第一次笑声，朗朗的，很豪放。

我很理解他的笑声。1981 年 1 月，他与美娟赴香港探望离散 30 多年的亲友，相会不到一个月就执意要回北京，使许多亲友感到困惑、惋惜。一位"老朋友"特意从台湾赶来"游说"，沈老听他大侃一阵"苦海无边""虎口余生""迷途知返""回头是岸"，云云，点头称是，真心实意地表示接受。对方见未费气力就说动了沈醉，大喜，遂设宴庆贺。席间，他问沈醉："包船还是包机？"沈醉答："不要船也不要机，火车就行。"对方愕然。沈醉不动声色地说："岸在北京，不在台湾。"对方没有想到受沈醉如此戏弄，愤极，以手杖击席而散。第二天沈醉便离港赴京了。他给亲友的留言是：苦海无边，不敢再跳，回头有岸，岸在北京。

讲到这里，沈老再一次放声大笑。稍顿，他告诉我，在他与港台亲友之间经常有这样一些对话：

"你为什么给共产党做事？"

"我未给共产党做过任何事。"

"为什么？"

"因为我不是共产党员，不交纳党费，不能参加党的活动，所以也无法给共产党做事。"

"那么你在为谁做事？"

"为伟大的祖国，可爱的人民。"

"你为什么相信共产党，跟共产党走？"

"因为我是中国人，爱自己的祖国。谁能把祖国治理好，我就跟谁走。国民党过去许多未能做到的事，共产党做到了。共产党有力量治理好国家，我当然要跟共产党走。"

沈老从距沙发两米远的棕色皮箱里拿出几张复印件来，对我说："你看，这是我向党呈交的提案。"他用手扶了一下眼镜。我轻轻读道："建议可否将惯用的'党纪国法'改为'国法党纪'，更能体现党带头遵守宪法精神。"落款：沈醉。时间是 1986 年 2 月 28 日。

"当时有很多人劝我别提，怕我遭受打击，我这个人一生做该做的事或说该说的话，从不考虑个人得失。"他又让我看了看另一张盖有中央办公厅字样的公章的复印件，那张文件是说，他的这一提案被采纳通过了。他真诚地说："党是看重我们这些爱国人士的。"

不仅如此，他在政协会上常常讲："共产党裁军 100 万，非常了不起，其他任何政府都做不到。现在，不正之风为什么不好治理呢？一句话，就是顾了少数人的情面，丢了大多数人的心。"铮铮直言，掷地有声！

他在居室里挂的条幅是：有事身方健，无求品自高。

至此，我们或许会在这里找到关于他的一些答案——为什么他拒不接受台湾当局以补发工资为由将要给他的几百万美元？为什么他不随女儿去美国追求更高的物质享受？为什么异乎寻常的经历没有使他萎缩？为什么他能写出数以百万字的自传、回忆录？或者，再往前引申一下……

采访结束了。沈老突然说："我送你一张照片做个纪念吧。"他从一本集子里拿出一张照片：上面，他左手拿着又长又粗的渔竿，右手拎着一条足有一斤重的活鱼，兴高采烈地站在海边。他一边疾步走到桌前在照片背面写留言，一边自言自语："一个人和一个人相遇是有缘分的。没有缘分的人，就是从身边走过去，也常常会失之交臂。我这一生就充满了奇遇巧合。"

我的视线不知不觉地落在桌上那束他为雪雪祝寿的鲜花上，颇有同感地点了点头。

告别沈老时，他再次有力地握住我的手，说："一定向你家里人问好，向你父母请安。"他紧接着又叮咛，"你这可是独家新闻，见报后给我寄一份，地址：全国政协。"

　　我频频点头，只觉得眼前这个在废墟上站立起来的人正带着历史的沉思走向未来。

　　　　　　　　　　　（原载《蛇口通讯报》1988 年 12 月 5 日）

时间顺流而下，生活逆水行舟

——读《沈醉日记》访沈醉其人

车丹军

1937 年 9 月 18 日，上海罗店抗战前线，一位 23 岁的青年就着隆隆炮火，在日记本上匆匆写下了"迷离往事无从记／每向心房频索取／过眼烟云／待我今朝都写起"的诗句。半个世纪后，斗转星移，当年写下的日记已变成铅字，在大陆、台港广为流传。

这位青年就是大名鼎鼎的前国民党少将处长，现全国政协特邀委员——沈醉。

这部日记就是新近出版的——《沈醉日记》。

50 年沧桑饱经，少壮挺拔一转眼已是白发苍苍。这是个颇有些戏剧性的人物，他的故事耐人寻味……经过颠沛流离的战乱、11 年改造生涯、"文化大革命"浩劫，沈醉已无身外之物了，有的只是顽强的记忆。十几年来，他牢记周公教诲，力行对民益事，凭着这记忆和离奇动魄的经历，写下了一部又一部回忆录，亲见亲闻亲历震撼了多少读者的心，同时他也把自己一览无余地剖析给读者。

打开《沈醉日记》，恍如昨日之事重现……

曾也是热血青年的他，面对日寇侵略一腔爱国之情溢于言表："长沙时遭空袭，九江已沦陷，湖南已有变作战场之可能，为了自己的家乡——大中国领土的一角——亦当起而奋斗。"（1938 年 7 月 28 日）

"自战事开始月余来，除身体较前消瘦外，在精神方面则较任何时期为振发。过去每日在烈日下工作全日几达十余小时，衣衫之汗透亦日必在三四次以上。但前方食物较困难，念及在战斗中之士兵又觉惭愧不已。"（1937年9月18日）

"近战况不甚佳，老板有以本班参加保卫武汉之意，能重上前方心坎欢乐不已。"（1938年6月10日）

曾为军统特务头子戴笠忠实信徒的他参与过残酷迫害共产党人与进步人士的诸多行动："两天来在进行着一件棘手的政治案。军令部的消息会全部跑到曾家岩五十号周恩来的公馆中，而且是一位中校参谋亲自送去的，这未免使人有些难于置信……"（1942年7月29日）

"昨晚，去审讯一政治犯……仍旧是过去残酷的方法，吊了一阵，毫无所得。"（1942年7月31日）

魔窟中十数载，耳闻目染的他记下了军统内部野蛮的训练方法，贪污受贿、官官相护的丑闻："三队学员严燮病残。彼生前屡言欲为余之最得力学生，今不幸竟以病而致死。"（1937年8月3日）（严系上行动技术课时被教官致伤不治而死）

"老板（戴笠）今天训示达四小时……稽查处的张俊彦因肚痛不报告而离开会场，被叫出受立正处分。"（1942年4月5日）

"昨晚临睡前，发觉处长被王团长请去望龙门，我猜到一定是为了别人告他做生意。虽然平日不愿走公馆，但在这种特殊情况下，不得不冒雨去安慰陶太太一下……"（1942年4月19日）（望龙门设有看守所。重庆稽查处长陶一珊既做买卖又抽大烟被戴笠下令扣押，并派医官进行检验，陶妻拿出40两黄金托沈醉行贿让医官出假证，最后戴笠未找到证据，免陶职，关了几天便放了）

……

我的父亲沈醉

读过《沈醉日记》，笔者极想见见日记的主人。尽管他年事已高，尽管他挂历上每天的日程已写得满满的，他还是非常热情地接受了我的采访。且不顾医嘱"会客不超过15分钟"，一谈便是一个多小时。

沈老当年记日记不过是"勤笔勉思"，并不曾想到会有公之于世的一天，这些日记是他于1937年秋至1943年夏断断续续写就的，也是现保存下来中华人民共和国成立前写的唯一的日记，1949年收集到后一直存放在公安部门的档案室里，这么多年了，如果不是享受到档案的殊荣，恐怕早已不知去向了。

沈醉讲，日记记载的许多故人、往事有些已记不得了，是公安部档案馆的同志帮助整理、核实，在注释上下了一番功夫，把从记忆里已消失的人和事找了回来。确切地说，是从档案里找回来的，据了解，潘嘉钊等四人查阅了上千卷的预审档案、接收的敌伪档案、敌情资料等，为日记作了四万字的注释，为的是帮助读者准确全面地了解原作，并按年代、内容拟写了章回式小标题，使人读来不感枯燥繁杂。

沈醉的家人故友在港台非常之多，仅台湾就有亲属40余，学生4000余，且许多仍在世，故其影响较大，现《沈醉日记》已同时在大陆"群众出版社"、台湾"繁荣集团"、香港"传记文学"等出版单位出版发行。我去时，沈老正在他那简朴的书房兼卧室里极认真地往一大摞《沈醉日记》上签名盖印。"这本书出版后，我买了150本，准备送给亲朋好友。都冲我要书，不好推辞的。《我这三十年》这本书，光送人就送了1000多本，现人家出书要赚钱，我老伴讲，我们得贴钱。"沈老幽默风趣地说。

他指着墙上挂着的1961年与周总理等领导人的合影很动感情："我这部日记出版也是实现了总理当年对我的期望，总理曾讲过，你在军统那么多年，跟戴笠那么久，能把这些见不得人的东西揭露出来，如实地写出，对后人起了反面教员的作用，就是做了对人民有益的事。日记整理好送给我看，我没有删加一个字，所以讲，是很真实的。"

　　几次接触，总感到沈醉身上有一股很浓的军人气质，为人豪爽、直白，我受友人之托，请他题几个字，虽他左腿受过伤，现走路、直立久了都感不便，但只隔一日，一幅透着墨香的题词便寄了来。沈醉从小在母亲（南社女诗人罗群）的影响下习字赋诗，他的字别具风格，尤以沈醉的醉字最后一竖一贯到底，气势不凡，真是字如其性。采访稿初成，请沈老过目，他放下手上的工作当即拿过稿子，惊奇的是79岁的老人竟不戴花镜，且一目十行，很快就阅毕，真谓耳清目明，思路敏捷。临走，沈老和我开了一句玩笑："你写我这个'特务'，不怕将来再有个什么运动挨整吗？"我说："我是实事求是地写，没有怕的。"其实我内心很感动他的为人着想。

　　一个人一生中多少会留下些痕迹，对于普通人，这些痕迹很快便会泯灭在大自然的轮回里，但对于名人，对于像沈醉这个在中国历史上少有的奇特人物，他的日记，尤其是他早年的日记，对研究其人、研究有关历史无疑是一部很有价值的素材。

（原载《名人与档案》）

此度见花枝　白头誓不归

——京华春末访沈醉

刘　峰

还是那么爽朗，还是那么健谈，握起手来还是那么有力，使你难以相信，站在面前的是位 79 岁高龄的老人。在北京"两会"结束不久，我再次造访沈醉。

"沈老伯，你身体还是那么硬朗。"

"是呀。海外的一些老朋友见我时总问，你在共产党领导下受压抑，怎么精神还这么好？我总是回答他们，我 79 岁了，背不驼、腰不弯，像受压抑的样吗？"

每天准 9 时入寝，早 5 点起床，散步、洗冷水浴，不抽烟、不喝酒（用沈老的话说："我的名字已经醉了，哪还容得滴酒！"），除了垂钓无其他嗜好。这就是沈醉。

牢记周公教诲　力行对民益事

话题从沈醉与江泽民总书记的一张照片引起。在 1991 年元旦茶话会上，江泽民对沈醉说："你写的书我看过，写得很好。最近还在写什么书吗？"沈醉说了他目前的写作情况，江总书记表示希望看到他最新出版的书。在春节团拜会上，沈醉再次见到江泽民，江总书记说："你寄给我的书，我已看过了，谢谢你。你有什么困难吗？"后一句话江泽民连问两次。记者抓住这一场景，按下了快门，显然，中共中央总书记与原国民党军统特务谈笑风生的画面，本身就很有价值。

"我这后半辈子没有别的宏愿，就是要写十本书。目前已出版六本。我本是一介武夫，不是文人。但我牢记当年周公对我说过的话：要做一些对人民有益的事情……"沈醉又拿出当年与周恩来总理的合影，陷入深情的回忆：

"1960年我被特赦。在特赦后第一个春节的第七天，周恩来总理、陈毅副总理、罗瑞卿副总理在中南海西花厅接见了我们。周总理和我谈起当年在上海、重庆、南京等地与军统周旋的情况时哈哈大笑。谈到今后的时候，周总理严肃地说：'共产党员只有阶级仇恨和民族仇恨，从来不计较个人仇恨。希望你今后一定要做一些对人民有益的事情。'我对总理前一段话是深有体会的，但对总理后一段话有点茫然，我对人民是有罪的，不做坏事就不错了，还能做出对人民有益的事情吗？总理听了我的问话后说：'你在军统那么多年，跟戴笠身边那么久，能把这些见不得人的东西揭露出来，如实地写出，对后人起了反面教员的作用，就是做了对人民有益的工作……'"

"从那以后，我牢记周公之训，笔耕不辍，把这当成为人民、为人类做好事的最基本表现。"

沈老写的《我这三十年》《戴笠其人》《军统内幕》《魔窟生涯》《战犯改造所见闻》《沈醉日记》不仅在大陆和海外引起巨大轰动，有些书还在台湾出版。沈醉的这些书确实做到了真实不怕露丑。连素有"天下第一傲"之称的台湾作家李敖都叹服曰："闻义能徙，知善能改，历劫知变，洗心革面，沈醉醒矣！"

回忆"少帅"往事　祈盼早日统一

谈兴正浓，李大维打来电话。因笔者与大维亦是朋友，话题又转到张学良身上。

李大维的父亲曾担任过军统训练班的武术教练，是沈醉的老部属。张学良去台后，大维的父亲曾负责对他的"监管"。从"西安事变"后张将军失去自由，已有大半个世纪。前不久，张将军公开露面出游美国，引起世人关注。

"从1943年到1946年，我先后见过张将军十几面。'少帅'确实是个很讲义气、很有人情味和爱国的人哪……"谈起往事，沈醉感慨万分，"那时他被软禁在贵州桐梓县一家兵工厂后面。附近有个水塘，我喜欢钓鱼，张将军也喜欢垂钓，每次我们见面都一起钓上半天。有一次我钓了一条十几斤重的大鱼，还是张将军帮忙拉上来的！"

"沈老伯，有一则张学良给蒋介石送表，蒋介石还赠张学良渔竿的逸闻，是否确有其事？"我趁机问道。

"这事你真问对地方了。"沈醉爽朗地笑了，"张将军确实送给过蒋先生一块表。那是他在欧洲买的一块欧米茄名表，四周镶着钻石。听说这个表厂为庆祝厂庆只生产了100块，专赠卖世界名人做纪念的。张将军送蒋先生的这块表停在10点钟，意即他已被关了十年了。蒋先生对'西安事变'始终耿耿于怀，所以接到这块表后马上拉开抽屉放进去关上。意思是继续关下去……至于钓竿，据我所知蒋介石没有送过，倒是我曾叫人在美国买过一套高级钓竿送给过他。"

"张将军后来信奉基督教，淡泊明志，他的人品是极高的。我写的一些书在台湾出版，张将军对书中写的我们之间的交往等事给予认可，带过话来表示：是那么回事。"

"少帅"老矣！我们谈到日本电视台采访张学良的事，沈醉十分感慨。"那时张将军风华正茂，仪表堂堂，现在我们都是白发老人了……"我心底也觉潮涌：一个人因政治原因、因爱国而被强行剥夺为民族、为社会服务的权利，这太不人道了。

"不过张将军的风采仍不减当年。从电视画面看，他头脑清晰，仁爱之心与祈望和平之愿更显浓重真诚。我真希望他能来大陆看看，如他回来，我一定去机场欢迎他，并希望再与他共享垂钓之乐……"

我们又谈到了祖国统一的事情。沈醉说："从个人家庭到民族国家，都应该早日实现和平统一。我母亲在台湾活到98岁去世，临终前还嘱家人打开大门，说'老三要回来的'。"

……

与"华子良"化敌为友　为"七烈士"鸣冤雪耻

沈醉和"华子良"的友谊一直传为佳话。当年"华子良"的原型——贵州省委顾问韩子栋同志看了《我这三十年》后，与《红岩》里"严醉"的原型——沈醉化敌为友，于1984年10月在民歌手郭兰英家中共同写下了："历尽劫波兄弟在"（沈书），"相逢一笑泯恩仇"（韩书）。

沈醉说："我和韩子栋是很要好的朋友，一直来往密切。'文化大革命'中，有些人硬要把韩子栋打成叛徒、特务，让我作证他的逃跑是我写条子放的。那时我还不认识他，我当然不能再做伤天害理的事情……"

我知道，沈醉先生在"文化大革命"中"二进宫"，因为不"揭发""交代"一些真正革命者，身心受到很大摧残。

"共产党的政策使我重新成为一个'人'，要做一个真正的人就要堂堂正正。'文化大革命'中，林彪、'四人帮'那套倒行逆施不仅破坏了共产党的优良传统，而且是极不人道的。韩子栋这人是个坚贞的共产党员，而且极重情感……"沈醉由此讲到了近些年轰动一时的张露萍、张蔚林七烈士的情况。

张蔚林等人打入军统无线电总台被戴笠当成奇耻大辱和最大的一次失败，戴笠遭到蒋介石的痛骂，差点被撤职查办。这七位烈士被军统枪决后，忠骨埋在一处。中华人民共和国成立后，许多先烈被追认，但这七人始终未被追认，甚至被当成"军统特务"。沈醉在他的书中和他写的材料中，对这七烈士做了肯定，但长时间得不到理解。不仅国民党方面老朋友说他不应该揭军统这个疮疤，而且共产党里也有人劝他不要捅这个事。

"我认为应该尊重历史。这七烈士为人民牺牲了自己的性命，死了还要蒙受不白之冤！所以我坚持自己的观点。在我进入政协、成为全国政协委员时，我第一次提的议案就是要求为张蔚林等七烈士昭雪……后来叶帅亲自作证，此事才得解决。如今，七烈士的遗骨重新得到安置并立了碑，他们的事迹被写成文章、拍成电视……"他沉默了一会儿说，"韩子栋就始终没有忘记这七烈士，经常为他们扫墓、致哀，为此才引出他和'军统特务'有关系之说……"

广施仁爱　惠泽人类

"沈老伯，我最近调到了中国红十字会工作，特来求教于您。"

"我听说了，听说了。红十字会是不分国籍、不分阶级，专讲人道主义的。在战争年代，人们一看到红十字会就会感到安慰。抗日战争时，一场仗打下来，红十字会员不论是中国人还是日本人，只要是伤病员都抢救，这就是人道主义。那时宋庆龄、宋美龄对红十字会工作都很热心，在重庆有一所实验救济院就是宋美龄创建的。她手下有一个亲信叫黄仁霖，是专门做红十字工作的，我和他私交甚笃……"

"沈老伯，你能对我们红十字工作提些看法吗？"

"我认为对红十字的宣传很不够，很多人以为红十字就是医院。其实红十字是从事人道主义工作的。人和人的关系不同于动物，人要有一定的标准，要讲互助仁爱。我母亲给我的遗训就是'一个人可以不做官，但要做人'。我不是共产主义者，现在是无党无派，但我是中国人。在美国的女儿回来看我，一见我住这么简陋的房子，长跪不起，非要我和她到美国去享清福。我对她说，你在美国已是富婆，条件是好，可我不愿去当寓公。你记得小时候和我一起坐汽车的事吧？见我们车来脱帽鞠躬，车一过就吐口水；现在呢，你和我走走就知道了，老百姓和共产党是把我当成一个人……后来她跟我在祖国大陆转了一些地方，看到人们那样尊敬我，把我当成'自己人'，心悦诚服，说：'爸爸，一万元也买不来一个自己人哪！'我儿子在台湾。他原在海军服役，退役后在菲律宾买了一个小岛，经营海产品养殖。回大陆后他非要接我出去颐养天年不可。我对他说，你要真孝敬我，就回来投资。"

现在，沈醉的儿子已在北京四季青建起了合资厂。

早已超过了医嘱"谈话不超过 15 分钟"，沈老伯夫人也几次递来眼色。我们不得不终止了这次采访。沈醉先生挥毫为我报题字。

（原载《中国红十字报》）

晚年的沈醉先生

张廷竹

晚年的沈醉先生是个豁达开明的老人，为人坦率阳刚，精神矍铄，且随和慈祥，是我的良师益友。

1984 年夏天，我与沈醉先生邂逅于渤海之滨。彼时，著名作家黄济人正在撰写《沈醉与他的女儿》，我与济人同居一室。一日，全国政协休养组下榻于我们的住处附近，在政协工作过的济人便去拜访他们。席间，沈醉先生说起不想接受任何记者采访，济人说："张廷竹你也不见吗？"沈老一愣，说："就是《五十四号墙门》的作者吗？为什么我非得见见他呢？"

济人便提起了家父的名字，提到他 1931 年至 1937 被戴笠密捕关押的往事，家父出狱后，继续受到军统的监视。沈醉先生想必不会忘记这段历史。

于是，我接到了沈老拨来的电话："张廷竹同志吗？我是沈沧海，请过来聊聊好吗？"我放下话筒好一阵纳闷，不知道"沈沧海"何许人也。到了那里，才知道就是大名鼎鼎的沈醉先生了。

这确实是一位曾经沧海的老人。他谈锋甚健，无数风起云涌的往事在岁月苍凉之掌的抚摸下出现。谈及家父，我们都小心翼翼地回避可能引起创痛之处，但沈老察觉了，道一声"惭愧"，目光随之黯然……

一个月后，我在杭州收到沈老寄来的墨宝：松柏气节山水心怀。款题：廷竹贤侄雅正。

这一下，轮到我深深为之惭愧了……

翌年夏天，我从云南前线回到部队驻地，又收到沈老寄来的贺信，信中有热诚的祝贺也有殷切的期望，表达了一位历尽世事沧桑的老人对后辈的勉励和拳拳爱国之心。

1987 年我考入北京军校学习后，同他的见面往来就方便多了。星期天，换趟车几站路就到了白塔寺他的寓所。他身边唯一的孩子沈美娟只大我两岁，文学修养甚好。我一去，沈老总把她招来，谈些年轻人也感兴趣的话题。我的《黑太阳》《酋长营》《支那河》一发表，他们便先读了，提些很中肯的意见。沈老桌上有块牌子，敬告来访者："因患心脏病，医嘱谈话勿超过一刻钟。"但他把牌子翻个身，说这是给外人看的，不包括我，使人生出许多暖意。

最难忘的是三年前冬天的那个傍晚。

妻赴京探亲，与我同往沈寓。沈老正在看一份材料，材料上说查明他昔年在庐山等处有几许房产，中华人民共和国成立后予以没收了，现在他作为起义将领和全国政协委员，政府决定全部发还。如不想收回房产，拟折价人民币 30 万元，为此征询他的意见。沈老问我们怎么处理好，我和妻都说，总要留点给美娟他们吧。

沈老摇摇头说："他们都有工作，有生活保障了，此其一；其二么，这应当是属于人民的财产……"

未等我们反应过来，他已提起笔，写下了一行毅然而苍劲的大字：

不义之财，受之有愧。

我们无言。

这不仅仅是一个淡泊于物欲名利的老人，他向我们展现的境界乃是一种参悟了生之真谛的心怀。为了弥补前半生沉重的遗憾，他著书立说剖析灵魂于国家民族面前。那一刻，我确实想起了"放下屠刀，立地成佛"的古语。当然我晓得这一番涅槃来得何等艰难何等痛苦……或者正因为如此吧，我才觉得其之难能其之可贵啊！

妻拿起照相机，欲照下那一刻的他和我，他说："等一等，让我去换身运动服吧，显得年轻一些……"

于是，照片上的沈醉先生果然显得年轻多了，仿佛共和国首都的风正在吹拂一种成熟了的青春，仿佛他前面还有遥远的路，等待着他的又一次马拉松征程。

（原载《钱江晚报》）

访沈醉

洞庭客

全国政协特邀组委员沈醉是海内外著名人物，笔者多年前就已读过不少他写的文章和著作。3 月 18 日，即七届五次政协大会召开的当天上午，笔者来到北京友谊宾馆沈醉下榻处。

身高体壮的沈醉先生坐在窗前，和煦的阳光照在他的身上，看上去只有 60 多岁。他看了我递过去的名片，知道我是从巴黎来的，还知道我们《欧洲时报》又办了一个法文版"丝绸之路"，觉得这个刊物的名称很好，古代的丝绸之路把东西方连接起来，促进了两种文明的交流与发展，今天更可以使两种文明进一步交流与发展。

笔者说明来意，希望他对法国的华侨、华人讲几句话。

沈醉先生十分健谈，说起话来滔滔不绝。他唯一的希望是：让他们多多了解祖国的情况。现在是对外开放，需要大量引进外资的时候，华侨、华人应该多多回来投资。他说："我有六个孩子，除了一个死了、一个在国内之外，还有四个在外边，我都要求他们，作为一个中国人应该回来投资。他们要我出去，我不肯出去。现在是最好的时机，尤其最近邓小平讲了话以后。究竟我们都是中国人，要为未来做贡献，对儿孙都有好处。"

他说："目前是最好的时候，现在实行的政策是最好的政策。我不出去是因为我尝过外国帝国主义的味道。我在重庆中美合作所同美国人打过交道。那时，我 28 岁就当了将军，我们要美国人的东西，将军批的条子，还要一个美军少校签字才能拿到东西。他并不是给你全权，仰人鼻息不是滋味。现在中国强大起来就不同了。"

他话题一转，谈到他思想转变的过程时说："你知道杜聿明吧？他曾是率领百万大军的统帅，经过十年的改造能够跟中共走，这不是骗的。放出去了还会回来的。我到香港去，台湾有人拉我，表示要补给我工资。我28岁当少将，36岁升中将，刚刚升中将就解放了。他说要我补办一个退役手续，按中将待遇补我多年的工资。我说我不是你的人了，办什么退役手续？一办退役手续就变成他的人了，他就可以安排你不准回去了。他给我提出条件：你到台湾来，不要你写反共文章，可以在家里住。我说我知道你们这一套：不要我写，你会代我写的。他说应该'回头是岸'，我说'岸在北京，不在台湾'。"

沈醉在谈到接受改造时说："我们那时不上大课，我们那批战犯有德国、日本、法国、英国留学的。廖耀湘就是法国留学的，在圣西尔军校学军事，他不看中文报纸，却看法文报纸。我们这些人学习文件从字面上都能头头是道大谈理论，信不信是另一回事。我们主要是通过参观，用事实对照来接受教育。杜聿明在东北统治时，工厂是不冒烟的。溥仪也是这样改造的，我在好几本书中写到他。我们受到教育，改造了思想，许多外国人不理解。台湾也有人问我，我说我并不是共产主义者，我是中国人，谁把祖国治理得好，我就跟谁走。共产党和国民党不同，国民党到了台湾还不承认错了，怨这个怨那个。共产党犯了错误，'文化大革命'错了，就自己承认错了，检讨错误。谁把国家治理好，我们就跟谁走，很简单。国家兴盛，我80岁了仍然身心愉快，越活越年轻。"

笔者听沈醉先生的口音很熟悉，似乎是湖南人。他回答说是湖南湘潭人。原来我们是大同乡，笔者是湖南岳阳人。沈先生身体这么好，是因为从小至今练武术的缘故。他正准备作为高级顾问率少林寺武僧团去台湾访问表演，大约5月能成行。他还说有位学生在法国教武术。

最后，沈先生表示，希望法国的华侨、华人有条件的能回来投资，不能投资多回来看看也是好的，多看看祖国的成就，加强中法两国的感情。

（原载《欧洲时报》）

特殊的普通人——沈醉

楚　明

前些时候，我们电视台得知全国政协委员沈醉先生在广州的消息，立即驱车前往他下榻的白云宾馆采访。

在白云宾馆明丽幽雅的大厅里，宾馆的总经理，径直领我们向沈醉先生的房间走去。叩门声响过后，门打开了，一位中高身材、胖瘦适中、腰板挺直、精神矍铄的老人出现在我们面前。

"沈老，广东电视台的记者来采访您了。"总经理把我们一个个介绍给沈醉先生。

当我握着沈老那有力的手，望着他和普通老人一样慈祥的面容时，我吃惊地对他说："您一点也不像我想象中的沈醉先生，一点也……"

"一点也不像个坏蛋是吗？"他打断我的话，开怀大笑了。

接着，他给我们讲了一件令他开心的小事。他说："有一次一位母亲带着儿子来见我，母亲告诉儿子说我就是沈醉时，那个男孩子瞪大一双圆圆的眼睛端详了我好一会儿，然后认认真真地对我说，您像个老师。当时我高兴极了，我像个老师，也就是说，我既不像个坏蛋，也不像个别的什么特别的人，而是像个普普通通的人了。"

在一间高雅舒适的会客厅里，我们的电视采访开始了，沈老谈笑风生，像对一个熟悉朋友般的侃侃而谈。我提及他在广州两家报纸连载的两部作品。

"我没有写好，我18岁以后就没有读书，全靠自学，但自学也没有成才。周总理第一次和我见面时对我说：你以后要多做些对人民有意义的事。我当时听了吓了一跳，我这个人能够守法不做坏事就不错了，哪还有条件做对人民有意义的事呢？周总理说：不是的，只要你能把过去的事情如实地写出来，就对人民有教育意义。"

"沈老，完成了《魔窟生涯》后，您准备再写什么呢？"

"还写一部叫《冤家路宽》的书。因为我在国内的冤家特别多，党的很多领导人过去都被我们迫害过，但中华人民共和国成立后，他们都对我非常好。旧社会是冤家路窄，新社会是冤家路宽啊！"

"沈老，听说您和小说《红岩》里的华子良同志见过面，您和我谈谈你们这次不寻常的会面好吗？"

"他的真名叫韩子栋，现在是贵州省顾问委员会的顾问。我们原来是约好今年 5 月在福州见面的，后来因为我心脏病发作了就没有去。不久他因有事来北京，听说我病了，就马上来看我。那天，我正在家里养病，听到有人敲门，我去开门，一下子就认出他来了，我们拥抱起来，都流泪了。我非常受感动，非常感激他，因为他受国民党迫害 14 年，同我可以说有血海深仇。本应是我向他负荆请罪的，但他知道我有病，反而先来看我，这说明共产党人豁达的胸怀，我怎能不感激不流泪呢……"

说到这里，沈老动情地拿出了他们在京聚会时的留影。他指着照片上的"华子良"对我说："你看，他和我都是 70 多岁的人，但是他显得比我老多了，这都是过去我们迫害的，我有罪呀……"

午饭时间到了，热情的宾馆主人请我们共进午餐。

席间，沈老谈了他到香港探亲的一些事："我到香港，许多亲友来看我，其中有不少是过去共过事的。许多人以为我坐了共产党那么多年的牢，一定受尽了严刑拷打，变得非常枯槁衰弱。谁知一见我，他们都十分吃惊。我说，共产党的政策是不施肉刑，但是我见过一次共产党打人。那是中华人民共和国成立初期在北京监狱里的时候，黄维留着很长的胡子，一位管理人员叫他把胡子剃掉，黄维说：'我这胡子是吃蒋介石的饭长出来的，我不剃。'那位管理人员气得甩了他一个耳光。当晚，监狱主管立即召开全体犯人大会，主管在大会上非常严肃地批评了那位打人的同志，那位同志也诚恳地向黄维道了歉，而黄维也赶快把胡子剃掉了。

"在香港的时候，还有不少人问我为什么不改个名字，说改了名字日子会好过些。我说，改了名字就不是我沈醉了吗？我就是不改。但今天的沈醉已不是过去的那个沈醉了……"

讲到这里，沈老感叹道："改造我们这些人可真不容易呀。要知道，我们这些人，像杜聿明、黄维，我们这些国民党反动派的大家伙，曾经都是忠心耿耿跟随蒋介石干尽坏事的人，我们都是拿主意的人，思想很顽固，要改造，很难很难。但是共产党的政策伟大就伟大在他不施肉刑，不用生硬的灌输，而是用事实，用行动，使我们心悦诚服，彻底投降了。"

他谈了这样几件令他难忘的事——

"1951 年，我们三个，也就是小说《红岩》里的三个坏蛋，被关在重庆的白公馆。白公馆是我们过去专门用来关押共产党人的，每天从那里传出的，不是被毒打的惨叫声，就是痛斥我们的咒骂声。而我们被关进去，却什么声音都没有。'徐鹏飞'对我说：'共产党对我们和我们对付他们的方法一样，先来软的，优待你一番，你不投降，就呼的一声毙了你，咱们就等着这一枪吧。'可是有一天，许多群众在白公馆外面召开追悼死难烈士大会，他们高呼口号，要找我们报仇雪恨，我们顿时吓得蹲在地上缩成一团。正在这时，我听到了急促而有力的跑步声，我从门缝朝外一看，原来是解放军的一个连队赶来了。他们汗流浃背，气喘吁吁，没有喝一口水，没有吃一口饭，就站在外面保护我们。门外发生的一切使我们流泪了——如果不是解放军的及时保护，我们就会被愤怒的群众当场打死。

"我们在北京监狱时，看见报上登了成渝铁路通车的消息，我对杜聿明说：'喂，你看成渝铁路通车了。咱们吹了好多次的事，共产党办成了！'杜聿明不屑一顾地说：'宣传就是宣传，共产党和我们一样，也会在报上瞎吹，报纸从来就是瞎编的。'可是不久，我们便参观了成渝铁路。面对着眼前真实的一切，我们个个哑口无言，内心无不叹服共产党了不起……我们就是这样被一件件事实改造过来的。后来，我故意问杜聿明：'你不是说不投降吗？'杜聿明用手指着自己的脑袋，诙谐地说：'嘴巴虽然没讲这两个字，可这里投降了呀。'这就是共产党的伟大。现在我看见国外的亲友都这么讲，对台湾广播也这么讲。我用事实，用亲身的感受对他们讲共产党好，社会主义好。"

沈老深有感触地说："如果没有党，我今天就不可能和你们在一起吃饭。"

宾馆主人说："如果没有党，我们今天就不会对您举杯。"

我说："如果没有党，我今天也不可能和您一起在电视上和观众见面。这就是冤家路宽啊！"

现在虽然已是冬天，但广州还是那么温暖，花儿开得还是那么绚丽。沈老虽已脱下西装外衣，可脸还是热得红亮亮的。

啊，伟大的祖国，亲爱的党，是您把温暖注入每个人的心田。不是吗？像沈醉这样一位特殊的人，也被您的阳光照耀得激情满腔，暖气回肠。

我们等待着沈醉先生的新贡献。

（原载《南风》第 98 期）

沈醉先生与书画

刘一达

从作家管桦那里了解到沈醉酷爱字画。

1982年夏，全国政协安排部分在京委员到唐山参观，管桦与沈醉同行，谈文论画，一见如故。回京后，管桦专就沈醉的名字，画了一幅《醉竹图》，并题词一首："紫藤花落窗前月，几枝翠竹摇曳，似觉不胜沉醉，竹影卧石阶，零乱横斜。"竹画得好，词写得也好。可谓诗、书、画三绝。沈醉十分珍爱，裱好后挂于客厅，并写诗回赠："画师神笔随心欲，七十欣然见醉竹。写尽万千风雨姿，凝思似觉意难足。"由此可知他不但爱字画，也爱画家的情谊。

日前，我拜访沈醉先生时，发现赵朴初为他写的条幅中也有个醉字。"此日长昏饮，非关养性灵。眼看人尽醉，何忍独为醒。"

沈醉先生见我露出诧异，笑着告我，赵朴初赠他的这条幅也是以他的名字写意的，与管桦的《醉竹图》可以说异曲同工。

别看诗人画家皆以"醉"字为题相赠，而沈醉先生是从不贪杯的，至今尚未领略过醉酒的滋味。

沈醉对字画的鉴赏独具只眼。1961年2月，当时的全国人大常委会副委员长余心清在家设宴款待沈醉。饭后，余心清拿出一幅郑板桥写的"画竹多于买竹钱，纸高八尺价三千，亲朋戚友论交结，只当秋风过耳边"的润格横幅，让他鉴赏。沈醉细观笔法与图章，断定这是真迹。余心清却说，有人在别的地方见过相同的横幅，并经专家鉴定是板桥墨迹。沈醉道，郑板桥这样的名家墨迹常有被窃的情况，他的润格（旧时为人作画写字所定的价钱）横幅被人窃走，他再另画一幅相同的这并不足奇。一番高论令余心清心悦诚服。原来，沈醉在抗战胜利后，身为接收大员在参加故宫古物清点时，曾得鉴赏名家的点化。晚年，他已无力收藏古代字画，居室悬挂的多出自当代名流之手，所书大都是激励人生情趣、陶情养性的警语。

沈醉居住在全国政协的三室一厅单元宿舍，楼房设计用的是老图纸，间量不大，卧室放上一张单人床，就没什么转脚的地方了。所以他迎门高悬自题的条幅："室小心怀大，人穷志气高"，以此自勉。客厅里，梁漱溟先生写的条幅"相交期久教，志高毋远求"格外醒目。这几年，沈醉在这间房里先后接待了来自港台的 100 多批新闻记者。他的学生见居室局促，主动提出为他出资购买新居。他婉言笑道："不必了，我的日子挺好。北京居民住房紧张，我和老伴能有这样的居住条件就很知足了。"在港台友人面前，他的衣着略显朴素，但他从不自卑自贱。他对我说："人的精神生活比物质需求更重要。"也许正因为有此情怀，他特意在客厅里挂上了自书的横幅："知足常乐，能忍自安。"

沈醉爱好书法，闲来挥毫泼墨是他的一大乐趣。近几年，常有人登门求字，少林寺演武厅的匾额"武林英豪"四字即是他的手笔。他悬挂在客厅的对联"静坐常思己过，闲谈莫论人非"，不但对仗工整，而且笔法浑厚遒劲，不失书法佳品，可惜未裱。我注意到凡沈醉自题的字画都没裱。问其故，他淡淡一笑：这些都是随写随换，若每张都裱可就裱不起了。

沈醉的居室处处挂着字画，冷不丁走进来，好像来到书画展厅。据他讲，挂出来的每幅字画都有一段情谊，有一个故事。静观细品，我最欣赏他书写的"无求品自高，有事身方健"的条幅。看了这十个字，不但能咂摸出他晚年的心态，而且可以使人排除杂念，超然入静。沈醉的晚年是以笔墨相伴的。他的笔头很快，静下心来，一天可写七八千字。他不习惯先打草稿，

我的父亲**沈醉**

腹稿成熟，便一气呵成，不用誊写润色，直接送到编辑手里。这些年，他没少出活儿。《我所知道的戴笠》《军统内幕》《我这三十年》《魔窟生涯》等书，计有上百万字。书还被译成英、法、日、西四种文字。他18岁入军统，没进过高等学府学文学，所倚唯"勤奋"二字。港台报刊喜欢他的文笔，不断约稿。前年7月他在北戴河疗养时摔伤股骨后，一直闭门谢客，闲暇时静心撰写有关打猎、钓鱼、传统饮食文化方面的短文，为副刊凑趣。我看到他的写字台上方挂有诗人艾青写的条幅"时间顺流而下，生活逆水行舟"。今年已经76岁的沈醉，时刻不忘把宝贵的时光注入美好的生活之中。

沈醉晚年心事所系唯祖国统一大业。这些年，他不顾年迈体弱为此奔走不疲。他的拳拳之心写进了他的字画里。他的客厅挂着自己书写的五言律诗："英名垂千古，功业足千秋；环球皆景仰，两岸竞歌讴。誓师共北伐，抗日赖同舟；久分终必合，一笑泯恩仇。"在今年全国政协会议前夕，他打电话告诉我两桩喜事：一件是他的《军统内幕》一书在台湾首次公开发行；另一件是今年春天，从大陆到台湾定居的40余位军统老人将回来探亲。看来，他又要忙起来了。我猛然记起他在客厅里挂着的诗人臧克家书写的条幅："检点生平痛不禁，情真意切撼人深。是今非昨肝肠见，折铁男儿自有心。"

这诗写得多好呀！它不正是沈醉老人晚年的真实写照吗？

（原载《团结报》1990年3月24日）

沈醉近事

洪　宁

　　时逢沈醉先生 80 寿辰，便与《中国红十字报》总编刘峰先生前去拜访。因素知沈老先生把自己的诞辰识做"母难日"，不但不加庆贺，反而食素面壁，故轻车简行，未加声张。仅将所访近事写成文章，以飨海内外关心沈醉者，也算对这位饱经世事沧桑的八旬老翁的一份敬意。

沈醉与他的"编外"孙女

　　到了沈醉家，才得知他新添了一名"编外"孙女。

　　因为刘总编和沈老也是"忘年交"了，所以不用客套，开门见山就问："沈老伯，最近听说有个叫王明霞的写了几篇有关您的文章，她是哪家报纸的记者呀？"

　　"就是她嘛。"沈醉指着笑吟吟站在边上的小保姆说。

　　我们皆感惊讶，没想到这个满脸稚气的小姑娘，就是最近连续在报纸、杂志上发表了三篇文章的作者。

　　"来来，爷爷给你介绍一下这位老师。"在小姑娘送水时，沈醉忙着介绍。趁着刘总编与沈老交谈，我也不失时机地与小明霞聊了起来。

　　"我今年 16 岁，到爷爷家已经一年半了。爷爷常说我们有缘。本来不是应该我来这儿，而是另一个小姑娘。那时我在河南老家念初三，学校里有个教师很爱看书，他看过爷爷写的《我这三十年》后才知道自己父亲曾

267

我的父亲**沈醉**

与爷爷共过事，便与爷爷有了书信往来，还拜了干爹。沈爷爷也常给他写信，寄书。一次爷爷在信中提出请他帮忙找个小姑娘照顾他们老两口。教师先找了那个小姑娘，不巧她正在那时摔伤了腿。于是我的表哥（也是这所学校的教师）就推荐了我。你瞧，真是无巧不成书！"

"当时我感到很突然。因为长这么大从没离开过家，心里有些怕。可是我又特别想去闯闯世界，看看外面的世界是如何精彩，最终我同意来北京了。"

"那时候你知道沈醉是什么人吗？"我问。

"过去从《红岩》这本书中看到一些，但印象不深。临走前爸爸为了让我好好干而叮嘱我说：'沈醉过去可是个杀人不眨眼的人，你做事要小心！'这句话在我的心中留下一道阴影。我就是这样怀着复杂、忐忑不安的心情在妈妈的陪同下来到北京的。"

"结果我一见沈爷爷和奶奶就放心了。他原来是个非常慈祥、和蔼可亲的老爷爷，和想象中的一点也不一样。那时他们从小带大的小外孙已经回到父母身边两年了，他们把对晚辈的爱转移到了我身上，待我就像亲孙女一样。爷爷从不像有些人那样看不起小保姆，我给《八小时以外》投了篇稿，发表时题目改成《我给沈醉当小保姆》。爷爷可不高兴了，认为他们有偏见，不尊重人……"

沈醉几十年来养成了早起晨练的习惯，每天四五点钟即起床，可明霞这么早却醒不来，于是沈老就自己动手承担了做早餐的任务。现在每天早晨沈夫人锻炼回来、明霞起床收拾完后，热乎乎的奶、鸡蛋、烤面包已摆在桌上，一家三口边听新闻边吃饭。沈老怕明霞不好意思，还安慰她说："小孩子正是长身体的时候，不能缺觉，不能像我起得这么早。我做饭也是一举两得不耽误工夫……"明霞说："这个家让我感到很温暖，在爷爷奶奶身边生活很幸福，很充实，自己的生活又翻开了新的一页。"

"我看了你的文章，挺生动，也很流畅。你是怎么萌发给报刊写文章的念头呢？"

"我从小就喜爱文学。到这里以后，爷爷经常鼓励我要多读书、看报、写日记，练书法。他不但把自己的著作送给我看，还为我的习作改错字病句。我试着把我感触较深的一些事写出来，爷爷鼓励我寄往报纸杂志，竟然发表了！我真高兴，自信心增强了，爷爷也表扬我有进步。我每天工作在爷爷身边，有些事只有我是目击者，把它们写出来给关心爷爷的人们看是很快乐的事。今年4月，爷爷的前妻粟燕萍（雪雪）夫妇来京与爷爷奶奶会面时，很多记者都要求采访而被婉言谢绝。因我是目睹此事的唯一局外人，我把这次感人的会面写了一篇文章，题为《难得的重逢》，发表在《婚姻与家庭》杂志上。

"爷爷的腿有残疾，需要每天按摩。我最喜欢在按摩时缠着他讲故事。他开玩笑说，你要在我这儿住三年，都能写一本书了……

"爷爷会见他的一些老朋友，出席一些重要场合也常带着我，目的是让我多观察、多接触、多动笔。

"爷爷还常逗我，说等我长大了他给我找男朋友，并且要具备三个条件：第一要孝敬父母；第二要对同学对朋友有情有义；第三要同兄弟姐妹和睦相处。连这三条都做不到的人，将来能真爱妻子吗？……"

说到这里，明霞羞涩地笑了。

在沈醉的支持下，明霞已经在河北太行新闻函授学校报名参加学习。这个正处于多梦时节的小姑娘真幸运！我相信她的未来不是梦。

沈醉与溥杰

去年《中国红十字报》刘峰总编与记者胡殷红曾采访了溥杰老先生。

我的父亲**沈醉**

胡小姐的专访曾在海内外多家报刊转载。当刘总编谈到溥杰评价沈醉的字体是"沈体"时,沈老哈哈大笑,连说:"这个溥老二,这个溥老二!"并欣然给素未谋面的胡殷红小姐题下"相交应恨晚,羡君笔有神"几个大字。

沈醉与溥杰交情甚笃。一个是过去的军统特务头子,一个是昔日的末代皇朝王爷,又都经过改造反悟成为新人,经历颇为相近。溥杰在他患难与共的爱妻嵯峨浩去世后的一段时间里,形单影孤,茶饭不思,心神恍惚。众人劝说都无济于事。眼看老友沉溺在巨大悲痛中不能自拔,沈醉也很着急。一次沈醉去看溥杰,问他现在干什么,溥杰无语。沈醉正色说:"溥二哥,我们的时间都不多了,总理交给我们的任务还没有完成(指写历史资料以教育后人),你这样对得起他吗?"溥杰与沈醉一样,生平最为敬爱的就是周总理。在他居室里除家人的照片外,中央最醒目的就是一张周总理遗照。沈醉的话犹如一剂强心剂,使他豁然醒悟。"二哥,你可要节哀保重呀!多做点事情会排解一些伤痛……"溥杰长叹一声,呼出一腔郁闷,从此开始振作起来。

沈醉说,溥杰是个有名的"马大哈"。一次人大某常委的夫人去世了,溥杰因故未参加追悼会。以后在开会时他碰到一位人大委员,连忙上前致歉说:"对不起啊,你老伴的追悼会我没能参加,实在抱歉……"那人大惑不解,忙说:"我老伴刚送我上汽车,怎么死了?"旁边一位委员赶紧接过话茬:"是我老伴刚去世。溥杰,你认错人了!"沈醉听说此事特送一副对联给溥杰:"诗文书画早成家,可惜年来记性差;张冠李戴寻常事,毋怪人呼马大哈。"溥杰也不甘示弱回赠了一副:"如椽彩笔自成家,学习行文两不差;誉我冠军惭谬荐,泰居二位马大哈。"

真有意思!老了老了反而小了小了,真可谓两个老顽童,一对大活宝。他们的嬉笑幽默,为生活增添了些许情趣,而那些烦恼与伤心事则在这互为调侃激励中烟消云散了。

沈醉三哭

俗话说："男儿有泪不轻弹，只因未到伤心处。"像沈醉这样一个大起大落饱经世事沧桑、尝遍人间冷暖的汉子，容易动感情吗？明霞给我们讲了目睹沈老三次掉泪的情况。

一次是在去年 9 月，沈醉送小女儿离京赴港定居。沈醉在大陆唯一活着的女儿美娟，在那特殊的年代，因父亲的问题吃了不少苦头。父女俩相依为命，感情最深。沈醉的手稿大多是美娟帮助誊写整理的。她自己也写出了诸如《孽海枭雄》《暗杀大王王亚樵》等在海内外有影响的作品。在机场离别时，沈醉想起 42 年前送走慈母、爱妻及六个年幼的儿女时骨肉分离的惨痛情景，如今又送去身边唯一的女儿，不禁紧拉着美娟的双手痛哭失声。

一次是今年 5 月 27 日上午，沈醉一接到韩子栋去世的讣告，还未拆开，已泪如泉涌。他哽咽着对明霞说："韩子栋死了，这么好的一个人……"

韩子栋即是小说《红岩》中那个假"疯老头"华子良的原型。他和沈醉"化敌为友"的感人故事刘总编和其他人都曾写文章介绍过。

沈醉说，韩子栋的一生真是太坎坷了，他先后坐过 20 多年牢却毫无怨言。他说过去共产党坐国民党的牢是不可避免的，他宁可坐牢而不变节投敌；中华人民共和国成立后坐牢是误会，他不怨不恨。一个人一生有几个 20 多年啊……沈老当即含着满眶老泪伏案写下了《哀悼韩子栋（华子良）同志》一文，表达了他的无限哀思。确实是"字字啼血，句句泣泪"。

最近的一次掉泪是沈醉把母亲的遗照"请"进自己卧室墙上的时候（原来挂在别的屋里）。凝望母亲慈祥的面容，80 高龄的沈醉老泪纵横，不能自已。

沈醉常说，一生中对他影响最大的就是母亲。他永远感激母亲教他的立身之道："一个人可以不做官，但一定要做人。"正是由于母亲的教诲，他才能分清了善与恶，接受了改造，从历史的罪人转变为一个对人民有用的人。他常说："没有母亲的教诲就没有我沈醉的今天。"母亲临终时还不断呼唤着他的小名，可自己却生不能为母尽孝，死不能为母送终，遗下终生悔恨，他一辈子不能原谅自己。

"无情未必真豪杰，怜子如何不丈夫？"沈醉从一个"杀人不眨眼"的冷血特务，能变成为今天一位感情丰富、受人尊敬的全国政协委员，岂不正说明了"人之初性如水"，只是由于环境而使之性恶或性善吗？

正是：扬善抑恶施人道，人间正道是真情。

（原载《中国红十字报》1992 年 7 月 24 日）

沧海沉浮

——沈醉回忆录

李清华

　　西方古谚说："人有一半是魔鬼，一半是天使。"

　　对今年 81 岁的沈醉来说，他的前半生是魔鬼，后半生是人。

　　当年，他曾是面目狰狞的军统特务头目，曾对毛泽东、周恩来等中共领袖搞过盯梢，审讯过江姐、韩子栋（华子良）……可谓罪行累累。

　　可在中华人民共和国成立后，他在炼狱里获得重生，成了新中国一个堂堂正正的公民，全国政协委员。

　　在这个传奇人物身上，留下了中国沧桑巨变的深深刻痕。他的一生就是一部生动的历史。

　　如今，这位老人把自己几十年生活中那无法忘却的往事娓娓道来——

　　说起沈醉，人们很自然就联想到小说《红岩》中那位面目狰狞的军统特务头子"严醉"。不错，"严醉"的生活原型就是沈醉。

　　28 岁就身为军统少将处长的沈醉，去年 6 月 3 日在北京度过了他的 80 寿辰。由于年事已高，加之平日忙于写作，现为全国政协委员、文史专员的沈老先生一直幽居深巷，闭门谢客。所以，外界知晓沈醉去处的人甚少。

一个偶然机会，从公安部一个朋友那里得到了沈老的电话。于是，在一个金菊含苞、天高气爽的日子，我终于在京城万家灯火中，寻找到了这位透着传奇色彩的老人：

一头浓密倒背的银发，一脸坦诚开朗的笑容，一副高大魁梧的身材，金丝眼镜后面一双丰神炯炯的剑眉大眼，使人感到面前的老者胸襟洒脱、器宇不凡。

当我的手被他那铁钳般的双手握住时，孩提时对他的恐怖和神秘，一下子在心中减去了许多。在他那四周悬挂着名人字画的客厅里，随着我的提问，多少酸甜苦辣史，几度沧海沉浮事，如过往云烟，又重现在沈醉眼前——

雾都山城初识毛泽东

一场霏霏细雨，给山城重庆带来了丝丝凉意。

1946年秋天，坐落在市区黄家垭口的中苏文化协会门前挤满了人。上千名群众谈论着一个名字："毛泽东！"这天，正在重庆谈判的中共领袖毛泽东，要来参加中苏友协举办的鸡尾酒会。

报上没有发消息，正在举行谈判的国共双方对此更是守口如瓶。但许多市民还是得到了毛泽东要来的消息。人们站在细雨中翘首企盼着毛泽东的到来。

准7时，当头戴盔帽、身着中山服的毛泽东在周恩来、王若飞的陪同下走下汽车时，挤在中苏友协门前的人群中爆发出一片热烈的掌声。

毛主席很快地就被热情的群众所包围。一双双热情的手，一句句真情的呼唤，毛泽东的脸上显现出无比的欢喜和感动。

在悬挂着中苏国旗的大厅里，毛泽东、周恩来频频举杯，向与会的每个人表示衷心祝福。不几巡，看上去不胜酒力的毛泽东脸上便泛起了红晕。

这时，当时负责毛泽东现场警卫的沈醉看准时机，整整军服，端着酒杯向毛泽东走来。

两腿紧收，右手抬起，"叭"的一声，沈醉向毛泽东行了一个标准的军礼。

"毛先生，学生是湖南湘潭人氏，可说是毛先生的同乡。为毛先生的身体健康，请干杯。"沈醉盯着毛泽东说道。

毛泽东下意识地从上到下打量了一眼这位胸佩国民党少将军衔的同乡，而后把酒杯举在唇边微微一碰，随即淡淡说道"很好"。

看到毛泽东的冷淡态度，沈醉怕再纠缠会自讨没趣，只好就坡下驴，悻悻而退。

毛主席在重庆谈判期间，沈醉"辛苦"至极。跟踪、盯梢，收集情报，常常是亲自出马，可谓黔驴技穷、心机挖空。他们一方面趁毛主席来重庆谈判扩大中共地下线索，打击迫害进步人士，破坏和谈；另一方面又确实要为毛主席的安全负责。因为，万一毛主席的安全出问题，蒋介石一怕激起国人公愤，而自取灭亡；再者，他也无法向美国主子交代。毛主席来重庆谈判，美国政府派驻华大使赫尔利专程飞抵延安迎接毛主席，并从中作了安全保证。

军统局长戴笠紧锣密鼓，在严令手下不能轻举妄动的同时，为防在重庆的中共叛徒张国焘公报私仇，伺机对毛主席下手，派出了100名军统特务，在负责毛主席安全警卫的同时，加紧刺探中共情报工作。

戴笠有16名贴身警卫。一天，一个家伙对同伙说："现在可是个出名的大好时机，谁要把毛泽东干掉，要不遗臭万年，要不流芳百世。"

戴笠知道后，立即命令沈醉把这名特务关了禁闭。毛泽东离开重庆后，这名特务才被放了出来。

中华人民共和国成立后，沈醉把毛主席视为救命恩人。他认为，毛泽东是"泽惠人类，东方救星"。

对已故的毛泽东和蒋介石，这位经历过新旧社会两重天，有着特殊经历的老人如是说：自古道，水能载舟，也能覆舟。得人心者得天下，毛泽东和蒋介石也不例外。从个人品质上讲，毛泽东民主作风好，党性强；蒋介石口头上也讲民主，但实际上却很刚愎自用，专制独裁。这或许也是两人成败的一个重要因素吧！

1976 年 9 月 9 日，毛泽东逝世。全国政协安排政协文史专员到人民大会堂瞻仰毛主席遗容。站在毛泽东遗体前，沈醉悲泪横流，思绪万千。不知怎的，他感到在为毛泽东流出的泪水中，也蕴含着对已故总理周恩来的强烈怀念。

周恩来说：你们搞的那一套，从来没有对我起过作用

1930 年，年仅 18 岁的沈醉在上海，经其姐夫余乐醒介绍加入国民党军统特务组织。

1933 年 6 月，沈醉设"美男计"，妄图勾引宋庆龄身边的女佣，达到暗害孙夫人的目的，不想被识破。一计不成又生一计，他向戴笠献计，以制造车祸来加害宋庆龄。阴谋虽未得逞，但由此沈醉却得到了戴笠的赏识。

18 年的特务生涯里，沈醉一有机会，就拿被抓的人当射击靶子用，练就了两手使枪的"神枪手"。除此之外，他还研究发明了"政治绑架"法，一般只需一二分钟，就将"肉票"干净利落、毫无声息地放在汽车内而来去无踪。沈醉曾训练了两个年轻漂亮的女特务，专用"夫妻"吵架的方法，在公共场合，将"肉票"莫名其妙地带走。对于军统事务，他不用查阅记录档案，随时都能详尽地做到"一口清"。由于他的武术和枪法很好，加之精明强干，沈醉在军统局总务处处长的宝座上干了六年，直至戴笠摔死在镇戴山（镇戴山，原名戴山。"镇"是因戴笠摔死在此山后，当地人们

为表达对这位千夫所指人物的憎恨和唾弃，以解心中之义愤而加）。

国共谈判期间，在国统区，沈醉没少给周总理当"尾巴"找麻烦。

1961年2月21日，周恩来等中央领导同志在中南海西花厅接见特赦人员。

此时此刻，此情此景，见到周总理，沈醉想到自己过去对周总理搞过的侦察、跟踪、监视等卑劣活动，心里像碰翻了五味瓶似的。沈醉见总理向自己走来，便急步向前，连连向周总理请罪。

周总理听了，爽朗地大笑起来："你们过去搞的那一套，从来没有对我起过作用，只是当了我的义务随从。"

接着，周总理给他讲了一个事例：

在上海时，周总理住在新亚酒店，他知道周围都有特务在监视，连服务员也由特务充当，可是他每天都同自己的同志见面、交谈、互换文件。

说到这，总理笑着问沈醉："当时你们一个也没发现吧！"沈醉说："是的，一个也没有发现。"

周总理笑着说，我为什么到上海住新亚酒店？就是因为那里有你们的人，也有我们的人，你们会化装成服务员来侦察我，我们的同志也会化装成服务员来保护我，并给我当交通联络。电话你们会偷听，所以我不打电话。每天我出去乘出租汽车，进餐馆付账，买东西付钱时，我都可以找到我们的人，把我要约见的人的名单送出去，约好后在电影院见面。我的座位前后左右都是我要约见的人，电影一开演，里面黑洞洞的，特务们找不到我，只能守在门口等散场。散场后，其他同志就分散走开了。

周总理讲完这些，便很严肃地说：共产党只有阶级仇恨，从不讲个人恩怨，希望你在特赦后，要做一些对人民有益的事情。你在军统那么多年，跟在戴笠身边那么久，你把军统的种种内幕如实地写出来，让后人知道革命的艰难和反革命的残暴，使大家懂得革命胜利来之不易。

周总理说，写这些东西，一定要真实。不要有顾虑，不要害怕，不要避讳，知道什么就写什么。

辞别总理时，周总理握着沈醉的手特意叮咛说："我等着你写的东西。"

华子良、《红岩》作者和沈醉

人们不会忘记小说《红岩》中那个在集中营装疯的地下工作者华子良吧？他的生活原型就是中华人民共和国成立后曾任贵阳市委书记的韩子栋同志。可惜，这位当年趁国民党政权摇摇欲坠、特务人心惶惶之机逃出魔窟的共产党员，在"文化大革命"中因为"历史问题"，又被囚禁了14年之久。

迫害他的人曾一次次威逼沈醉证实"华子良"是军统有意释放的特务。为此，沈醉不知挨了多少次毒打，但这帮人仍未达到目的。

1984年10月12日下午4点45分，沈醉忽然听见有人敲门，把门打开，沈醉惊呆了：这不是韩子栋吗？虽多年不见，但凭印象两人一下子便认了出来。

手杖从沈醉手上不知不觉滑落了，两双饱经风霜的手紧紧相握，两双老泪纵横的泪眼相互凝视着。

话匣子打开后，沈醉才把早想当面向他认罪的歉意话谈了出来。忆往昔，韩子栋自是感慨万千：

"在监狱的时候，一次，你去我们那儿检查工作，当时，我趁别人不注意时，偷偷瞟了你一眼，没想到被你发现，你马上对看守下令：这个人不是神经病，把他给我关起来。当时，我真恨不得跳上去把你掐死……"

时间不知不觉地过去了，在起身告辞时，韩子栋动情地对沈醉说："革命无先后，我希望能读到你更多的著作。"

次日，著名歌唱家郭兰英和她的女儿郭影来沈家，知道韩子栋和沈醉的关系后，她们提出要一块去招待所，见见这位令人敬慕的"华子良"。

在郭兰英的题词纪念册上，沈醉和韩子栋联手写下了：

度尽劫波兄弟在，相逢一笑泯恩仇。

至今，这张冤家相会泯恩仇的彩色照片，还高高地悬挂在沈醉的客厅里。

1992 年 5 月 27 日，沈醉得知韩子栋去世的消息后，泪如泉涌，当即写下了《哀悼韩子栋（华子良）同志》一文，文中字字透着啼血泣泪。

1964 年，罗广斌、杨益言合写的小说《红岩》一出版，就风行一时，受到了读者的喜爱。

特赦后，沈醉特意买了两本《红岩》，一本寄给了还在功德林进行改造的徐远举（小说中的徐鹏飞，1973 年病死在狱中），让他看看自己过去的罪恶；另一本留给自己。

一天，罗广斌、杨益言来北京，找沈醉了解军统及中美合作所的情况。沈醉告诉他俩这样一件事：

那天，沈醉去重庆找徐远举，徐正在审案，沈醉便走了进去，被审讯的正是江姐（江竹筠）。

对于徐远举提出的一个个问题，江姐漠然处之概不回答。这时，性情暴躁的徐远举气急败坏，大吼一声："给我把她的衣裤都剥下来！"说话间，十几个行刑的特务嬉皮笑脸地朝江姐走去……

"不许你们乱来！"这时，一直不讲话的江姐突然大喝一声。

"你害怕了？那就赶快说吧！"徐远举得意地说。

江姐怒目而视："我是连死都不怕的人，还怕你们用剥掉衣裤的卑劣手段来侮辱我吗？不过，我要告诉你，你不要忘记，你是女人养出来的，你妈妈是女人，你老婆、女儿、姐妹都是女人，你用这种手段来侮辱我，你侮辱的不是我一个人，而是世界上所有的女人，连你妈妈也在内，也被你侮辱！你不害怕对不起你妈妈、姐妹和所有的女人，那你就叫人来脱吧！"

一连串连珠炮似的斥责，使徐远举十分尴尬。沈醉小声说："你不会用别的办法来对付她吗？"徐远举这才命令特务用竹签插入她的十个手指指甲内，但江姐还是没有招供。

听了这个动人的故事，罗广斌二人遗憾地连声说道："这个情节好，这个情节好。在小说中，我们没有把江姐这段大智大勇的故事写进去，太可惜，太可惜了！"

后来，电影《在烈火中永生》吸收了这个细节，并着意做了突出处理。

1962年，沈醉被特赦后，首次回到故乡湘潭。面对父老乡亲和家乡的巨大变化，沈醉不禁思绪纷飞、感慨万千，他满含热泪向家乡人民道歉：

> 半生作恶为封侯，今日归来愧更羞。
>
> 堪慰家乡诸父老，当年逆子已回头。

幸列门墙成桃李　满庭红白任君看

沈醉出身地主家庭。父亲死得较早，母亲罗群自幼喜好诗词，可说是三湘才女。沈醉的名字就是他母亲根据李清照《如梦令》中的"沈（通沉）醉不知归路，兴尽晚回舟"一句而取。

抗日战争爆发不久的1938年2月，沈醉领着在郑州招收的800多名流亡青年，奉戴笠之命，来到湖南临澧举办"中央警官学校特种警察人员训练班"。

一天，身为教官的沈醉领着女生队去学游泳。面对一泓碧波，女孩子们大都不敢下水，这时，一个叫粟燕萍的女生冒冒失失跳进深水区，险些淹死，幸被沈醉救起。从此这位明眸皓齿、口若樱桃的漂亮姑娘便引起了沈醉的注意。

一天，沈醉正在擦汽车，准备回长沙看母亲。

"沈教官，我要请假。我父亲病危，来电报催我回去。"粟燕萍对这位举止潇洒的年轻教官请示道。

沈醉看了电报后点了点头。当粟燕萍得知沈教官这个同乡也要回长沙时，就高兴地说："沈教官，搭您的车好吗？"

在飞驰的汽车上，活泼开朗而又不失温雅的粟小姐告诉沈醉，她的小名叫雪雪。母亲早逝，家里只有继母和父亲，她排行老大，下面还有三个弟妹。

人生自古谁无情，心有灵犀一点通。听了雪雪委婉坦诚的话语，沈醉对这位同乡不禁又生几分同情与爱怜。于是，沈醉用汽车直接把她送到家中。

进门，望着病榻上的父亲，雪雪哭个不停。沈醉走到雪雪父亲的病床前，免不了探视寒暄一番。谁知，老人家一把抓住沈醉的手，用昏花的老眼，仔细端详着面前这位英俊的小伙子，而后颤巍巍地对他说："雪雪托付给你，我就放心了。"

听了雪雪父亲的话，沈醉知道老人家把他当成女儿的男朋友了。但见老人那诚恳的目光，沈醉只得就势点了点头："你老放心吧！"

回到家中，沈醉把这件事当笑话一样告诉了母亲。没想到母亲却很认真地说："临终人的嘱托，你既点了头，便等于同意了，这是不能违背的。"

回到临澧后，沈醉更注意雪雪了。他发现雪雪不但长得貌美，而且活泼大方，爱唱爱跳，还很有才华。在一次晚会上，看了雪雪表演的节目后，沈醉立即向她写了一首表示爱慕的诗："华灯辉耀映花颜，疑是嫦娥下广寒。如此风姿天上有，人间能得几回看。"

不几日，粟燕萍也回赠了沈醉一首："年年憔悴损容颜，谁料心寒梦广寒。

幸列门墙成桃李，满庭红白任君看。"

沈醉看后高兴地将这首诗拿给母亲。母亲夸这首诗心境开阔，落落大方，写得好，还要儿子把雪雪领给她看。母亲见雪雪后倍是欢喜，并对沈醉说："这孩子很好，长得一尊福相。"

是年8月，粟燕萍从"临训班"毕业，被分配到军统长沙站工作。不久，两人在常德喜成伉俪，结成了恩爱伴侣。

漂泊天涯历坎坷　伤心惨痛泪成河

"宜将剩勇追穷寇，不可沽名学霸王。"1949年4月20日，面对穷途末路的国民党政权，毛主席向人民解放军发出了向全国进军的命令。仅仅5个月时间，西南边陲的昆明城下，就响起了解放大军的隆隆炮声。输红眼的蒋介石给身为国防部驻云南区少将专员的沈醉下了死命令："站住脚跟，守住云南。"为了让他坚定"不成功，则成仁"的决心，特务头子毛人凤将沈醉一家老小全部用飞机送往香港，以解"后顾之忧"。从此，这对恩爱有加的夫妻，就拉开了悲剧的序幕。

临行前，年轻温柔的雪雪扑在丈夫的怀里，泪水涟涟，泣不成声；白发苍苍的老母哭着不肯上飞机，沈醉只好掩泪把老人家抱上飞机；天真烂漫的孩子们听说要坐飞机，还高兴得拍手直跳，搂着爸爸的脖子娇声娇气地说："爸爸，你可快来呀！……"

沈醉心里最清楚：这一去，就是和家人的生死别离。

果不其然，昆明很快解放。随后，与中共积怨甚深的沈醉被当作要犯，关进了北京功德林战犯管理所。

经过10年改造，1960年11月28日，沈醉被最高人民法院特赦。

走出功德林，沈醉第一个念头，就是寻找他的"雪雪"。

在朋友的帮助下，沈醉终于得到了雪雪在香港的音讯。

望着那娟秀熟悉的字迹，沈醉高兴得浑身发抖，特别是看到雪雪和孩子们的照片时，他几乎抑制不住自己冲动的感情。但随即，沈醉的心就像被人扎上了一把尖刀。

满腔愁苦，满腹辛酸。雪雪在信中告诉他，她不但改嫁，而且与新夫还生得一子。

1953 年，台湾中央社发布消息，宣称沈醉已被共产党枪决，沈醉的牌位也列入了"忠魂祠"。为了抚养膝下六个儿女，粟燕萍由于生活所迫，只得将老母送往台湾沈家大哥那里，并让其弟带着大女儿小燕、老五沈美娟回了大陆。在香港，雪雪尝尽了世态炎凉。为了孩子，在百般无奈中，她改嫁给了一个流落到香港原国民党的独身团长唐如山。

不久，毛人凤和沈家大哥借她改嫁之名，硬将沈醉在港的四个孩子强行接到台湾。这样，雪雪失去了她唯一的精神支柱。

在大陆，粟燕萍的弟弟回乡后不久，正赶上镇反运动，当地政府怀疑他是台湾派回来的特务，就将其镇压了。从此，8 岁的小燕和 5 岁的美娟就失去了应有的照顾，后来小燕不幸病死了。

在信中，雪雪满怀凄楚地抄来了她在 1955 年当作纸钱，写给"亡夫"沈醉的诗：

> 漂泊天涯历坎坷，伤心惨痛泪成河。
> 琵琶别抱成幻梦，尊缘偏聚我奈何。

面对雪雪的一片痴心，沈醉不由得声泪俱下。有道是：

> 明眸皓齿谁复见，只有丹青余泪痕。

二次握手情更深　面对故人当友人

机翼下，朵朵白云呈现万状千姿。坐在机舱里的沈醉父女，怀着异样心情，飞行在北京至香港的蓝天白云中。

这是 1980 年 12 月的一天。

香港。三天后，沈醉在旅馆里接到女儿的电话："妈妈和叔叔（唐如山）要来见你！"

不难想象，粟燕萍对此次相见又是期盼又是不安。沈醉的脾气她比谁都清楚，因为她不仅是沈醉十多年的妻子，更是受过他严格特殊训练的学生。

门开了，当粟燕萍和后夫唐如山志忑不安地出现在沈醉面前时，沈醉急步上前，紧紧地一手握住一个人的手，把他们两人拉进屋内，女儿美娟随即关上了门。

"我很抱歉，没有尽到做丈夫的责任，让你受苦了……我更没有尽到做父亲的责任。孩子们都是你们抚养成人。今天，我是特地来香港向你们道谢的！"

听罢这肺腑之言，粟燕萍不免感到有点意外："你既能原谅我，我们以后就做朋友好吗？"

"不！不是做朋友。我们两家原是一家，你是我的妹妹，你（唐如山）就是我的弟弟，你们以后就叫我三哥吧！"

话到此时，粟燕萍夫妇和沈醉父女已是泣不成声、泪如泉涌。这正是：

二次握手情更深，面对故人当友人。

写到这里，这个令人几多感慨、几度落泪的爱情故事本该结束了。但悠悠岁月又为他们增添了缕缕温馨。

　　1992 年 4 月 13 日傍晚，华灯齐放的北京暖风宜人。粟燕萍夫妇从香港来到了北京沈醉的寓所。

　　已是白发苍苍的粟燕萍，虽然脸上布满了岁月的年轮，但仍颇具风韵。

　　看到精神矍铄的沈醉，粟燕萍挣开小阿姨的搀扶，上前一把抓住沈醉的手，叫了一声"三哥"，便哽咽了，"没想到……你住……这样的房子。"不难看出，看到"三哥"这套显得比较拥挤的三居室住房，雪雪是多么的难过。

　　面对泪眼汪汪的前妻，沈醉爽朗地一笑："我呀，知足常乐！"

　　墙壁上，一幅总理接见特赦人员的合影引起了粟燕萍的注意。她高兴地端详着："这是宋希濂，这是范汉杰，这是傅作义，这是……好像是杜聿明吧！"沈醉连连点头：

　　"对，对，看来你的记性还不错。"

　　面对故朋老友，粟燕萍无不感怀落泪：怎么会不记得呢？都是老熟人了……

"梅花党"案祸嫁王光美　为做人沈醉逆水行舟

　　人们不会忘记在"文化大革命"中传得满城风雨的"梅花党"案。可谁知，这竟是一场栽赃陷害的大骗局。

　　一天，提审沈醉的人要他证实王光美是军统头子郑介民亲自布置打入共产党内的特务。他们还查得了大量"真凭实据"，现在只要沈醉把这些材料证实一下，就可以立下大功。

　　沈醉一听对方话不对路，便说："你们所谈的这些情况，我过去完全不了解，想立大功也立不上。"

　　沈醉想起了母亲对他的训言："人活在世，可以不做官，但要做人。"为了这句训言，沈醉感到前半生就够对不住母亲了，在自己的后半生，再也不能做对不起人民、对不住自己良心的事了。

中间那个男的听了沈醉的话后，勉强挤出一丝笑容。他说，你在里面不看报，不知道外面无产阶级"文化大革命"的大好形势，不仅王光美早就被揪出来，走资本主义道路的当权派刘少奇，也被革命群众踏上了一万只脚。在这个大是大非问题上，你要站稳立场……

和上次一样，这帮家伙见软的不行，就让沈醉"坐飞机"，对他实行酷刑，妄想屈打成招，逼沈就范。

过后，这些人又让沈醉证明王光美是"梅花党"骨干。沈醉愤怒地说，我这个老牌特务都没听说过有什么梅花党，国民党把梅花作为"国花"，而没有成立过什么"梅花党"。

就这样，这帮人见实在是无油水可榨，最后给沈醉下了这样一个结论：江山易改，本性难移，让他带着花岗岩脑袋去见上帝吧！

红岩有幸埋忠骨　墓前哭拜人来迟

遇到亲朋好友，沈醉常说，他一生中感到最高兴的就是为张蔚林、张露萍等七位烈士的平反昭雪，做了一些力所能及的事情。就是死，也可以瞑目九泉了。

早在1961年，沈醉在《我所知道的戴笠》中就比较详尽地记述了张蔚林、张露萍等七烈士如何打入军统特务机关进行秘密活动，发展组织，为党做了许多工作，结果被军统发觉而惨死贵州息烽快活岭的事实。

就是这样一群坚贞不屈的共产党员，死后不但没有被树碑立传，在"文化大革命"中，反被加上了"军统特务"的罪名。

为了给烈士正名，沈醉不但在他所写的东西中一次次地披露事情真相，而且还多方奔走，为烈士鸣冤叫屈。为此，有关部门找他谈过话："已经有定论的事，你怎么可以乱写呢？"沈醉说："这些人是被我杀害的，我还不清楚！""文化大革命"开始后，沈醉为此还被扣上了"美化军统特务，丑化共产党员"的大帽子。

1972 年，林彪折戟沉沙后不久，沈醉被周总理下令释放，回到了政协文史专员的岗位上。1980 年，沈醉的身份由战犯改为起义将领（1949 年 12 月，沈醉被迫参加了卢汉的云南起义，并通电命令所有特务缴械投降），并在全国政协第五届常委会第六次会议上，当选为全国政协委员。

在政协会议上，当沈醉第一次行使政协委员权利的时候，就理直气壮地提出：时至今日，还不为张露萍等七位烈士平反，我们活着的人能心安吗？

叶剑英元帅看到沈醉的发言后说：这些人是由我在重庆时单线领导过的。至此，40 年的冤案终于得以平反，七位烈士的英名才载入了共和国最后一批解放前烈士的名册。

5 月的贵州，阴雨绵绵。已是鬓发斑白的沈醉站在七位烈士的墓前，百感交集、悔愧万分，不由得流露心声：

虎口拔牙真勇士，辉煌功绩少人知。终见英名登史册，墓前哭拜我来迟。

时间顺流而下，生活逆水行舟。诗人臧克家在读了沈醉写的《我这三十年》后，写诗一首赠沈醉：

检查生平痛不禁，情真意切感人深。是今非昨肝胆见，折铁男儿自有心。

弃枪卸甲真功在　　嵩山少林传后人

80 岁的沈醉，虽已入耄耋之年，但仍腰板硬朗，不失当年之神采，这在同龄人中实不多见。究其养生之道，他说他沾了中华武术的光。

原来，沈老先生 16 岁时便在家乡学习南拳，从而练就了一身过硬的武功。在这一点上，他不但深受戴笠的赏识而左右其后，还和少帅张学良成了莫逆。

一次，沈醉陪少帅和赵四小姐悠闲于郊外山林。在谈笑风生中，赵四小姐说爱吃斑鸠，沈醉说："我这就捡几只回来。"说罢跳下车，转眼就消失在山溪丛林之中。

工夫不大，沈醉拎着几只斑鸠回到车上。赵四问："捡的怎么能吃？说不定被扔了几天了。"但当她看到斑鸠羽翼上正流淌着殷殷鲜血时，不由惊呼起来。

"好功夫！好功夫！"少帅和赵四夸不迭声。

前几年，沈醉有次在乘公共汽车时，被两个扒手"相中"。行车中，沈醉突然感到身后有些异样。"碰上内行了！"沈醉不由得暗笑一声。

沈醉猛转身，左手抓住身后"小胡子"的腰带，顺势用劲一点："朋友，还给我！""你要干吗？""还给我！"沈醉不依不饶，说着用手又向他腰间顶了一下。这一下，"小胡子"感到碰到"老手"了，赶紧给旁边的同伙"长头发"递眼色。

"你让他把我的钱包打开看看，我才考虑放不放你！""小胡子"感到受不住了，又一个眼色，"长头发"只得乖乖照办。

钱一分不少。车到前门，"长头发"跳下车拔腿就跑，"小胡子"捂着腰吃力地下了车。沈醉严厉地教训了几句："下次再这样，饶不了你！天下比你们这两下高强的人多得很，还是早早洗手好好做人吧！"

沈老打开抽屉，高兴地把一大摞聘书、证书一个个翻给我看：什么"中国嵩山少林寺武僧团高级顾问""北京市武术协会研究会名誉会长"等，让人眼花缭乱。

前年，沈醉在北戴河游泳时，不慎跌了跤，至今走起路腿仍有些跛，这虽为憾事，但不影响他对拳法、武术的研究，而且，他对少林五形八法拳还颇有造诣。

野外抛钓观静海　心境开阔翔云天

　　说起钓鱼，沈醉可说是行中状元，要不，他怎么能成为中国钓鱼协会特约委员呢？不说别的，单看看他使用的渔具就可略窥一斑：高档的渔竿十几把，齐排排在湖旁一竖，令渔友们好不眼热。儿子沈笃礼为老父购置的日本"霸王"牌钓鱼小汽车，更叫人望尘莫及。

　　沈醉常说，钓鱼是祖先传下来的传统文娱活动，如果从西安半坡遗址出土的骨制鱼钩算起，钓鱼至少也有 6000 年的历史了。所以，对于生于水乡湖南的沈醉来说，湖边垂钓比玩洋玩意儿高尔夫球更有趣。

　　每次郊外垂钓，沈醉都落不下夫人杜雪洁女士。杜女士信奉天主教，性情温和，与人为善，原是北京厂桥医院里的一名护士，40 岁时仍孑然一身。1965 年深秋，这位端庄贤淑的杜女士与沈醉结成夫妻，组成了一个幸福家庭。婚后两人虽未有生育，夫妻却情投意合，感情甚笃。春华秋实季节，夫妻二人每星期都有两三天时间在野外垂钓，往往是趁着晨光去，踏着晚霞归。碰上好运气，两人一天最多能钓得 80 多斤鱼。

　　因为沈醉是名人，又有着传奇般的人生经历，所以，无论他到哪里，都会招来很多的"客人"相陪。这给好静的沈醉无形中增添了许多的不便和烦恼。

　　不过，沈醉毕竟是沈醉。为了不给地方官员添麻烦，同时也为了自得怡然，他不得不挖空心思去寻觅自己的一方静上。

　　在绿水碧波之上，夫妻二人抛钩撑竿，静观微澜，乐此不疲。什么一生坎坷，什么一生恩怨，全如亮翅丹鹤，直飞霄外云天。

匠心独运成"沈体"　泼墨挥毫任东西

沈醉的书法笔锋遒劲，浑厚洒脱，近年来，在书法界可说是占有一席之地。"壮哉黄河水，奔腾永向前。哺育我华夏，丰功千百年。"这句发自心底的诗句一气呵成后，沈醉还感意兴难尽，又挽腕运笔，在一张大宣纸上尽情挥毫，又平添气势磅礴之神韵。溥杰老先生看后，拍案叫好，连夸沈醉书法别具风格，独成"沈体"。

沈醉练书法，还得追溯 1960 年。为了完成周总理交给的写作任务，沈醉在发奋撰写回忆文章的同时，萌发了练习书法技艺的奇想。于是，他开始四处收集名人书法碑林，潜心临摹。为了练书法，他每日黎明即起，伏案练笔，积年不辍，可称"坐破寒毡，磨穿铁砚"。久而久之，他的书法终见艺痴技良之功效。接着，尝到其中甘味的沈醉对于书法更是如醉如痴。他的书法能够杂中取粹，终于渐成风格。

"潺缓中蕴藏着激情，宁静中显露出洒脱；既有行体'动合规仪、调试金石'之妙，又不乏草书'天马行空、无拘无束'之狂。"这就是沈醉的书法。

沈醉的书法可说是一笔千金，颇负盛名。在京城，托人求情上门求字的很多。对于这些慕名而来者，沈醉都视为知音，从不分三六九等，总是力所能及，力尽人意。

多年的军旅生涯，使沈醉养成了做事严谨的作风。对于一字一笔，他都是凝神贯思，而后运笔驰骋，从不敷衍马虎。他说书法和做人一样，来不得半点马虎，否则会贻笑大方，羞于后人。

书法给人以毅力上的磨炼，性情上的陶冶。现在，沈醉每天都是5点即起，起床后，做一套自己编的健身操，饮杯冷开水，然后研墨运腕，挥洒几笔，顿感畅意无比。晚上9点前完成日记后就寝，上床三五分钟，沈醉就可以梦入佳境。

我问沈醉养生诀窍，沈老先生用他的座右铭以此名志：有事身方健，无求品自高。

尾 声

1992 年 2 月 4 日，北京人民大会堂二楼宴会厅里张灯结彩。一张张洁白的大圆桌上，水仙花和清茶散发出淡淡的幽香。

前来参加春节团拜会的沈醉，心情格外爽快。10 时，江泽民总书记代表中共中央、国务院致辞，向到会的各位拜年，向全国人民拜年，祝大家节日愉快，阖家欢乐！席间，江泽民总书记端着酒杯来到沈醉面前，高兴地向他问好，并举杯相贺。江总书记对沈醉说："你写的书，在上海时我就拜读过，写得很好。最近还在写什么书呢？"

沈醉激动地介绍他近期的写作情况。江总书记又说："前段时间，你寄给我的书，我已看过，谢谢你！你有什么困难吗？"最后一句话，江总书记连问了两次。沈醉回答："没有困难，谢谢总书记的关怀。"

沈醉有五个儿女，原在沈老身边的小女沈美娟，于去年 9 月偕子去了香港。其他四个儿女久居海外，收入颇丰。儿子沈笃礼在菲律宾置一小岛，岛上建设颇具规模。儿女们对沈醉都很孝敬，都希望他能够出国定居，安享晚年。但沈醉却说："我是中国人，要死我也要死在炎黄热土上。你们要孝敬我，就回来投资。"

在物质上，沈醉虽不如儿女富有，但他近年辛勤笔耕的《我这三十年》《戴笠其人》《军统内幕》《魔窟生涯》等书出版，风靡海内外。仅《我这三十年》就发行了 150 万册，被译成四国文字，后来，出版社还发行了增订本。

在精神上，沈老可说是一个十足的大富翁。

我的父亲沈醉

　　年过八旬的沈醉有一个心愿，就是在他有生之年，要完成十部著作。他要把自己一生的沧海沉浮写出来，不为留名百世，只求以史为鉴，启迪后人。

　　沈醉还有一个大的夙愿。在台湾，沈醉有众多的学生和亲朋故旧。现在，沈醉与他们大都有联系往来。他常常对来看望他的亲友们说："国家分裂于我们这一代，应该在我们这一代统一。"

　　你在盼，我在盼，炎黄子孙都在盼望着中华民族的大团圆。沈醉《寄台湾亲友》诗云：

　　久分将永合，两岸心相连。为书统一史，持笔待明天。

后　记

　　倚着晚霞的辉映，沈老坐在窗下的沙发中，用手指点着文中的行行字句，仔细观之，其认真与严谨无不使人钦佩。

　　这是 1992 年 9 月 14 日下午，沈醉审阅《沧海沉浮》时的情景。50 分钟后，一气读完该篇的沈老先生高兴地对作者说："你写得这么多，写得也很好，谢谢你！"说着，把他那双有力的大手伸向了作者。

　　"《沧海沉浮》，这个题目作得好，我很喜欢。你不知道，我的另一个名字就叫'沧海'，也是我妈妈给我起的。我的前妻雪雪姓粟，合二为一，我俩就是沧海一粟。"话到此时，沈老开心地笑了。

　　应求，沈老先生挥笔走龙，为该文写下了篇名《沧海沉浮》。沈醉的"醉"，拉得很长很长，也许，沈老在此别有一番寓意吧……

（原载《黄河画报》1993 年 5 月）

沈醉走完他的传奇人生

石　莹　陈斌华

3月17日夜，北京肿瘤医院。

病危的沈醉从昏迷中睁开双眼，对守在病榻旁的女儿沈美娟说：想见见散居在台湾和海外的其他子女。可是直至生命的最后一刻，老人仍遗憾地未能见到聚少离多的儿女；更遗憾的是，他终未能见到魂牵梦萦的祖国统一、同胞握手的那一天。

次日凌晨，沈醉在医院与世长辞，走完了从国民党军统局少将，到战犯，再到全国政协委员、文史专员的传奇人生。

为书统一史　持笔待明天

"从个人家庭到民族国家，都应该早日实现和平统一。我母亲在台湾活到98岁，临终前还嘱咐家人打开家门，说："老三要回来"的。"沈醉常常感慨地对亲朋好友如是说。

历经沧海的沈醉深感两岸骨肉分离的家国之痛。他为母亲客死台湾时未能亲伺左右而抱憾终生，更深深地认识到祖国早日统一的重大意义。几十年来，他时刻关心祖国统一大业，不顾年老体迈四处奔走。

沈醉的儿女经常来信要他去美国定居。他说："要孝敬我就回大陆投资，用实际行动建设祖国。"在他的鼓励下，子女们纷纷在祖国投资办厂。他还经常给海外和台湾的亲朋、学生写信，向他们介绍祖国大陆的建设成就与和平统一的政策。

沈醉经常语重心长地说："国家的分裂是在我们这一代身上造成的，应该在我们这一代身上结束。这样，生对得起后代，死对得起祖宗。尽管我们过去走的路各有不同，但从今天起，一个人是流芳百世，还是遗臭万年，就看他为统一祖国是出了力，还是相反。"在病重期间，他仍一如既往地关心两岸关系的发展，盼望祖国早日统一。

"久分终必合，两岸心相连。为书统一史，持笔待明天。"言为心声，沈醉的遗墨正是为祖国统一尽心竭力的印证。

一生经沧海　春秋育后人

对于前半生与人民为敌的特务生涯，沈醉追悔莫及。1961 年，周恩来总理在接见获得特赦的沈醉时，希望他今后尽力多做对人民有益的事。在回忆录中，沈醉写道："从那以后我牢记周公之训，笔耕不辍，把这当成为人民、为人类做好事的最基本表现。"

1961 年，沈醉被安排为全国政协文史资料委员会专员，新的工作给他注入了极大的活力。秉着对历史的忠实和对前半生的忏悔，他常常"悔恨交加热泪盈眶再也写不下去，经过一番思想斗争才又把笔拿起来"，先后撰写了《我这三十年》《戴笠其人》《军统内幕》等长篇回忆录，在海内外产生了广泛的影响。仅《我这三十年》一书，国内就发行了 150 万册、香港发行了 50 万册，《军统内幕》在台湾全书再版，他的书还被译成英、法、日、西班牙等文字。

沈醉以其"春秋笔法"，为人们留下珍贵的史料，赢得人们的称许。著名诗人臧克家赠诗赞其书曰"是今非昨肝肠见"，毛泽东的儿媳刘松林称他"一生经沧海，春秋育后人"。台湾作家李敖也叹道："闻义能徙，知善能改，历劫知变，沈醉醒矣！"

有事身方健　无求品自高

晚年的沈醉，生活清淡而简朴，全国政协几次为他安排更宽敞、更舒适的住宅，都被他婉言谢绝。他在位于西城区的一处普通寓所一住就是20余年。在无数挽联与花圈中，寓所客厅墙上悬挂的、他亲笔题写的座右铭"有事身方健，无求品自高"仍十分醒目。这十个字正蕴含着他立身处世的原则。

沈醉喜爱书画、垂钓，以求陶心养性；每天坚持临窗挥毫，有时兴之所至一写就是两个多小时。他对清朝何绍基的书法颇有研究，赢得了书法爱好者的喜爱和仰慕。生前，全国各地请他赠书留墨的信件络绎不绝。

沈醉每天5点起床，坚持洗冷水浴，偶尔也会下厨房做几道小菜，细细品尝，乐在其中。他常说："自己动手，其乐无穷。"

沈醉遗孀杜雪洁告诉笔者，沈醉生前留下了一份遗嘱：我生前蒙受祖国和人民的深恩厚德，时感愧无以报，故愿在死后将遗体捐献，供解剖研究，亦系我报答人民恩德于万一。

（原载《大公报》1996年3月29日）